世界只是偶尔凉薄，内心还要繁花似锦

崔修建 著

新世界出版社
NEW WORLD PRESS

图书在版编目（CIP）数据

世界只是偶尔凉薄，内心还要繁花似锦 / 崔修建著
. -- 北京 : 新世界出版社 , 2024.1

ISBN 978-7-5104-7799-7

Ⅰ . ①世… Ⅱ . ①崔… Ⅲ . ①散文集－中国－当代
Ⅳ . ① I267

中国国家版本馆 CIP 数据核字 (2023) 第 235096 号

世界只是偶尔凉薄，内心还要繁花似锦

作　　者：崔修建
责任编辑：刘　颖
责任校对：宣　慧　张杰楠
装帧设计：贺玉婷
责任印制：王宝根
出　　版：新世界出版社
网　　址：http://www.nwp.com.cn
社　　址：北京西城区百万庄大街 24 号（100037）
发 行 部：(010)6899 5968（电话）　(010)6899 0635（电话）
总 编 室：(010)6899 5424（电话）　(010)6832 6679（传真）
版 权 部：+8610 6899 6306（电话）　nwpcd@sina.com（电邮）
印　　刷：天津中印联印务有限公司
经　　销：新华书店
开　　本：880mm × 1230mm　1/32　尺寸：145mm × 210mm
字　　数：240 千字　　印张：10
版　　次：2024 年 1 月第 1 版　　2024 年 1 月第 1 次印刷
书　　号：ISBN 978-7-5104-7799-7
定　　价：56.00 元

热闹也好，清静也好；片刻也好，长久也好，只要有人愿陪你一起细数晨昏，便是今生应当感激的缘，值得好好珍惜。

那些善于从苦中嚼出甜的平凡人，最懂得“天黑下来时，爱就是最暖的光”，爱意盈盈地行走人间，无论走到哪里，头顶都会有一片艳阳天。

只要怀揣诗意的向往和未泯的纯真，不论身在何处，都可以创造出属于自己的“桃花源”。

令人愉悦的日常小事，宛如小河边那些被露水洗过的小草，自然、鲜亮，翩然而至的欢喜，从心头拂过，像著名作家汪曾祺信手拈来的一碟小菜，只加几滴香油、一点儿盐末，寻常的萝卜皮，便可味道妙极。

人生一世，能够有幸遇见一些美好的事物，能够驻足悉心欣赏，便是值得回味的美事了。那些长留心中的拥有，远胜于一时置于手边的占有。

总有一些美景要留给向往，而不是抵达。

只要拥有一颗诗心，完全可以足不出户地跋涉千万里，可以从一方狭小的天地间看到无限广袤的大千世界。

清欢，是在浓烈与清淡中间的平衡，是在执着与放逐之间的取舍。守着半亩方塘，有悠然的惬意；看着蚂蚁搬家，也那么津津有味；喝一杯山泉水，宛若饮上好的龙井；读一篇隽永的小文，胜过吃满桌的佳肴……散落于日常生活里的，这些自然而生的、天然去雕饰的“淡淡的欢愉”，便是对清欢生动的诠释。

生命，应该像一枚饱经沧桑的叶子那样——该萌发的时候萌发，该苍翠的时候苍翠，该葱茏的时候葱茏，该枯黄的时候枯黄，该凋落的时候凋落，一切都自自然然，从从容容。不任性透支，不肆意挥霍，不拼命争抢，适度取舍，自如进退……

与一群人相处时，不要想着去依靠谁；独处困境时，要无所畏惧。

目录

第一辑　眼里有光，心中有爱

一寸一寸的好 / 01
寻常之美 / 03
相见欢 / 06
最暖的光 / 10
身着素衣，心有锦缎 / 14
常怀一颗欢喜心 / 17
此生只为热爱而来 / 19
请来我的城外桃花源 / 22
路灯下的母亲 / 28
你是拂去寒凉的暖 / 32

第二辑　日常随喜，独自美好

与清雅对坐 / 37
守着那些小欢喜 / 40
日常随喜 / 43
自喜不为众人识 / 46
我欣赏过，便已拥有 / 49
藏在手艺里的脸面 / 52
欣赏只属于自己的美景 / 55
近在远方 / 58
那些幸福的“摸鱼时光” / 61
站到自己的屋檐下 / 64
翻阅闲书 / 67
眼前就有许多好风景 / 70

第三辑　尘世烟火，遍地诗意

多与花草亲近／ 73
上班路上的风景／ 76
老店不老／ 82
抱着一个大萝卜回家／ 85
眼前有苟且，也有诗意／ 89
慢慢地品／ 92
不为繁华易素心／ 94
给自己放假／ 98
人生有味是清欢／ 101
那么多要补的好课都是免费的／ 104

第四辑　因为飞翔，所以鸟瞰

读万里书／ 111
小菜一碟／ 114
迷人的风景在路上／ 117
不妨与孤独共舞／ 120
尽快丢掉你的烦恼／ 123
多读一些无用的书／ 126
群居不倚，独立不惧／ 129
风过就会有痕／ 131

配得上你今天的努力 / 134
人生得意莫尽欢 / 137

第五辑　花鸟多情，人间值得

醉春风 / 141
且与花鸟比多情 / 143
雨落花香 / 146
炊烟是开在乡村屋顶的花 / 150
一朵花，就是一个世界 / 153
不会消失的云朵 / 155
倾听花开的声音 / 158
小巷深处 / 161
百菜不如白菜 / 164
美好，随处可见 / 168
一棵不开花的苹果树 / 170

第六辑　生活不易，但请放歌

煎和熬都能变出美味 / 175
人生失意也须欢 / 178
落叶不只是在秋天 / 181
生活不易，但请放歌 / 184

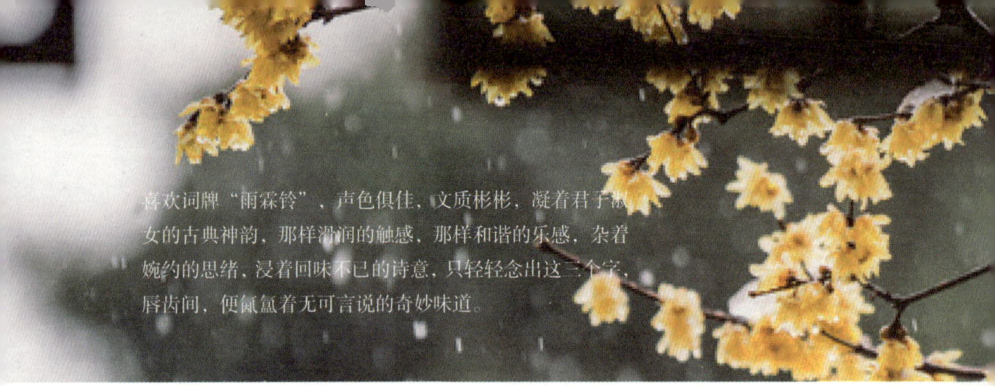

阳光一直都在 / 189
优雅地与忧愁握手 / 192
生活实苦，唯有坚强 / 195
慢步去天堂 / 198
无需一帆风顺的祝福 / 202
请给我一个灿烂的笑脸 / 205

第七辑　认真年轻，优雅老去

活得干净 / 209
乐给生活看 / 212
变老的时候，一定要变好 / 215
只能陪你走一程 / 220
深情依依的目送 / 223
我还想要一百分的压岁钱 / 226
近处的星光 / 232
左手诗歌，右手功课 / 238
爱在，今生都是有情天 / 244
只想遇见你的人生 / 246
收藏一朵小花 / 250
短的是故事，长的是陪伴 / 253

第八辑　过往可忆，未来可期

珍重待春风 / 259
夹在书里的花 / 262
忽有编辑可怀想 / 265
邮筒正渐渐地减少 / 269
操场上的字和画 / 272
踏着月光回家 / 276
我的人生不需要你来设计 / 279
美的启蒙 / 285
怀念那些见字如面的日子 / 288
挂在窗户上的月亮 / 291
永远的纯真年代 / 295
因为遗忘，所以铭记 / 299

第一辑

眼里有光，心中有爱

即使身着素衣，也要心有锦缎

春风不会辜负所有努力葱茏的生命

眼里有光，哪里都有美丽的桃花源

心中有爱，每一寸光阴都绚丽如花

一寸一寸的好

夏日，兴凯湖畔的一个小渔村，那棵已超百岁的大柳树的浓荫下，一位白发苍苍的老妇人，坐在见证过许多风雨的那条木凳上，慢条斯理地缝补着一张渔网。

不远处，一口泥陶的大缸盛满了井水，上面漂着几根油绿的黄瓜。矮矮的木板院墙上，一些牵牛花羞涩地低下头，两只芦花鸡耐心地寻找着藏在土里的虫子，一只小花猫追赶着那对翩然起舞的蝴蝶，一溜烟儿跑进生机盎然的小菜园。

再远一些,是青纱帐一样茂密的玉米地,那些腰间别着红缨的玉米，正精神饱满地享受烈日炽热的爱抚。近旁的半亩方塘里，几朵拙朴的荷花,开得无拘无束,几片静默不动的云影,像一帧民国时期的老照片。

这是一次寻常的途中遇见。突然看到一株童年熟悉的植物，我的目光立刻就被一抹温柔吸住了，仿佛有一首简单的歌谣，正从一朵随意开着的野花的头顶响起。我不禁默然伫立，静听时光慢慢行走的足音。

还记得，多年前那个明媚春日，我虔诚地趴在阳台上，怀揣小小的激动，还有一点点的忐忑，掩不住焦急地望向一棵梧桐树伸展下的路口，等待那位邮递员出现。我不知道他会给我带来一个美丽的答案，还是一个叫我辗转反侧的悬念。

还有，那个红叶翩然的秋日，一条波澜不惊的大河兀自流淌着，河对岸两位身材窈窕的俄罗斯少女，拎着画板，朝浓墨重彩的白桦林走去，多么像一幅摄人心魄的油画。

还有，那个飘雪的冬日午夜，我在漠河北极村的一间小木屋里，与来自江南水乡的一位摄影爱好者，拥着一炉炭火，两碗地道的东北大炖菜、一瓶当地出产的烈性高粱酒，让两个相识不久的大男人，立刻驱逐了所有的陌生，忘情地海阔天空地聊起来。

我惊讶地发现，自己经常怀念的、记得特别清晰的，多是过往的一些寻常日子和一些寻常的景、物、人、事，草屑一样琐碎、简单、朴素，闪着动人的光泽。大多时候，它们只是静默地躺在记忆深处，但不经意的某一刻，它们会突然造访，就像一位音信杳无许久的友人，蓦然令我惊喜地站到我面前。

也许是年轮不断增长的缘故，俗世间的点点滴滴，只因为一次凝眸或片刻的聆听，便陡然生出些许美好的味道，真真切切，如风行水上，如花开枝头。

作家萧红在《小城三月》中欢喜地感叹："天气一天暖似一天，日子一寸一寸的都有意思。"叩动心灵的好，那样地触手可及，一寸一寸的。

寻常之美

朋友酷爱游览，常背着简单行囊，闲云野鹤般，纵横天地间，洒脱如一豪侠。他不喜欢游览人流熙攘的风景区，不愿登临名山大川，不迷世间奇崛之美，却独独钟情世人经常熟视无睹的寻常之美，许多无名山水、寻常村落、凡花素草、朴拙物什，反而会令他流连忘返，痴恋不已。

那日，朋友很认真地告诉我："寻常之美，触手可及，若不好好欣赏，便是辜负了，当觉惭愧。"

好一个"当觉惭愧"。俗常的美，在身边却视而不见，许多人不以为意，朋友却为一时未能欣赏而心生愧意，足见他对寻常之美的喜爱何其强烈。

我曾在朋友的书架上看到一件未经打磨的根雕，好奇地问他："此物这么粗糙，何美之有？"

"美在天然，一曲一褶，一凹一凸，看似寻常，却有生命悲喜尽染的神韵。"他摩挲着根雕，眼神里尽是纯净的喜欢。

"那是你独特的感觉。很奇怪啊，我怎么没感觉到它的美？"我有些羞赧于自己的迟钝。

“有一颗懂得欣赏的慧心，你就能够感觉到，即使是寻常之物，也自有别具一格的美。”朋友平淡的一语，却藏着深意。

能从寻常处发现、捕捉到不寻常的美，必然要有一颗敏感的心，有深切的爱意和深刻的理解力。

我认识一位农民作家，他一生几乎就蜗居在东北平原那个偏僻的小村子里，足迹所到的地方，绝不会超过方圆百里，因领奖他早年去过一次省城，至今未坐过高铁和飞机。但这并不妨碍他情思飞扬，源源不断地写出许多脍炙人口的佳作。

我曾见他坐在秋天收割后的田埂上，神色庄重，仰望天空上偶尔飘过的一朵白云，仿佛望着一幅美轮美奂的图画，或一位风情万种的美人，目光恋恋的，久久不肯离去。

他说那朵云来自村庄屋顶的炊烟，来自小河畔的茅草，里面藏了鸟鸣，藏了铁锅里饭菜的香味……面对我一脸的惊讶，他娓娓道来，眼神里满是洞若神明的自信，语气里满是深深陶醉的幸福。

那一刻，我恍然发现，他笔下那些优美的文字，正是顺着如此神奇的联想和想象汩汩流淌出来的。

一位喜欢拍摄花草的朋友告诉我：万物皆美，只要俯下身来，细细观赏，细细倾听，纵然只是不起眼的一朵小花，或一株无名的小草，也会发现其美的身姿、美的色泽、美的味道，还有美的灵魂。

他随手从地上拾起一枚金黄色的叶子，抚着树叶上一条条宛若血管的清晰脉络，啧啧地赞叹造化的神奇：“它曾是枝头上一只闪亮的眼睛，恣意地葱绿过，在秋风里舞蹈过。现在，它静静地躺在秋阳中，平淡地诉说着自己短暂而美丽的生命中，有着怎样的渴望、欣喜和骄傲，以及一丝丝的遗憾、失落……”

“它的美丽，远远不止我们的眼睛所看到的。”我的心被朋友格外动情的描述撩拨了，情不自禁地感慨道。

“是啊，你看这一地的落叶，黄色的、红色的、紫色的，还有绿色的，它们都极其普通，可是，谁又能说它们不美呢？无论是曾经还是此刻，它们的美都是掩不住的，自然、拙朴，而又耐人寻味。”朋友一边说着一边将镜头对准层层叠叠的落叶。

一沙一石，一草一木，一花一鸟，一虫一鱼，林中薄雾，田间秧苗，檐雨轻滴，白霜覆径……世间万千寻常景物，自有林林总总的美，那么凡俗，又那么诗意盎然。

相见欢

这几十年间，我们相见的次数屈指可数，但每次相见都是欢欣的，就像我们喜欢的词牌——相见欢，无论在哪里相见，无论相见的时间长短。

初相见，是1986年秋天，开往哈尔滨的绿皮火车上，乘客特别多，狭窄的过道里也挤满了人。那趟慢行列车逢站便停，每个站点都会下去一些乘客，又会上来一些，车厢里始终拥挤而嘈杂。

我是去大学报到。第一次坐火车出远门，望着车窗外缓缓后退的路边风景，心里憧憬着即将开始的大学生活，我兴奋得想跟每个陌生人说话。

车外夜色已浓，不少乘客开始打瞌睡。你从一个无名小站上车，一上车，你妈妈就掏出一块塑料布，往你身上一裹，你麻利地钻到座椅下面。你妈妈小声叮嘱：“好好躺着，别露头，等睡醒了，就到站了。”

旁边一位乘客会心地笑笑，小声嘀咕了一句：“肯定是没买票。”

你妈妈面露羞涩：“孩子的爸爸正在住院，看病的钱，也都是借来的。”

“生活不易，能够理解。”那位乘客轻叹口气，我也同情地点点头。

“一会儿来验票时，请你们帮忙打一下掩护，要是被发现了，肯定会被罚补票的。”你妈妈向大家求援。

周围的人都点点头。我从兜里掏出两个沙果，递给座椅下面的你，一位好心阿姨还送给你两个自己煮的茶叶蛋。

列车员过来验票了，大家赶紧用腿和行李遮挡住你，帮你躲过。随后，一连四次，每到验票时，大家便齐心协力，掩护你过关。那位一脸严肃的列车员，似乎知道你藏在座椅下面，却没有揭穿。

你怎么安全出火车站呢？邻座的乘客担心你会被出站口的工作人员堵住，建议给你补一张离终点站最近的票。我觉得这个主意不错，便悄悄找到列车员，花了两块钱，替你补了只有一站地的车票。补票时，列车员冲我微微一笑，我像犯了一个大错似的，脸立刻红了。

出站时，你高举着票，一脸的灿烂。那是你第一次买票出火车站，以前的两次逃票，别提多狼狈了。

我也很开心，两块钱就帮你拾回了自尊。出站后，我又请求接新生报到的司机帮忙，让你们母女搭顺风车，一直坐到那家医院门口。

那个周末，我正在街上闲逛，不经意间抬头，惊喜地喊道：“真好，我们又见面了。”

你也一脸的惊喜：“是啊，就像你那天说的，我们有缘又见面了。”

站在车流滚滚的街边，我俩亲切地聊了起来。你说了父亲好转的病情，说了你的兴趣，还说你将来也要考大学，甚至还说出了一个心里藏了许久的小秘密。我像一个善解人意的大哥哥，认真地听着你的述说。阳光照在你我的脸上，仿佛生活中的种种烦恼，一下子都被赶跑了，只剩下了快乐。

二十年后，我们再次相见，是在那场诗歌大赛颁奖晚会上。那次征文比赛只评出两个二等奖，居然被你我承包了。站在颁奖台上，你笑盈盈地问我：“这就是有缘千里来相会吧？”

我兴奋地喊道：“这么深的缘分，肯定是前生注定！”

畅快的交流中，我得知你大学毕业后，又去欧洲留学，取得博士学位，现就职于沈阳市一家大医院，如愿地成了一名患者敬重的好医生。业余时间，你读书、写诗、弹琴，每天忙碌而不失优雅。

这些年，我兜兜转转后，回到母校做了一名写作老师，诗心悠然，时光静好。

2022年5月，我正与一位朋友漫步于北京长安街，竟迎面撞见了你。彼时，你来北京开一个学术研讨会，也是抽空陪朋友出来走走。我已二十多年没来北京了，你说自己总共只来过北京两次，而我们居然能不期而遇，的确称得上“喜相逢”了。

就近找了一家咖啡屋，几位故友和新知继续畅聊。直到华灯辉煌，我们才意犹未尽地道别。你一脸春风地问我：“何时、何地，我们还会再相见？”我笑着回答：“我也不知道，但相信你我再次的邂逅，一定还是相见欢。”

像两片不停地游动的云，你一直在匆匆地赶着自己的路，我也一直在忙着过自己的河。山高水远，人海茫茫，跨越数十年的时光，命运之手悄然安排了你我的四次相见，虽然彼此不曾寻寻觅觅，但仍有词人辛弃疾“蓦然回首，那人却在灯火阑珊处”的那种莫名的惊喜。

我留了你的电话，你也留了我的电话，可我们一次都未拨打过。

我们也没有互加微信，彼此更像两个陌路人。但你是我的一位特殊的朋友，相信你心中也是这样认定的。

我们的每一次相见，都有如沐春风的喜悦。如是，我们应心存感恩，感恩生命旅途中每一次欢喜的遇见。

最暖的光

我从大西北回来，眼里含着泪，心里装满了暖。

一望无际的戈壁滩，四季干旱，草活得苦，树活得苦，但浸在苦水里的生命，也能令人心生敬意。一阵风起，一个草团在不停地向前滚动。当地人告诉我，那是风滚草，也叫俄罗斯刺沙蓬，是戈壁滩上的一种生命力极强的植物。干寒难耐时，它会从沙土里拔出根，抱成一个圆团随风滚动，遇到适合的环境，会再次扎下根，冒出新芽，萌出新枝，开出红色或淡紫色的花。

随“志愿者小分队”去宁夏固原一所希望小学，我见到三十出头的陈老师，竟苍老得令人心疼。我看过她毕业照上靓丽的身影，没想到，仅仅十年的光景，便将秀气的她磨砺得如此粗糙。面对我的诧异，她一脸淡然地告诉我：“学校曾打过三口井，但都没用多久，便再也打不出水来了。即便打出来水，也苦涩无比，根本不能饮用。我和学生们的生活用水，要靠村民从三十多里远的村子运过来，金贵得很。”

吃午饭时，学生们以课桌为餐桌，每个学生一碗米饭，只有炒萝卜干和白菜炖豆腐两样菜，每人一碗白开水。他们一个个吃得津津有味，脸上洋溢着知足的兴奋。

陈老师吃的和学生们一模一样。她边吃边跟我聊天，她说现在伙食已经有很大改善了，每天能吃到青菜，每周有两天能吃到肉，有两天能吃到鸡蛋，前几年连青菜也无法保证，师生们经常吃咸菜，有时只能是米饭泡酱油。

我感叹这里条件太艰苦了，她却不以为然："还有比这里更艰苦的学校呢。你看，我教的孩子多阳光啊，他们爱学习、爱劳动、淳朴又善良。"说起自己的学生，陈老师满脸的自豪无法掩饰。她拿学生们写的诗给我看。我特别惊讶，眼前这些土里土气的孩子笔下竟流泻出那么多精美的诗句，宛若一朵朵艳丽的小花，又似一片片灵动的彩云，那般地亲切而自然。

那天下午，天空突然一片墨色，一场雷阵雨即将来临。几位老师和食堂做饭的师傅，领着学生们将所有的盆盆罐罐全搬到操场上，然后，全校师生一起仰首期盼雨滴赶紧降落。

"下雨啦！下雨啦！"几滴雨落到一个孩子伸出的小手上，欢呼声立刻响起来。等雨点密集起来，几个男孩子竟脱下上衣，嬉笑着跑进雨中，任雨水将他们浇成一只只快乐无比的"落汤鸡"。有两个小女孩接雨水搓洗着辫子，更多的孩子则畅快地用雨水洗脸、洗脚，仿佛那是百年一遇的甘霖，不倍加珍惜，便辜负了上苍的一番美意。

二十几分钟后，风停雨歇，干涸已久的大地将雨水很快全收走了，被雨水洗过的刺棘却精神了许多。师生们像打了一场大胜仗，说说笑笑着将那些瓶瓶罐罐里的水倒进厨房的两口大缸里，准备用来洗菜或洗脸。

陈老师兴奋地告诉我："这就是我们的生活实践课，听从老天的随机安排。等冬天下雪的时候，全校师生都会跑进漫天飞舞的雪花中，尽情地嬉戏。尽情地感受大自然的神奇变化，孩子们的不少诗篇和文章，都是在这样近距离的观察和体验中完成的。"

原来,很多好课不只是在教室里完成的,还可以走到广阔的天地中，与风霜雪雨一道完成。我不由得为陈老师对她的孩子们灵活的课程安排由衷地举手点赞。

我们送来的一些书籍，孩子们特别喜欢。一个小女孩羞涩地悄悄问我："叔叔，您这次没带王国维的《人间词话》吗？我以前在舅舅家见过，很想读。"

我惊讶地问她能读得懂吗,她说不是很懂,但感觉那本书写得很美。我赞赏她的感觉很棒，承诺回去会专门给她邮寄一本《人间词话》，也会给其他同学邮寄一本。

不曾想到，这些小学生除了喜欢现当代儿童文学作品，居然还喜欢惠特曼的《草叶集》、艾略特的《荒原》、卡夫卡的《变形记》、莫泊桑的《羊脂球》这类经典名著。陈老师骄傲地告诉我，孩子们的心胸无比阔大，能够装得下无限广袤的世界……

我知道，我面前的孩子们几乎全是留守儿童，他们的父母常年在外打工，他们不仅要认真读书，还要照顾家里的老人，每个孩子都早早地肩负起了家庭生活的一些担子。可从他们的言谈举止里，我看不到任何的悲戚和怨气，只看到了阳光一样的欢颜，看到了岁月静好。

同去的一位公司经理跟我感慨道："哪里是我们来给他们送温暖，倒像是他们给我们送温暖。跟这里的老师和孩子们在一起，烦恼会被驱逐，愁苦会被赶走，抱怨会被打碎，只有感恩、热爱和勤勉，还有随时随地都能遇见的开心……”

的确如此！

蓦然，我想到了著名作家张丽钧的那篇美文《牡丹花水》，想到怀着开花的心情，为一壶沸腾的清水起一个俏丽昵称的那位不知名的戈壁人；我又想到了在漫天风沙中热烈地敲着腰鼓、激情澎湃地起舞的那些陕北汉子；还有把秦腔吼得特别响亮、把信天游唱得如痴如醉的那位民间艺人……那些善于从苦中嚼出甜的小人物，最懂得“天黑下来时，爱就是最暖的光”。他们爱意盈盈地行走人间，无论走到哪里，头顶都会有一片艳阳天。

那天，一位求职四处碰壁的博士沮丧地向我抱怨自己怀才不遇。我没有给他讲任何大道理，只说了那次大西北之行的一些见闻，尔后，我将陈老师那天跟我说的那七个字赠予了他——爱就是最暖的光。

他若有所悟地重复了一句我的赠言，便一身轻松地转身离开了。

其实，幸福的人生，就是一次又一次携爱而行。

身着素衣，心有锦缎

在闲逛旧书摊时，我认识了日熹。那天，穿一件粗布短袖衫的他，正捧着俄罗斯作家蒲宁的名作《轻盈的气息》，在夕阳里埋头阅读。

那会儿，我正迷恋西班牙作家阿索林笔下流淌的淡淡的哀凉与含蓄的温暖，还有那闪烁在阳光里的忧郁。他跳跃的意绪，像淡化了情节的一幅幅剪影，也透着轻盈的气息。与蒲宁俄罗斯冰雪般的那种哀婉不同，阿索林的忧伤闪着更令人心痛的光泽。

就着日熹手里的书，我俩自然而然地聊了起来。我特别惊讶，说起蒲宁，日熹如数家珍，谈论阿索林，日熹更是滔滔不绝。他从卞之琳的译本《西窗集》，讲到戴望舒、徐霞村合译的《西班牙小景》，又细数周作人、废名、金克木、曾卓、汪曾祺等名家对阿索林其人其文的洞见卓识，中间亦有他的感悟。说到动情处，他竟大段地背出《奥蕾丽亚的眼睛》中的精彩片断："奥蕾丽亚看河里平静的水，可是她出神而宁静的眼睛，看不见河里的水……"他说，阿索林笔下的眼睛是一道长廊，一直在牵引着读者。

感谢阿索林，让我与日熹一见如故。

后来，我知道了，日熹大学毕业，曾在一家大型企业上班，企业倒闭后，酷爱读书的他没再找工作，而是走街串巷收旧书，摆摊卖旧书。日子虽说始终拮据，但有大把时间可以徜徉书海，可以与世界上形形色色的大人物、小人物敞开心扉对话，他便觉得自己也挺富有。偶尔淘到一本好书，他竟有彩票中奖般的惊喜。

前年，日熹在市郊买了面积不大的二手房，终于有了自己的一间书屋，他邀请我去小坐。

周末，倒了地铁，又坐了三站公交车，我走进日熹狭促的书屋。贴着三面墙壁的书柜直抵屋顶，地板上、窗台上、床头、床下都堆满了书，屋内空地只勉强摆下两张折叠小凳。日熹笑着说："放下一把椅子，也是奢侈的。"

我知道，他做了一辈子清洁工的父母，与他一起节衣缩食，积攒多年，才买下这破旧的两居室，让他的藏书有了安稳的居所，他已心满意足。

日熹学历不高的父母，也很喜欢读书，他们住的那间小屋里也摆满了书。慈眉善目的母亲说："读书，开眼界，心里不空落，也是一种不错的活法。"

日熹骄傲地告诉我，母亲能背诵好几百首诗词，与二十四节气有关的书读了很多，退休后，她还给社区里的孩子们做过好几次公益讲座呢……

我赞叹她"身居陋室，心藏书香"，她谦虚地回了一句："就是喜欢，这样能把日子过得有滋味。"

这是一种纯粹的喜欢，也是一种优雅的喜欢。就像那日遇见一位进城卖菜的年轻人，没有顾客光临时，他津津有味地阅读的，居然是卡勒德·胡赛尼的《追风筝的人》。问他看得懂吗，他轻松地回答：“特别棒的小说，让人觉得有希望地活着，该有多好。”

我向鞋面上沾着泥巴的年轻人致敬，因为我听到了像他售卖的大白菜一样朴素的读后感，仿佛看到他心灵的原野上，正放飞绚丽的风筝……

那日，与南开大学的一位教授聊到日熹，他敬佩地告诫我：一定多结交像日熹这样“身着素衣，心有锦缎”的朋友，多与这样精神明亮的人交往。

“身着素衣，心有锦缎”，我愿将教授的这八字箴言，赠予更多渴望明媚生命的熟悉或陌生的朋友。

常怀一颗欢喜心

深秋时节，与好友一同前往北方林都伊春看五花山。

置身于山林中,但见树树彩叶斑斓,姹紫嫣红,争奇斗艳,美不胜收。那些绚丽的秋叶，丝毫不逊色于繁盛的春花。

随手拾起一枚被风吹落的红叶，透过清晰的纹络，我仿佛看到了那嫩黄的鹅芽，看到了那逼人眼睛的葱绿、那滚落的露珠、那煦暖的阳光、那凄冷的风雨……叶子的生命虽短，却一直闪烁着明媚的光泽。

飒飒秋风拂过，一枚枚叶子旋转着飘坠，以优美的舞姿向热爱的枝头告别。也许心存依恋，却没有哀伤，因为每一枚叶子都知道，只要活一回，就要活出自己满怀的欢喜，活出生命如歌的美。

在大山深处，我们遇见了一位年过五旬的护林员。他大半生都守着那片山林，熟悉很多的树木、花草、鸟类，连林间有多少条小溪、有多少条小径，他都清清楚楚。他说，闭着眼睛在山里走，他都不会迷路的。

家境贫寒的他，只勉强读完初中，县城也极少去过，日子从未富裕过。妻子忍受不了山里的苦，带着儿子远走他乡了，只留他一个人蜗居于山中。很快，他便拂去了心头的伤感，依然整天乐呵呵地看山、看水、看蓝天上悠悠的白云、看林边那些茂盛的庄稼……他说山林是一本百读不厌的大书，值得一辈子好好阅读。

他居然还爱上了写作，写诗歌，写小说，写好了，就读给山间的明月听，读给山路边的花草听，读给奋力生长的白桦树听，读给爱唱歌的黄鹂听……仿佛它们都是忠实的听众，是他写的那些朴素文字的真正知音。

有时，他也将自己写的诗文投寄给报刊。有文章在报刊上发表了，他更开心了，欣喜自己又多了一些读者。他发自内心喜爱写作，与名利无关。

我和好友敬佩他对生活的热爱，他却一脸平静道："活着，不就应该怀一颗欢喜心吗？何况身边还有那么多的美。"

一语惊心：是啊，能够常怀一颗欢喜心，一路爱意盈盈地前行，自然会欣赏一路的美景，收获一路的幸福。

谁的生命中没有一些意料之外的风雨呢？即使遇到某些不如意，也不必悲伤、抱怨。仰起头来，在寻常的生活中，欣然地发现美，创造美，让珍爱的生命多一些欢喜。

此生只为热爱而来

热爱，是一个容易让人浮想联翩的词语，里面燃着如火的炽烈，浸着如水的悠长，有繁花满枝的恣意，亦有云卷云舒的自如。怀一腔热爱，在尘世间行走，目光所及，处处皆风景，时时遇欢喜，被热爱簇拥着的日子，一定是幸福洋溢的。

有热爱之心，凡俗的日子，会陡然多了一些诗意；琐屑的细枝末节间，也会散发出迷人的光泽。因为热爱，一片被雨水浇灌得绿色盈眼的庄稼，会让一位农民开心得合不拢嘴；一声畅快的吆喝，会让一个小商贩收获一串欣然的憧憬……那个揣着满足走街串巷的快递小哥，那个坐在街头画素描的中年人，那个悠然喝着大碗茶的老人，那群忘情的广场舞者……热爱如风，许多烦恼被轻轻拂去，一个个细小的欢喜，被握在手里，一种实实在在的美好，晨曦一样自然地扑面而来。

有热爱之心，即便独对一座静默的大山，也不会有半点儿寂寞、孤独之感，只会觉得自己正置身于广袤的世界，眼前的每一棵树都是亲密的朋友，每一株花草都是值得亲近的芳邻，每一声清脆的鸟鸣都是美得醉人的音符，甚至一枚枯黄的落叶，也可以将心底的秘密，悉数拿走。

有热爱之心，樊锦诗长年累月地驻守敦煌莫高窟，守着那些千年沉寂的壁画，像守着生命中无价的至宝，从容地屏蔽外面世界的喧嚣，甘之如饴地做着别人看来枯燥无比的工作，仿佛今生的使命，便是为着一份发自内心的热爱而来，就是要沉浸到这份热爱之中，不肯自拔。

热爱了，就精神抖擞地去做；不爱了，就毅然转身离去，干脆、果断，绝不拖泥带水。大江东去一样奔放的热爱，有豪横的洒脱，亦有快意人生的自如。

作家、编辑、自在生活的倡导者麦小麦，研究生毕业头一年，像随手扔掉一枚石子，毅然放弃众人渴慕的公务员职位，开心地去了一家少儿杂志社，当一名快乐的小编。后来，她转战到一家时尚杂志，正做得风生水起，只为一次说走就走的旅行，她便毫不犹豫地辞职；四十九岁那年，事业正干得轰轰烈烈的她，又在众人的惊诧中果断辞职，去开启更自由的新天地……这个喜欢自由自在生活的奇女子，真正活出了自己喜欢的样子。

因为热爱，年轻的战士愿意慷慨赴死，耄耋的老科学家愿意再次领命出征；因为热爱，有人跋涉万水千山，只为给那些渴望滋润的心灵送去一捧甜透一生的甘霖，有人愿意以身铺路，只为让更多的美梦成真，让更多的眉宇舒展……

因为热爱，时光也可以倒流，千年前的诗人，也会在某一刻突然走到自己身边，成为心心相印的知音，彼此举杯对酌，倾心交谈，此去经年，皆是值得回味的良辰美景。

因为热爱，万水千山走遍，依然念念不忘故乡的那片茅草地，纵然已经双鬓尽染，老家的一声亲昵的呼唤，仍会在瞬间软了那颗饱经风霜的心，仍会清晰地忆起儿时那些旧事，仍会傻傻地笑着笑着，又莫名其妙地潸然泪下，像一个任性而可爱的孩童。

有些热爱，仿佛与生俱来，早已藏于基因里面。譬如，有人对美食的迷恋，有人对鲜艳色彩的喜欢，有人对语言文字的着迷，就很容易在先辈们那里找到源头，找到一脉相承的流向。

有些热爱，只是缘于对某一事物的好奇，或缘于某一情境的激发，甚至只是缘于对某个人的崇敬，或缘于某一句话的点拨……就像我们对一份工作的热爱，对一处风景的热爱，对一种物件的热爱，有时很难说出究竟出于何因、始于何时，却分明能清晰地感受到一颗热爱的种子，被温柔的春风唤醒，一天天地潜滋暗长，很快便枝繁叶茂，蓬蓬勃勃地葳蕤起来。

一位诗人说，她一生感激自己遇到了一位优秀的语文老师，在她的芳华岁月里，老师以“润物细无声”的慧心，为她播下了一颗热爱诗歌的种子，让她由此拥有了一方栖息情感的芳草地，欢喜地走过平凡而充实的每一天。

在故乡，我曾遇见一位老农，每到深秋时节，他都会走进收割后的田野，站在尚待平整的田埂上，望一望头顶的蓝天白云，然后俯下身去，嗅嗅泥土的味道，写在脸上的那份自如的惬意，分明是一种朴素而地道的热爱。

从热爱中走来，向热爱走去，那么多的美好自如地绽开，如枝头的花朵。

请来我的城外桃花源

有时，命运真会开玩笑。肖琳老师七月份退休，八月份体检时，肝部竟查出一个不大不小的肿瘤，且肿瘤的位置特殊，不宜手术，只能靠药物保守治疗。

就在一夜间，一向身体很好、感冒都极少的她，竟成了需要悉心呵护的病人。

那天，肖琳一边熬着中药，一边翻阅一本杂志，作家、资深媒体人武眉凌的诗意情怀吸引住了她：曾走过千山万水，出版过多本书的她，很想在远离城市喧嚣的山林之间，建一座能传承国学、拥抱经典的书院，帮一些人“在书的海洋里安心睡去，过一种不去辜负也不愿迎合的生活”。武眉凌和她的设计团队，最终选择在山东省临沂市沂南县的朱家林村，建造了一座具有儒家耕读特色的沂蒙书院，还建了一处“躲起来小院”。那是可以安放“诗与远方”的民宿，谁若是想拂去滚滚红尘中的浮躁与嘈杂，尽可以走进宁静的小院，赏花、种菜，或读书、品茶、听风、望云，轻松而惬意……

放下杂志，她跟爱人说，她也想找一个清幽之地，远离城市的喧闹，两人相伴着，去过一种诗意的田园生活，或许会有益于她战胜病魔。

爱人赞赏她的想法，开车载着她，在哈尔滨周边寻寻觅觅。最终，在距市中心一百多里的龙泉山脚，她看中一个理想的栖居地。在那个向阳的山坡上，一处养蜂人废弃的空房子，她找人拆掉了，换成塑钢房，接上电源，在屋里钻了一口压水井。屋后空地平整出来，种上各种蔬菜，屋前移植了一丛葡萄，旁边种了五颜六色的花。还用塑料管引来山泉水，在房前掘出一个小小的鱼塘。小屋东面，修了鸭舍，养了四只鸭子和五只大白鹅。好友送的一只牧羊犬，住在鸭舍旁的小木屋。那只乖巧的大花猫，也过来陪伴她。

经过几个月的忙碌，她的城外桃花源有模有样了。她和爱人一起守着这山中的小屋，白天晒太阳、浇花、照料蔬菜，晚上赏月赏星星，或者就闭上眼睛，静静地听窗外的风将周遭的草木一一吹响。

勤快的爱人从附近山林里捡回一大垛枯树枝，储备起来做日常的烧柴。他还在屋里安装了冬日取暖的小锅炉，砌了东北农村常见的火炕。就地取材，他自制书架、饭桌、木凳。屋后，还搭建了一个储物间，放置斧子、镰刀、锄头、铁锹等工具和杂物。

顺着一条开满野花的羊肠小径，往山下走不远，是附近的村民开垦的一块块庄稼地。再走出七八里远，有一个二十多户人家的小村，村里的男人大多去城里打工了，只剩一些老人、妇女和孩子。偶尔，肖琳和爱人也去请教村里人种菜的问题，或讨一些菜籽、花籽，或买一些鸡蛋、玉米面、小米。她喜欢那些绿色食品，更喜欢和那些心地善良的村民来往。有村民侍弄庄稼累了，也会到她的小屋坐坐，喝两口清凉的山泉水，跟她闲聊一会儿。

看到肖琳的书架上摆了很多书，听闻她发表过文章，有村民敬佩地说，以后得让孩子过来跟她学习写作文。她愉快地答应了，一再声明，绝对不收学费。

不久，有三个孩子真的过来拜师了。肖琳看过他们写的文章，决定采用“创意写作坊”的模式，进行全新的写作教学实验：她给他们讲了一些名家的写作轶事，领着他们修排水沟、给白菜捉虫子、放鸭子和鹅、教他们认识那些花草……这期间，她经常让每个孩子讲述自己感兴趣的见闻，只要他们觉得有意思的，都可以讲出来。而她更像一个好的听众，津津有味地听着，不时地点头，仿佛他们说得实在太好了，已无须她再多加点评。

她还让三个孩子到书架上，随便挑选自己感兴趣的书，可以和她一起读，也可以拿回家里读，但要求他们读后，要将自己喜欢的或不喜欢的，都讲给她听。

有的家长着急了，问她为何不教孩子们写作方法。她笑着说：“我在教他们写作方法呢，终身受益的好方法。”

“可是，一个多月过去了，他们还没写一篇作文呢。”一位急性子的村民大惑不解。

“他们已经开始写作了，只是没有写在本上。”她笑呵呵地说。

“开始写作了？写在哪里了？”那位家长仍一头雾水。

“别急，下学期考试，保证您的孩子能写出老师喜欢的作文。”她的脸上写满了自信。

过了一段时间，她给三个孩子布置作业：每天写五百字，坚持一个月，写成一篇一万五千字的长文章，内容自选。他们可以与她一起探讨人物形象、情节设计、结构安排……但她不教写作方法，他们可以随心所欲地写。只要把文章写完，就算完成任务；若是写得吸引人，就算优秀，她会发奖品。

此前一写作文就头疼的孩子，一下子要写过万字的长文，可是不小的挑战啊。她相信他们能写出来，而且能写得不错。她陪他们一起写，她每天写两千字，一个月写六万字。

一个月后，三个孩子竟然都完成了作业。她奖励给每个孩子十本中外名著，让他们一年内读完，可以细读，也可以囫囵吞枣地读，但要写出不少于两万字的读书笔记。

再后来，经她指导，三个孩子均有文章在报刊上发表，考试的作文成绩自然也是优秀的。家长惊讶地问她施了什么魔法，让孩子对写作着了迷，写出了好文章。

她却感谢道："孩子们配合得好，我们一起完成了愉快的创意写作实验。"

不久，附近村子一些家长也纷纷将孩子送到她这里，跟她学习写作。她仍执意不收学费，几位家长便集资在她的塑钢房旁边，搭建了一个简易的"写作坊"。

红叶飘飞的一个秋日，读到肖琳的一篇美文《亲爱的，请来我的城外桃花源》。经不住诱惑，在她的一位好友引领下，我走进了她的山中小屋。

那天，肖琳素面朝天，穿一件红色绒衣，黑布鞋上绣着两朵精致的月季花。我俩坐在屋前的葡萄架下，头顶是悠悠的白云，不远处是漂亮的五花山，眼前是姹紫嫣红的小菜园，两只白鹅不时地叫唤两声，一只蝴蝶翩然飞过，小花猫在墙角打着盹。品着山泉水浸泡的菊花茶，话题随意而轻松。尝一尝她种的红心萝卜和起沙的柿子，那种“好极了”的滋味，真是无法形容。

“真是一处迷人的桃花源！”我啧啧赞叹。

她颇自豪道：“我没夸大其词吧？我这里往来多平民，也有鸿儒，有好几位大作家和诗人也慕名来过呢。”她拿给我看那些名家们的赠书。

“等我退休了，也来做你的邻居。”听她讲种菜种花的趣事，讲与村民交往的点点滴滴，我羡慕她的日子充实而有趣。

“不必等到退休，有闲时，就应当多出去走走，修身养性的好去处，省内省外，多着呢，像麦家建在杭州的理想谷，像盛子潮建在保俶山上的纯真年代书吧……”她开导我。

我问她：“在这里住久了，会不会感到寂寞呢？”

她笑了：“怎么会？这里一年四季热闹不断，犬吠、鸭叫、猫跳、鸟鸣，花红、草绿、树黄、雪白，远道而来的客人、时常来访的村民、一批又一批朝气蓬勃的学生……每一天，都会遇见欢喜。”

“还有那么多喜欢的书，还有那么多要写的文章……”受她的幸福感染，我补充道。

“再告诉你一个惊喜：那天去医院复查，医生说我的肿瘤减小了，问我用了什么灵丹妙药。我说，清风、明月、星空、花圃、菜园、山林，还有时时刻刻的阳光心情……”她自豪地向我讲述着。

“还有啊，就是心爱的人一直陪伴在身边。”肖老师幸福地讲述了她生病后，爱人对她的呵护更细心了，仿佛又回到了初恋时光。

“真是一对让人羡慕的神仙眷侣！爱诗意，也爱红尘。”望着忙碌着为我们准备晚餐的肖老师的爱人，我更相信，世间最好的风景里，一定要有至爱的人。

说话间，一位学生家长送来刚采摘的蘑菇和蓝莓，还有新加工的小米。肖老师回赠那位家长的，是爱人腌制的韩国风味的泡菜。听她与学生家长亲如家人的对话，我知道她人缘那么好的原因了。

她感恩道：“闲暇时，我领着一群大大小小的孩子劳动、读书、讨论、写作，跟他们一起欣赏眼前寻常的风景。孩子们开心，家长们高兴，我也像中了大奖似的。”

她说“中了大奖似的”这句话时，眉宇间洋溢着掩不住的欢欣。

一轮明月升起时，我们几个人围坐在清风徐徐的小院里，品着肖老师爱人做的很地道的农家菜，聊着日常生活里的趣事，我激动道：“敬爱的肖老师，您这可爱的城外桃花源，我真的迷上了。”

“这样的话，我爱听。”肖老师爽朗的笑声，回荡在迷人的夜色里。

一个周末，我去拜访一位年近九旬的老教授。研究了一辈子美学的他，在自家的阳台上打造出一方小菜园，还在书房里开辟出一个小花圃，退休的日子里，养鱼、赏花、种菜、写字、听曲、读书……悠悠哉，老教授这楼上的“桃花源”，也令人陶醉。

刹那间，我的心猛地一颤：原来，只要怀揣诗意的向往，行动起来，无论城里城外，谁都可以拥有美丽的“桃花源”……

路灯下的母亲

冬日的哈尔滨，下雪很寻常。这会儿，夜幕刚降临，天空便疏疏落落地飘起了雪花。

师大附中侧门附近的路灯下，她摆了一个烤地瓜的小摊，简易的烤炉安置在一台三轮车上，旁边放着木柈子、蜂窝煤、地瓜，还有一个陈旧的半导体收音机。车把子上挂着女儿用纸壳做的广告牌，上书“有人考北大，有人考清华，我烤地瓜”，戏谑中透着安然，幽默里藏着平和。她的生意始终淡淡的，像她波澜不惊的生活。

刚刚五十出头，她却已白发斑斑，腰背微驼。丈夫因病去世 12 年了，她与女儿相依为命，像两株不肯向命运低头的小草。

她特意选在女儿就读的中学门前卖烤地瓜，为着能够每天陪女儿上学、放学。

女儿特别懂事，是品学兼优的好孩子，时常会给她带来好消息：数学竞赛获奖了，作文在刊物上发表了，百米跑获得全校第一名，评选上了“优秀班干部”……她欣然而骄傲，仿佛自己成了世界上最幸福的母亲。

此刻，雪不紧不慢地飘着，路上行人越来越少，她守着那个寥落的小摊，不时地朝校门口望两眼。女儿读高三了，教室在那栋教学楼三楼最左边。

每天晚上九点半，晚自习结束的铃声一响，女儿便会第一时间走出校园，穿过校门口那几排接孩子的私家车，快步来到小摊前，接过她递上的热乎乎的烤地瓜，一边美美地吃着，一边兴奋地向她报告校园里的趣事。

今天，女儿出来晚了一会儿，因为她给同桌讲解一道物理题。

女儿快步跑到她跟前时，热闹的校门口已安静下来，路灯光将雪地映得更亮了。女儿指着母亲围巾上白白的雪，逗她："妈妈变成白雪公主啦！"

她笑着："妈妈有你这个小公主就够了。快吃一个香甜的烤地瓜，暖和暖和身子。"

母女俩说笑着收摊，慢慢地推车朝家中走去。撒了一层清雪的街路很滑，稍不留神就可能摔跟头。

拐过一条胡同，马上就要到家了。忽然，背后有人喊"小心"，一位快递小哥的电动车猛然滑倒，朝她们撞过来。她一把推开女儿，用身子挡住失控的电动车。

躺在地上的快递小哥也摔得不轻，他一边关切地问她是否撞伤了，一边心疼顾客点的夜宵撒落一地，他得自己掏腰包补买一份。

她的腿被重重地撞了一下，疼得有些发木，却安慰快递小哥："我没事儿，快看看你的车摔得怎么样，还能不能帮你接单。"

女儿想嗔怪快递小哥车速太快，伤到了自己和他人都不好，话到嘴边却变成了：“快忙你的吧，别让你的客户等太久了。”

回到家中，她才发现左腿擦掉了一块皮，撞出一大块瘀青，肿疼得她直冒汗。女儿说她刚才飞身挡车时，身手挺敏捷的，像一个大英雄，没想到内伤这么重。

她知足道：“幸好那个小伙子没伤着，你也没伤着，我也不碍事儿。”

第二天，女儿起来做了早餐。她执意像往常一样出摊，拗不过她，女儿妥协了，但一定要自己推三轮车。

看着女儿走进校园，她开始生火烤地瓜。这时，雪又不紧不慢地飘起来，她穿了厚厚的棉衣，不停地搓着手，守着冷清的小摊，一脸的平和。

黄昏时分，那位快递小哥来到她跟前，愧疚道：“阿姨，对不起，我刚做快递半个月，昨天晚上只顾着抢时间，自己摔倒了，还碰倒了您。您真是好人，没让我掏一分钱药费。”

她轻描淡写道：“一点儿小磕碰，你以后也要多加小心，谁的生活都不容易。”

快递小哥买了两个香喷喷的烤地瓜，不由分说扔下两张百元钞票，说了一句“好人一生平安”，便转身跑开了。

雪花落到两张钞票上，她心里暖暖的，嘴里也喃喃着“好人一生平安”。

路灯又亮起来了，她听着收音机里的节目，心里盘算着今年春节前得给女儿买件新衣，不能总让她穿亲戚送的旧衣裳，虽然那些衣裳质量还好。

忽然，一位小女孩突患白血病的新闻，猛地攫住了她的心：真是屋漏偏遭连阴雨，不幸连着不幸，贫病缠身的父母，眼睁睁地看着病魔摧残幼小的女儿，却束手无措……

她今天在风雪中站了整整十二个小时，只赚到三十二块钱。她眼角有些湿润，为自己爱莫能助轻轻叹气。

蓦然，她想到那位快递小哥硬塞给自己的二百块钱，一个坚定的想法，让她心情好起来。然而，她不会用微信向那个银行卡账号转钱，得等女儿放学后来帮她完成心愿。

女儿一走近，她赶紧掏出那个抄写了两遍的爱心账号。母女俩站在昏黄的路灯下，像完成一项神圣的使命，将她微信里仅有的二百一十五元钱，都转给了那个素不相识的患病的小女孩。

她不停地祈祷可怜的小女孩能早日康复。女儿安慰她："一定会好的，因为妈妈捐了一个吉祥数，谐音是'爱要我'，有爱陪伴，自然会有好运降临，就像我一样。"说着，女儿撒娇地挽起母亲的胳膊。

那一刻，女儿感觉冬日的路灯那么明亮，母亲的手那么温暖。

就像没有一朵花会拒绝绽放，没有一种生活会拒绝爱的照耀。路灯下女儿紧紧挽着母亲的手，日子虽说清苦，但有爱相伴，苦难就会凋零，幸福就会生长。

你是拂去寒凉的暖

那会儿，新冠病毒正猖獗中，好友的妻子感染了，被送入隔离医院治疗。好友每周仍要透析三次。我提议陪他去医院，他起初连连摇头，认为这是非常时期，不肯让我冒险。后来，他出门打车实在太难了，就接受了我的援手。

我俩住在同一个小区，跟门口保安说明情况，被准许开车接送他去医院。

好友跟我坦言："有你陪伴，我身心都轻松了许多，偶尔晚上跟妻子视频，她还夸我气色变得好多了。"

我逗他："告诉她赶紧病愈出院，不然时间久了，我要帮你换人了。"

好友一脸认真："岂敢！她是我的命。"

好友与妻子一路风雨走来，苦日子没少过，可两人的幸福，着实令许多熟悉的人羡慕。

在医院家属休息区，我认识了一位姓郝的六十多岁的母亲，她的女儿大学刚毕业，就患了严重的尿毒症，也是每周透析三次。还在做清洁工的她，便在医院附近租了一间小房，只为女儿透析方便。

那些陪伴透析者的家属，大多靠玩手机打发时光，郝女士似乎根本没带手机，手里总是捧着一本文学书。那两周，她津津有味地阅读的是《最美的唐诗》。

我有些惊讶地问她："为什么不去读一些轻松的东西？"

她平静地告诉我："这里面的经典诗篇，又真又美，读时如沐春风，读后清爽无比。"

原来，她从那些优美的诗句中，感受到了更广阔的生活，品味到了更丰富的人生。

我赞叹郝女士懂得寻找诗意的人生，她微笑着："活出一种温暖，多有意思啊。"

这话说得真好。暖意融融地活着，不管生活里多少凄风冷雨，就像眼下的东北春寒料峭的二月，窗外不时地有雪花飘落，但每一根光秃秃的枝头，都在等待着挡不住的春风吹绿。

跟好友聊起郝女士，好友告诉我，他在医院里也遇见过许多温暖的情景。譬如，一年前，有个九十岁的老父亲，每天陪五十多岁的小儿子透析，但小儿子最终还是因肾衰竭走了。

白发人送黑发人。原以为那位老父亲会被巨大的悲恸击倒，没想到，那天在附近公园里，好友见到老人家正提笼赏鸟，仿佛一夜春风吹融了所有的落雪，枝头又有大片的新绿纷纷绽出。

在朋友圈里看到一则新闻：在意大利米兰，灾难一样的疫情，一下子就夺走了一对风华正茂的儿女，擦去泪痕的护士母亲，又毅然地冲上抢救生命的抗疫一线。她说：“我没有时间哭泣，我所能做的，就是必须给那些尚在寒冷中跋涉的人，送上一缕温暖。”

生活中，难免会遭遇一些意料之中和意料之外的打击，幸好还有那么多人满怀热爱和憧憬，愿意扬起温暖的手，轻轻拂去生命中的寒凉，让疼痛退却，让苦涩凋零。

第二辑

日常随喜，独自美好

风行水上，水随天去

花开花落，各有欢喜

美好终将遇见美好

你想要的幸福触手可及

与清雅对坐

“清雅”，只轻轻读出这个词语，唇齿间，便立刻溢出一缕清润与雅致。

不再是春光明媚里夺目的绽放，一枝残荷，犹在瑟瑟的秋风中卓然而立，满池清凉触手可及，游鱼已无声地遁去，仍无法减损它摄人心魄的清雅，令人肃然起敬。

去大兴安岭采风，在大山深处，偶遇一位参农。他的小木屋前，有一大片参园。夜幕降临时，明月移影入窗，松风依墙而过，吹得附近大大小小的树木沙沙作响。他烧了一壶山泉水，为我泡了一杯菊花茶，那杯子居然是古陶的，有着久远岁月的余韵。

问他独居山中，是否寂寞。他淡淡道：有树有花有草，有灿烂的阳光，有浩瀚的星空，心里还有幸福的念想，哪里还顾得上寂寞？

望着他一脸的淡然，我立刻想到了那个余香袅袅的词语——清雅。

去拜访过一位知名画家。刚一进门，我便被他蔚为大观的藏书震住了：足有五十多平方米的方厅，三面墙都被特制的书柜占满了，每个柜子里都摆满了书籍，美术、音乐、书法、历史、哲学、文学、天文、植物……林林总总，内容庞杂，简直就像一个小型图书馆。

画家告诉我："这些书籍，90%以上我都读过，50%以上细致地读过，25%以上反复读过。"

我知道他在省文联有一份忙碌的工作，身为家中长子的他，还要时常操心远在乡下的父母和弟弟姐妹的生活。我很惊讶，他如何挤出时间，读了那么多的书。

他告诉我，白天忙工作，忙家务，忙着处理各种杂事。等夜色降临，打开台灯，关闭手机，屏蔽周遭的嘈杂，徜徉于书海中，沉浸于一种清雅、幽静的氛围里，身心俱爽，此间之惬意、充盈，真是"欲辨已忘言"。

只寥寥几语，他就勾勒出"大隐隐于市"的现代与古典融通的生活景象：怀一颗素雅之心，捧一卷喜欢之书，或急或缓地一路读去，有美丽的风光不时展开，有趣味不时扑来，有思想的光芒不时闪烁，有曼妙的情思不时溢出……这么一联想，便立刻心驰神往了。

清雅，应该是凝了山川的神韵，染了草木的色泽，有远村绿树掩映的清幽，亦不失繁华都市的明媚，自然、纯净，若一杯浸了时光的淡茶，慢慢地品，别有滋味在生长。

好友游览江南古镇归来，向我展示他一路走来拍下的照片：一溪自在的流水，一条窄窄的石板小街，一张斑驳的古木饭桌，一副褪色的对联，一株随遇而安的老树，一碟简单的小菜，一群背着画夹的年轻人，一群在古桥上攒动的游人……有叫人过目不忘的古朴，也有令人眼花缭乱的时尚，有叫人出神的安宁，也有叫人欢喜的热闹。不用美颜，不用修图，他只是信手拈来，日常的杂芜里面，自有一份天然的清雅，沾着些许有意思的人间烟火。

一个清雅的人，不会在意世事沧桑，也不会在意人生跌宕，只会以花开花落的从容，以云卷云舒的淡定，将清雅写在眉宇间，盈在微笑里，落在不疾不徐的行走中。

有时，清雅是听着檐雨的念珠，看一只蜘蛛在墙角慢慢地结网，看一朵又一朵的蔷薇争先恐后地爬上木栅栏，朝着巷口凝神眺望。那位白发老伯的耳朵背了，却能够坐在树荫里，听清远处的一声鸟鸣。那样有情有义的夏日，是活泼的，也是诗意的。

晴空万里，秋水明净，一阵急过一阵的秋风，忽然爱上了那些五颜六色的秋叶，撒娇般地摇动树枝，一枚枚色彩斑斓的叶子，便纷纷地飘坠，多情地飘成一层柔软的叶之锦缎，闪着光阴里的暖，还有着几许伤感的优雅。

北方冬日的黄昏，那些说来就来的雪花，没用多长时间，便将窗外景色与某个童话世界紧密相联了。无需“红泥小火炉”，也无需“绿蚁新醅酒”，两个好友、一杯新茶、一个有意思的话题，一个寻常的冬夜就能清雅起来。

多年前教过的一个学生，在某个寻常的日子，从巴黎给我发来一条短信：生命中走得匆匆的还有当年明月，清辉里的那一份优雅，我们曾认真欣赏过。

真好，那么多光阴走过，他念念不忘的，仍是青春岁月里的清雅时刻。

若有人问我，什么样的美好值得一生追寻。我一定会脱口而出：要追就追清雅吧，生命中的一些好时节、一些好事物、一些好人……因为诗一样的清雅，陡然变得更加迷人。

守着那些小欢喜

作家雪小禅有部美文集名叫《小喜》，只轻轻地念出，唇齿间便有小小的欢喜，活泼泼地涌出，阳光一样，草木一般，自然而亲切。

一个雪后初晴的冬日，我去医院探视一位刚做过脑动脉瘤手术的患者。她是朋友的母亲，八十五岁了，耳不聋，眼不花。她一辈子生活在乡下，若不是患了大病，恐怕还不会来省城。

特别爱说话的她，一见面，便向我絮絮地讲述：她怎么被查出了病、医生怎么设计手术方案、儿女怎么细心陪护。其间夹杂着她不少惊喜的感慨：大医院查病的机器真神，藏得那么深的瘤都逃不掉；那位年轻的医生真了不起，开颅手术做得那么好；还有医保现在也挺贴心的，要不然真看不起病……

朋友打趣她："瞧您兴奋的样子，哪像做过开颅手术的老人啊！"

她一脸的知足："上手术台前，我就告诉自己：今生享的福不少了，这回就算保不住命，也没啥遗憾的。"

我笑着逗她："像您这么乐观的人，肿瘤也害怕呢，乖乖地投降了。"

她认真地说出自己朴素的处世之道：“人生一世，啥样的坎儿都可能碰到，愁眉苦脸是啥也解决不了，就得自己学会找乐，一点点的小欢喜，也得珍惜。”

接下来，她向我描述了日常生活里诸多的小欢喜：她移栽到菜园子里的一棵总也不开花的苹果树，成了全村人时常谈论的一个话题，成了个性倔强的象征；她养的那只芦花鸡上了年纪，不爱下蛋了，她正要送给生了孩子的邻居，它像看穿了她的心思，立刻又勤快地下蛋了；前年秋天玉米歉收，她推迟销售，结果卖了好价钱，减产却没减收；她有段时间失眠得厉害，讨了一个偏方，喝了半年的蒲公英水，效果出奇地好，现在一挨枕头就能酣然入睡……一桩桩琐屑的小事，带给她的都是无法掩饰的喜悦，小小的，淡淡的，韭菜一样，一茬一茬的，总是收割不完。

我不禁赞赏她：“您有生活的大智慧，知道随时随地捕捉一个个细小的欢喜，让身边点点滴滴的小欢喜，给平凡的生活增添一些喜气。”

她谦虚道：“咱是普通的小人物，日子俗常，不顺心时，就得多找些小欢喜宽慰自己。”

其实，置身于滚滚红尘，我们每个人都应珍惜触手可及的一个个小欢喜。如是，许多忧愁会剪断，许多烦恼会拂去，喜悦会飘然而至。

一个春光明媚的周末，我慢慢地翻阅旧信件，看信封上或熟悉或陌生的地址，读信笺上或长或短的文字。一些景致、一些物件、一些人、一些事，隔着长长的时空，依然生动如初，有着光阴不老的色泽。手指抚过有些斑驳的字迹，一颗似已被沧桑浸润的心，又倏然柔软起来，淡淡的喜悦，自然而明亮，如阳台上平和的吊兰，如刚刚摆放上案头的样刊。

那位编辑写在一张明信片上的三句短信，真是言简意赅：一稿拟发，一稿已被两家刊物转载，祝愿我新的一年创作丰收。那会儿，每个杂志的编辑都认真得叫人感动，稿子不合适，也会写信鼓励一番，看到合适的稿子，似乎比作者还要开心。作家王茵梦说，那是写作者的黄金时代，再也回不去了。

那些每个月都有几十篇文章发表、每周都有稿费单飞来的好时光，那些与各路编辑书信频递的好日子，已是曾经，但如今想起，心里仍暖暖的，小小的欢喜仍忍不住钻出来，像春天的原野上藏不住的青草。

赠书给一位爱好文学的高中生，寄语简洁：愿你守着无数的小欢喜，一年又一年。

当然，这也是写给更多朋友和自己的生活愿景。愿我们时常看见生活中的小欢喜，拥有更多的小欢喜，拥抱幸福的人生。

日常随喜

在小区的花坛里，我看到一丛不知名的草，正绿得浓郁而张扬，那葳蕤的青春模样，令人羡慕不已。旁边那些品种各异的小草，似乎也受了感染，也恣意地秀着自己的绿，翠绿、葱绿、墨绿、油绿……比赛似的，较着劲儿，谁也不服谁，像一群争强好胜的孩子。

阳光里，那个有些驼背的老者，捡起躺在草坪里的一个矿泉水瓶，放进手里拎着的麻袋，巡睃的目光又投向了远处，好像还有宝贝在前面等着他。

那个年轻的快递小哥，穿梭于楼群间，脚步匆匆，他似乎已习惯了每天如此忙碌。

前边的休闲广场上，几个老人围在一起闲敲棋子，一群大妈在跳广场舞，一位老者在指导两个徒弟练太极，一位中年男子像个学者，正口若悬河地纵论国际风云，身边围了一群“粉丝”，偶尔也有争论，嗓门儿高的，仿佛真理在握，一脸的自信。

这是我身边的日常的景象，抬眼即见，凡俗、琐屑、热闹，烟火味儿十足。

有时，我会不由自主地与一朵花对视，或蹲下来看一群蚂蚁搬家，或驻足听一些闲言碎语，或兀自一路漫步，关注一粒静默的石子，品味一声清脆的鸟鸣。可以随心所欲，可以独享，也可以与人分享，这日常生活中无处不在的小欢喜，俯拾皆是。

更多的时候，我随手翻开一本书，徜徉于文字描绘的大千世界，只一瞬间，缤纷的思绪便穿越了辽阔的时空，于或远或近的彼方天地间，邂逅一串串的日常欢喜：在陶渊明“采菊东篱下，悠然见南山”的那方安然的田园里，在王维“行到水穷处，坐看云起时”的那片幽静的山林间，在李白“对影成三人”的那轮皎洁的明月下，在杜甫“无边落木萧萧下”的那条奔涌的大江边……又或跟随梭罗的脚步去欣赏瓦尔登湖畔迷人的风光，或陪同屠格涅夫到莫斯科郊外肃穆的森林走走……蓦然发觉，我们渴望的诗和远方，就散落在日常的山水间，伸出手，随时可以掬一片云影，可以捧一怀花香。此间之乐、此间之美，那两只翩然的蝴蝶知道，那些疯长的庄稼知道。

放下书，我会走出小屋，跟门口的保安聊聊涨工资的消息，跟楼上的邻居切磋一下糖蒜腌制的秘方，跟新开张的小饭馆老板娘谈谈经营之道，跟街角摆摊理发的老大爷说说掌握一门手艺该有多好……那么多寻常人、寻常事，纷纷涌来，与我热情握手，与我亲切攀谈。

令人愉悦的日常小事，宛如小河边那些被露水洗过的小草，自然、鲜亮，翩然而至的欢喜，从心头拂过，像著名作家汪曾祺信手拈来的一碟小菜，只加几滴香油、一点儿盐末，寻常的萝卜皮，便可味道妙极。

踱到自家小小的阳台，我给一盆盆很少挑肥拣瘦的花草松松土，浇浇水，剪剪残枝败叶。它们个个随遇而安的样子，皆是美丽的诗文，我可以时常诵读，高声或低语，柔情或浓意。

有时，我望着杯子里缓缓起伏的茶叶，那些尽情舒展的嫩芽，凝了光阴酽酽的味道，从遥远的山中飘来，从楼下的茶庄飘来，每一步，都踏着虔诚的节奏，都响着欢悦的足音。

其实，我们绝大多数人都在照料着日常的零零碎碎：种田的农人，遵循时令，有条不紊地耕耘、播种、收割、存储；流水线上的工人，日复一日地忙碌，一件件新产品，述说着创造的喜悦；摆摊的小商贩，叫卖几样寻常的物品，放飞几许期望，也收获几许满足；那些被焦虑追赶的家长，不知如何让孩子轻松一些，如何避开一个个巨大的竞争旋涡……

将每个日子都过成一首诗的样子，是一种奢望，却可以忙中偷闲，可以闹中取静，以一颗平和的心，拂去焦躁和烦忧，让欢喜的阳光轻轻洒落。

一位老诗人赠我刚出版的诗集，赠语是立刻叩动了我心扉的四个字——日常随喜。

真好，生活随简，日常随喜，向所有美好的事物致敬，心怀感恩地在人间走过，欢喜的涟漪，不停地荡漾。

自喜不为众人识

行走于山林间，突遇一丛陌生的野草，长茎、窄叶，开细碎的白花。不知该草的名字，也不知其特性，便请教自诩谙熟草木的同行者老高。他仔细辨认了半天，还是摇摇头，坦言自己也不认识。

于是，我赶紧对着野草拍了一堆照片，传到网上多方求助。网友们众说纷纭，没给出一个令我信服的答案。我又通过微信请教一位京城的植物学家，他也没能帮我答疑解惑。

“众人都不认识它，它应该为此自喜不已啊。”老高见我一脸的失落，猛然抛出一个别开生面的见解。

“不被众人所识，何喜之有？”我不知老高的话语中藏着怎样的深意。

“不被众人所识，自然也就少了关注的目光，少了打扰，少了是非纷扰，它尽可以安然自若地过自己想要的生活，像一位超然于世外的隐者，任云卷云舒、花开花落。”老高竟然羡慕起那丛不被人们认识的野草了。

细细咀嚼，老高的话的确很有道理：兀自生于林间的一丛野草，不卑不亢，不争不抢，随季节变换，该青则青，该黄则黄，自然、轻松，又不失一份飘逸的洒脱。

回想自己年轻时，曾那么拼命地奋斗，热切期望有朝一日能有所建树，能够站到聚光灯下，成为掌声和鲜花簇拥的焦点人物。待一番热闹过后，我蓦然发觉，有些鲜为人知的独处，也令人羡慕。譬如，乡村小院里那个悠然望云的老者，繁华街头那个为过路人画幅素描的年轻人，大树底下那个捡拾红叶的快乐女孩……不为人识、没关注度又何妨？守着自己的一方小天地，从容地做着自己热爱的事，冷暖自知，自有不必说与外人的欢喜。

作家蒋勋曾讲过苏轼的一件轶事：被贬黄州的苏轼，饱尝世事艰辛，陡感“人生如梦”，内心一度非常悲苦，甚至弥漫了深重的忧愁。一天，苏轼跑到一个夜市上喝酒，微醺时分，他摇摇晃晃地往回走，一个横冲直撞的地痞将他撞倒在地。窝了一肚子火气的苏轼，起身想拉住那个地痞好好理论一番，但转瞬间，他便自顾笑了起来。后来，他给朋友写信提及此事，说那一刻他“自喜渐不为人识”，心中顿觉一片澄明。

不为众人识的喜悦，缘于自省后的豁达，懂得淡泊名利，会让自己活得更轻松。

秋日热闹的早市上，各路小商贩纷涌而来，高高低低的吆喝声，此起彼伏。摩肩接踵的男男女女，东瞅瞅西瞧瞧，走走停停，且挑且选，卖家与买家各有所得，喜乐都写在脸上。

我拎着一袋顶花带刺的黄瓜，穿行于人流中间，悠然地欣赏着热气腾腾的烟火景象。

蓦然，一个似曾相识的身影闯入我的眼帘。就在前面不远处，那位头发花白的老者，正一手拖着购物小车，一手牵着一位头发更白的老妇人，走到一个馒头摊前，特意挑选了两个碱大的馒头。然后，俩人牵手又来到一个豆浆摊前。

老者转身时，我看清了那张脸，多年前经常在电视上见到。在脑海中一番快速检索后，我想起他曾是主管文化教育的副省长，在一个大型文化节上我们有过简短交流，但我一时想不起他的名字了。

我没有唐突地上前打招呼，像看着一个陌生的市民，看着不为人识的副省长一脸平和地从众人面前走过。

自喜不为众人识，不是离群索居，也不是孤芳自赏，而是相信自己即便不被众人认识，也完全可以活得很洒脱，甚至活得很优雅。

我欣赏过，便已拥有

有的人明明坐拥豪宅名车，却依然觉得自己缺的东西很多；而有的人只需面对一江清澈、半轮明月，便开心得仿佛拥抱了一个美好的世界。

祖父在世时，跟我提过古人的一句老话："过我眼，即我有。"只是那时太年轻，我并未懂得这句俗语的丰富内涵：世间的美景美物，乃至美人美事，见到过，欣赏过，真真地喜欢过，便自然会久久地留存心间。

1986年，我就读于哈尔滨师范大学中文系。到了周末，我喜欢逛校园附近的几个旧书摊，但我多是拿起喜欢的书，匆匆浏览一下，极少购买，只因囊中实在太羞涩了。

一日，我在一个旧书摊上，惊喜地看到法国大作家普鲁斯特的《追忆似水年华》之一《在斯万家那边》。那本小说的语言太有魔力了，我只读了两页，便有些爱不释手了。

那本书九成新，定价三元六角。我咬咬牙，准备跟摊主砍砍价。那位中年摊主仿佛一眼就看穿了我的小心思，一脸不屑道："这本书，你买不起。”

的确，我兜里所有的零花钱，总共也不会超过三元，若是他能便宜一点儿，我可以买下它。但摊主一口咬定这本书售价十元，一分钱不能少。

我困惑地抗议：“这是一本旧书，为什么比新书还贵那么多？”

“物以稀为贵嘛，这么好的书，我是花了八块钱收来的，不能赔本卖给你啊。你要是买旁边那些书，我可以三折卖给你。”摊主显然很懂书市行情。

那会儿，我这个地地道道的穷学生，每个月的生活开销，几乎全靠学校发的二十二元助学金。没办法，我只得恋恋不舍地将那本书还给摊主。

一周后，又路过那个书摊时，我忍不住停下脚步。那本《在斯万家那边》已不知被谁买走了，当时那种整个心仿佛被掏空般的怅然，至今仍清晰记得。

若干年后，朋友赠了我一整套七卷本的精装的《追忆似水年华》。或许是时过境迁的缘故，我并无太大感觉，反而念念不忘擦肩而过的那一卷。

那天，我陪同外省来的著名收藏家陈先生，去哈尔滨的古玩市场淘宝。一路寻寻觅觅后，我们在一家不起眼的小店，居然看到两件颇有些来历的藏品。陈先生的眼睛立刻亮起来，他一边与收藏者闲聊，一边轻轻地摩挲着藏品，换着角度，细细把玩，仿佛神魂都融进去了。

陈先生津津有味地欣赏着，啧啧地赞叹其设计精妙、工艺精致，真乃难遇的上等佳品。然而，令我十分惊奇的是，见到如此喜欢的宝物，一向出手阔绰的陈先生，在这家小店里耗费了两个多小时，好像只为着跟收藏者聊聊，品鉴一番人家的宝物，丝毫没有将其纳入囊中的意思，他始终没与宝物的主人探讨转让价格。

回去的路上，我忍不住问他："您那么喜欢那两件藏品，为何不问问价呢？"

"因为我不想夺君子所爱。看得出来，那两件珍品，都是那位主人的心爱之物。"

"太遗憾了，有幸遇见好东西，却无法拥有。"我很为陈先生惋惜。

"没什么遗憾的，我已经欣赏过了，便已拥有。"陈先生一脸的平和。

"欣赏过，就已拥有？"我仍有些不解。

"是啊，干我们这一行的，一生能遇见的好东西有很多，遇不到的好东西也有很多。有时，能够一饱眼福，好好欣赏一回，就是在心里拥有了。没必要也不可能将喜欢的东西都一一占有。"陈先生的一番话，猛然解开了萦绕我心头多时的迷惑。

细细想来，人生一世，能够有幸遇见一些美好的事物，能够驻足悉心欣赏，便是值得回味的美事了。那些长留心中的拥有，远胜于一时置于手边的占有。

如是，我对曾经擦肩而过的某些美好，不再心存遗憾，因为我已真切地理解了"我欣赏过，便已拥有"这句话中深藏的人生哲学。

藏在手艺里的脸面

在早市一个不起眼的角落，老程守着自己的小摊，卖几样寻常的时令蔬菜。

老程的菜，不是从批发市场弄来的，都是自家小菜园里产的。纯天然的绿色产品，大小不匀，色泽也不醒目，随便地摆成小堆，在周边那些品相鲜亮的蔬菜比照下，显得有些土气。

不像众多摊主扯着嗓子大声吆喝、极力推销，老程连小声吆喝也不肯发出，只是静默地坐在一个马扎上，甚至对过往的顾客也淡然相对，脸上尽是一切随缘的平和。

偶尔有人在菜摊前蹲下身，一边挑选，一边挑剔老程的菜品相不佳，让他价格再优惠一点儿。这时，老程便一脸的不高兴，嘴里嘟囔着："我的菜都是自己种的，产量低，价钱公道，一分钱也不能再让了。"语气里有明显的"我的菜只卖给有眼光者"的意思。他坚决不肯有丝毫的降价，仿佛菜价关乎自己的名声，不可随意变动。

老程倔强，其实也有一定的道理。因为有识货的顾客会特意来到他的菜摊前选购，而且多是回头客，或是朋友推荐过来的新客。

对买菜者，老程偶尔会自恋地炫耀一句：“这菜的味道里，藏着我种菜的手艺。”

老程种菜的手艺如何藏进了菜的味道里，他没有进行解释，留给买菜者回去慢慢品。

对老程而言，卖菜赚钱似乎并不重要，重要的是赢得人们对自己种菜手艺的尊重。他亲手种出来的菜，看上去不光鲜亮丽，内里却有自己独特、优秀的品质。之所以很少被人赏识，是因为许多人已被那些过度包装的浮华裹挟了，难以俯身细细打量，看见那些拙朴的美，发现那些更有内涵的真。

喜欢老程说的那句耐人琢磨的话：“我讲究种菜的手艺，我种的菜也是有脸面的。”

讲究藏在种菜手艺里的脸面，正是对自己有个性的活法的肯定。像他那样不卑不亢，亦不张扬，如风行水上，一派天然，人间烟火中藏着诗意。

认识一位老木匠，已经八十岁了，身子骨还十分硬朗，还喜欢亲自动手，给自己打制一件适用的木具。每有要打制的物件，即便是打制一把普通的椅子，老样式的，他也会像完成一项重大工程似的，去精心地挑选木料，看、量、推、刨、凿、磨……每一道工序，他都认真把关，一丝不苟。

老木匠的孙子有些不屑：“不过是做一件普通的木器，差不多就行了，现在谁还会在意你那有些过时的手艺？”

老木匠立刻纠正道：“我自己在意啊。活在我做的每个物件里的手艺，都代表着我的脸面，不讲究脸面的，不是真正的手艺。”

孙子惊讶：“手艺里还有脸面？”

老木匠不容置疑道：“当然有了。你的眼光、你的汗水、你的精气神儿，都融进了你的手艺里，你的脸面自然就藏进了你的手艺里。”

“你的脸面就藏进了你的手艺里”，这是我听到的对手艺最好的赞美。一句朴素无华的表白，将无比的珍视、无比的敬重，全都凝入了寻常的劳作中，人间寻常或非凡的手艺，陡然有了令人肃然起敬的尊严。

那天，在网上看纪录片《讲究》，意外得知一件件精美绝伦的工艺品制作的幕后故事，恍然发觉：关注手艺里的脸面，其实就在关注手艺里的“灵”与“魂”。那些讲究的手艺里，凝聚着岁月沉淀的情怀，彰显着时光打磨的高贵品质。

欣赏只属于自己的美景

在大学读书时，囊中羞涩的朋友便十分神往雪域高原神奇、绮丽的景色，尤其是“特别治愈”的万山之祖——昆仑山，更是令她魂牵梦萦，总盼着有朝一日能够亲临其境，一饱眼福。直到工作多年后，她终于有钱有闲了，才欣然踏上圆梦之旅。

从格尔木机场一出来，她就感觉胸口有些发闷，嗓子也有点儿发紧。同行的一位西宁朋友提醒她，这个机场海拔 2800 多米，久居江南的她，肯定是产生了高原反应。

休息了一晚，她兴冲冲地坐上旅行大巴，沿着 109 国道，一路欣赏着远处绵延、壮观的昆仑雪山和近处的湖泊和沙石，向着前方一个个已规划好的景点进发。

刚过昆仑山门，临座那位中年游客就有了强烈的高原反应，他赶紧拿出一个袖珍氧气瓶，吸了几口。她也感觉头晕脑胀，呼吸也有些不顺畅，但她还能撑得住。

车至小镇纳赤台海拔 3700 米的昆仑圣泉，她慢慢地从车上下来，想与那像盛开的莲花的清泉合个影。刚走了十几步，氧气稀薄的高原令她骤然胸闷气短，几欲摔倒，导游小姐忙扶她坐下。

服了备好的防晕药，她慢慢抚胸，大口喘气，过了好一会儿，脸色才缓过来。

导游小姐劝她不要继续前行了，但她还想前往昆仑山口，想去目睹那里“炎炎六月飞雪”的独特景观。她不肯就此停下脚步，抱憾而归。尽管导游小姐特别强调昆仑山口海拔 4767 米，此前，有不少游客都因严重的高原反应，选择知难而退了，她仍想挑战一下。

车越往前走，海拔越高，氧气越稀薄。有位好心的游客支援了她一个袖珍氧气瓶，憋闷难受时，她就赶紧吸上两口，但头昏脑涨得依然很厉害。强忍了半天，她呼吸越来越困难，脸色苍白，开始呕吐起来，胆汁几乎都呕吐出来了。一路折腾，到了昆仑山口，蓝天、白云、雪山映衬下的沧海桑田，她没能瞄上一眼，便被抬上救护车。

自己如此明显的“高原恐惧”体质，海拔更高的可可西里高原，只能留给向往了。在回撤的路上，她清醒地告诉自己：高原上的许多美景，今生注定无缘拜访了。她可以在电视或书本上欣赏那些属于别人的美景，也可以去别处欣赏属于自己的美景。

那个夏日，她自驾车旅游，来到在东北平原上的一个林区。漫步于郁郁葱葱的白桦林间，呼吸着负氧离子充沛的新鲜空气，一朵无名的小花、一只寻常的小鸟、一条突然涌出的小溪，甚至一缕清新的风拂过，都是令她陶醉的美景，令她兴奋不已。

走到那株高大的红松旁，她惊喜地指着草丛里的一堆蘑菇，大声地冲我喊道：“多可爱的蘑菇啊！白净的伞帽、白胖的身子，比童书里画得还漂亮。”

我告诉她,我几乎一辈子生活在乡下的祖父曾说过,只要自己愿意,在哪里都能欣赏到许多美景。在自家的小菜园里,在那片庄稼地里,在村庄周围的小山上……祖父欣赏过一颗种子到一堆果实的神奇之旅,欣赏过一缕炊烟变成一朵绚丽晚霞的变幻历程,欣赏过一只低飞的麻雀在雪地上的绘画,欣赏过那一方池塘里莲花的一岁一枯荣……一年四季,如画风景令人应接不暇。

她赞叹我的祖父活得智慧,他虽然一生不曾远行,却一直在欣赏着眼前属于自己的风景,悠然而惬意。

“总有一些美景要留给向往,而不是抵达。”一位万水千山走遍的行者告诉人们,在力不能及的地方,不妨停下脚步,及时转身,专注于欣赏那些属于自己的美景,才会轻松地遇见欢喜。

近在远方

认识旅行达人郝真，是在一个朋友组织的诗歌朗诵会上。她的真诚与随和让我陡生好感，我们很快便成了朋友。年纪轻轻的她，收藏了很多路上的故事，其中最令我感慨唏嘘的一个，发生在日本京都。

那是樱花盛开时节，她一走出建筑时尚的京都车站，就看到前来接站的片冈聪。帅气而阳光的他，是她三年前去撒哈拉的旅途中结识的。

片冈聪开车带她赶往南山寺的日式旅馆。住所有庭院、有温泉，房间内有古画、有茶案，榻榻米厚实而温暖，她喜欢这样有品位的休憩之地，价位也很亲民。

清晨，阳光挤过窗帘，树影落到对面的木桌上。她从温柔之眠中醒来，推开小窗，清新的空气，浸着花草的香气扑面而来，她陶醉地深吸几口，仿佛回到了江南那个幽静的小镇。

吃过特色鲜明的日式早点，她站在庭院里，听两只不知名的小鸟在枝头对唱情歌，听不清歌词，但音调清脆动人。

片冈聪开车过来了，还带着他十二岁的妹妹美惠子。第一眼见到那个秀气而活泼的小女孩，郝真就喜欢上了，特别爱听她一声声地叫着“郝姐姐”，甜甜的，纯纯的，有樱花般迷人的味道。

一路上，美惠子像个热情而博学的小导游，兴奋地向她讲解樱花的品种、特点、花期、产地、用途……她打趣道：“我真该付你小费了，为你这么贴心的讲解。”

美惠子开心道：“当然应该。但我要的小费，是请郝姐姐给我讲一讲张继，或者讲一讲王昌龄。”

“为什么要讲这两位中国唐代诗人？”她有些好奇。

“因为我特别喜欢张继的《枫桥夜泊》和王昌龄的《送柴侍御》。”

“原来，美惠子是这两位大诗人的粉丝啊，那我就讲一讲他们的故事吧。”还好，她这个古典文学硕士研究生也喜欢这两位大诗人。

于是，一千三百多年前的大唐时代，两位著名诗人的人生际遇和他们千古流传的诗篇，被郝真娓娓道来。美惠子一脸崇拜地倾听着，仿佛那些久远年代的诗人与她们都是无话不说的好朋友，他们的喜怒哀乐，都那样清晰可感，触手可及。

一同欣赏了一树树绚丽多姿的樱花，一同品味了好多情思隽永的唐诗，只短短的一天，美惠子和郝真便成了“忘年交”。

离开京都前，片冈聪不经意间透露了一个令郝真惊讶万分的秘密——美惠子患有先天性自闭症。一两岁时，她整日呆呆地搓手，或反复地摆弄两块积木，跟谁都不说话，甚至连跟父母目光对视都不肯。家人带着她去了好多医院，找了好多专家，用了好多药物，都无济于事。

眼看着她成了“星星的孩子”，做检察官的母亲毅然辞掉工作，开始探索救助之路：从目光接触，到应答训练，再到身体亲近、环境亲近、文字亲近……母亲带着她在伊豆半岛住了五年，领着她看花看草，看海看云，玩沙子，荡秋千，还领着她周游多国。

在朝夕相处的日子里，母亲惊讶地发现，美惠子对那些韵味十足的日本俳句和中国唐诗情有独钟，便读给她听，讲给她听，领着她一句句地读，一首首地背。奇迹竟发生了，十年后，她走出了生命漆黑的夜空，走出了自我封闭的孤独世界，变成了现在这样一个健康而聪慧的小姑娘。

郝真不禁慨叹：奇迹的名字叫母爱！片冈聪却说奇迹的名字，是诗和远方。正是远方的诗人，用一束束神奇的光，驱散了美惠子心灵的幽暗。

原来，那些看似遥远难及的世界，其实一直都如此亲切可触。有时，无尽的远方和远方的人们，也可以抵达心灵深处，像母亲温柔的抚摸，那般自然而亲切。

“哦，近在远方。”刹那间，郝真的心田里突然射入一道奇异的光，她蓦然有了如此新奇的发现。

“是的，近在远方，就像浩瀚天宇中的每一颗闪烁的星星，都能成为我们一生念念不忘的美。有时，给予我们最深感动的，或许正是远方的一道风景，或者一位路上偶遇的行走远方的陌生人。”片冈聪想到自己与郝真当年的雨中遇见，正是在擦肩而过之时，彼此真诚的对视，瞬间掸落了陌生，让隔阂立刻走远，让两颗心贴得越来越近。

近在远方，因为美好的找寻，因为美好的引领，更因为心灵渴望亲近的敞开……

那些幸福的“摸鱼时光”

埋头看了一上午的名家词精选，略生倦意，我推窗而望，天高云淡，秋色正浓。随手播放一段轻音乐《摸鱼时光》，顿觉神清气爽。

不经意间，我惊讶地发觉，辛弃疾的“千金纵买相如赋，脉脉此情谁诉”，元好问的“问世间情是何物，直教生死相许”，欧阳修的“佳期过尽，但不说归来，多应忘了，云屏去时祝”……这些我特别喜爱的词中名句，竟出自同一个词牌：摸鱼儿。

摸鱼儿——多么有情趣的名字，多么接地气的名字。只轻轻地念着，便有来自乡野间的亲切感觉，春风一样拂面而来。我不由得开始猜想：当初拟出这个词牌的人，肯定是一个富有生活情趣的人，懂得将大把的好时光花在美好的事物上。

犹记得，儿时的乡村夏日，村边那条无名小河里，几乎每天都留下了我和小伙伴们的身影：练狗刨，练扎猛子，玩打水仗，捞河蚌……有趣儿的玩法很多，最有意思的游戏是比赛摸鱼。大家齐刷刷站好，领头的一声令下，每个人都使劲儿憋一大口气，快速钻到水里，一双双小手拼命扑腾，仔细摸找从自己腿旁游过的小鱼，努力将它捉住。

那会儿，河里的鱼又少又小，常常费了半天劲儿，也摸不到一条，谁若是摸到一条稍大点儿的鱼，简直太幸运了，摸到者会骄傲地举着自己的收获，开心地炫耀一番，然后将那条鱼放归河中，继续快乐的摸鱼游戏。直到暮色降临，炊烟升起，大家才意犹未尽地上岸，回家吃晚饭。

与一位来自江南鱼米之乡的朋友聊起这段幸福往事，朋友笑着对我说："你们不是在摸鱼，是在摸童真童趣。"

我点头："那真是一段无忧无虑的童年时光，像一尾美丽的鱼，游过生命的长河，至今还记得河面上那些漂亮的泡泡。"

朋友也讲起了自己的摸鱼经历：父亲特爱动脑琢磨，将种地当作一门重要手艺，十几亩稻田，总能比村里人多一些收获。别人尝试在稻田养鱼，但成功的不多，父亲第一年就颇有收获，此后年年丰收。

稻子快收割时，稻田里的鱼也长大了。这时，父亲把稻子拨除两行，用铁锹在稻田周边挖一段深沟，留一个豁口，用一张网挡住，将稻田里的水引出一些。待水浅了，便有鱼露出来了，鱼们急着朝水多的地方游。这时，朋友就和家人站在水沟里，弯腰摸鱼，推、抓、摸、拦、捉，忙得不亦乐乎，一条条扑腾的鱼，很快就被捉到田边的两个大水桶里。

抹一把脸上的汗水和泥水，直起腰来，看一眼小半天的摸鱼成果，再望望天边油画一样美的晚霞，全家人开心得像遇上了大好事一样。

给邻居们分送那些肥胖的鱼时，朋友没忘了提醒：刚摸上来的，趁新鲜，品尝一下吧。

那天，读到一位社会学家的文章，我得知，在现代生活节奏加快的当下，"摸鱼"竟成了某些人在工作中不静心、偷懒、投机取巧的隐喻，成了自我放松的戏谑之语，不由得为那些幸福的“摸鱼时光”暗暗抱不平。

但转念一想，倘若能够在紧张、忙碌的高强度工作间隙，给自己“松松绑”，放松一下绷紧的神经，听听歌，走走神，或干脆望着天空发发呆，适度“摸鱼”一小会儿，于忙碌中偷得片刻安闲，愉悦一下身心，也不失为有益的劳逸结合。

如是，“摸鱼”不再是敷衍性做事，而是为了更好地做事，甚至“摸鱼”本身也成了有趣之事。如此有积极意义的“摸鱼时光”，自然就成了地地道道的好时光。

站到自己的屋檐下

一次朋友聚会，无意间聊到躲雨的话题，大家七嘴八舌地聊起各自躲雨的经历，有自然的，有被动的，有趣味十足的，有狼狈不堪的……聊着聊着，便朝着成长方向蔓延开来。

一向被宠成公主的雨薇，率先“晒幸福”：“小时候，但凡遇到一丁点儿难事，我都不用自己想办法，肯定第一时间报告父母，而且准能得到帮助。那会儿，父母就是为我遮风挡雨的屋檐，我只需站到被庇护的位置上，就可以免遭风雨的吹打。”

“现在呢？再遇到难事，你还会第一时间向父母求援吗？”我追问。

“当然不会了，我现在多大了？如果碰到一点儿困难就大呼小叫，让父母帮忙，那该多难为情啊！”雨薇一副今非昔比的模样。

“你不好意思再向家人求助，不只是因为你觉得自己不再是一个孩子了。”一旁的紫君对雨薇的变化深有体会。

“还因为我觉得自己该成熟起来了，该学会站在自己的屋檐下，冷暖自知。”雨薇说出了大家的心声。

随即，紫君讲述了自己的经历：小时候，手指上生出一个小小的倒戗刺，她像被针扎到了一样，冲着妈妈撒娇地喊疼。去年，她遭遇了一场严重的车祸，两条腿打了好几根钢钉，痛得直咧嘴，在医院住了一个多月，她也没跟妈妈提过片言只语。似乎成家后，再跟妈妈说自己的疼痛，就有些矫情了。

“不再跟父母讲那些难过的事了，不仅因为我们长大了，他们变老了，而且因为许多时候，他们已帮不上我们了。如果还像小时候那样跟他们诉苦，只会让他们睡不着觉。”雨薇总结道。

“长大后，我渐渐懂得了，若想让自己少挨雨淋，就得拥有属于自己的屋檐，免得一碰到天气骤变，就狼狈地往父母的屋檐下跑。”紫君在一旁补充。

“紫君说得对，人生不易，但没有人会永远为我们遮风挡雨，我们必须拥有自己的屋檐。”我感慨道。

忽然想起小学同桌闻艺，她也曾是父母的掌上明珠，备受宠爱。二十一岁那年，一场突如其来的火灾，粗暴地夺走了她俏丽的容颜，还夺走了她的一只手。

擦干眼泪，迎着世人投来的异样目光，她咬紧牙关，苦苦支撑，拿到了大学毕业证。然而，在求职的路上，她一再碰壁，尽管做了几次医学整容，她那张骇人的面孔，还是让用人单位纷纷退避。

收入较丰厚的父母安慰闻艺：“孩子，实在找不到工作，也没关系，大不了，我们养你一辈子。”

“谢谢爸爸妈妈，但我不想让你们呵护一辈子，落到我肩头上的雪，我得自己掸掉。”闻艺不允许自己长时间成为父母的负担。

外面的工作不好找，就在家里工作吧。几经考察、权衡，她决定做一个布艺师。她制作了几件小成本的布艺饰品，放到网店推销。没想到，她创意新颖、制作精良的布艺饰品，一下子赢得了客户的喜爱。她再接再厉，又开发出一系列新品，不仅在国内越来越受欢迎，还卖到了国外。

更让闻艺开心的是，在自主创业过程中，她凭着聪慧、自立、自强，还赢得了一份甜美的爱情，牵手了法国的一个浪漫男子，有了可爱的女儿，三口之家其乐融融。

闻艺说过这样一句话："知道该到哪里躲雨，是一个人真正长大的标志。"

没错，别人再好的屋檐下，也只能避雨一时，长久幸福的港湾，得靠自己的双手搭建。

翻阅闲书

随手拿起一本闲书,随便翻翻,如轻风过树,如雾起山间,起于随性,止于自然。此间之无拘无束、之轻松惬意、之妙不可言，唯有亲历者，方能真切体会到。

翻阅闲书，要有闲暇，还要有闲情。一颗忙碌而浮躁的心，很难让自己的身心轻松下来，即便拿起一本闲书，恐怕也难以让目光安然若水，缓缓流过那些云淡风轻的文字，更不会体味到那些文字后面的闲情逸致。

翻阅闲书的美妙时候，是在冬日的乡村。忙完地里的庄稼，储藏好越冬的粮食和蔬菜，备好来年的种子和肥料，田地也开始休养生息了，闲下来的农人，手头攥着大把的时光，闲来无事，信手翻开一本闲书，思绪悠然，日子静好。

落雪的夜晚，外屋的炉火燃得正旺，坐在暖暖的土炕上，拣一本谈古论今的闲书，或一本关于草木鱼虫的随笔，或一本有关老时光的回忆录，或一本有些玄奥的哲学书……开卷有益，什么样的闲书，都在等待着一个懂得赏识它的读者。

看过一幅闲读的插画：一个人端坐灯前，手执一卷，端然入境，茶杯口热气冉冉。一只小猫卧在脚旁，微眯着眼睛，似在观察主人表情细小的变化。窗外，一弯明月升起，轻风摇得树影婆娑，不知是否有蛙声响起，是否有萤火虫游逛。那人看的是什么书已不重要，那份忘我的沉浸一目了然。

清幽的庭院中，丝瓜垂挂的大棚下，云影徘徊的池塘边，小巷深处的老屋里，公园休憩的石凳上，顾客未至的小摊前，出差归来的列车上……随便走到哪里，不理市声嘈杂，不在意旁人的目光，只需让自己的心沉下来，与一本闲书为伴，守住当下。

那些触手可及的书，也是有闲的，闲置于书架上，闲落于某个角落，似可读也可不读，似可粗读也可细读，就像田间地头的一株多余的小草，极少被人关注，只是偶尔有好奇的蚂蚱上去荡一下，或有蜻蜓的翅膀拍一下。那些闲置的书里面，也有无限风光，也有世情百态，也藏了智慧，藏了趣味，正耐心地等待一个有闲的读者，等待一个懂得把日子过得有情趣的读者，等待一个能将闲适变得充盈的读者……

信手翻闲书，摒弃阅读的功利性，容易身心俱轻地投入，容易“入乎其内，出乎其中”。在从容、自如、率性、超脱的闲读中，情思会自然流淌，情趣会自然而生，会情不自禁地为书中别有深意之语颔首，会为书中某一精彩情节惊喜地拍案，会对书中某一新奇的景物浮想联翩，会由书中独到的见识引发更多的思考……或一目十行，或细品慢嚼，或掩卷沉思，或流连忘返。推开闲书的封面大门，便自有花香鸟鸣，自有星辰大海，自有山河逶迤，自有岁月沧桑，拂面而来。

许多成就非凡的大家，都认为“闲书”不“闲”，倡导读“闲书”。

著名作家梁晓声便认为“听音乐、看电影都是放松，读闲书也是”。他主张读闲书，还因为闲书“里面有些知识点、趣味性，另外也有一些读书人的见解和思想”。的确，身心清爽的闲读，乐趣丛生，又不失优雅，有风行水上的自由，有高天流云的俊逸。

当然，也可忙中偷闲，于忙碌的“正书”阅读之中，穿插一些“闲书”阅读，既可正襟危坐地“忙读”，亦可悠然自如地闲读。

眼前就有许多好风景

很多人以为，熟悉的地方没有风景。所以，大家喜欢去远方看风景。

一位生在北方的年轻人，经不住朋友的鼓动，赶在“五一”长假期，踏上了南下旅游之路。没想到，一路上到处都是拥挤的人流，都是急急匆匆追赶风景的人，每个景点都人头攒动，连拍张照片都要排好长时间的队，镜头里时常会插入一些不该有的背景。

他精疲力竭地归来。别人问起外面的风景如何，他一脸苦相：“除了那些照片，感受最深的就是疲惫，哪有值得回味的美景？”

那个周末，他坐在离家不远的那个公园的草地上，轻柔的夏风缓缓地吹过，吹来一缕缕淡淡的花香，听着不知名的小鸟欢快的鸣叫，他感觉惬意极了。

其实，喧嚣的都市中，也有田园般的静谧。自己挤火车赶汽车疲惫不堪地去追寻远方的美景，不如像此刻这样，神清气爽地看看眼前的景色。

一个微风习习的夏日午后，八十四岁的祖父，在院子里的那棵老榆树下，悠然地看一群蚂蚁忙碌着搬运食物，像在观赏一场精彩的演出。许多人不曾留意的那些小生灵，兴奋地摆动的触角，似乎碰到了他的某个细小的神经。他不禁嘿嘿地笑出声来，肯定是想起了有趣的情景。

记得十年前，从欧洲旅游回来，我一边给祖父看我一路拍摄的那些旅游照片，一边向他描述外面的精彩世界。一辈子没走出过那个小山村的他，像一个小学生似的，静静地听我介绍，不时地问我几个问题。我看到他眼睛里闪动的向往，就对他说，等我再多赚点钱，就领他去外面的世界看风景。

他听了直摇头："我可不去，我身边的风景还没看完呢。"

我以为他是心疼钱，便告诉他："外出旅游也花不了多少钱，我可以给你提供路费。"

祖父依然固执道："不去，眼前就有好风景，没必要舍近求远。"

我不以为然："这么一个小山村，您待了快一辈子了，哪里还有值得欣赏的风景呢？"

祖父却十分陶醉地用手一指："看看门前的那座小山，上面有多少棵树，有多少条小路，有多少花草、鸟兽，每一处都是独特的景致，你看都看不过来。还有，这村子四周的田地，每一年的四季都变换着不同的景象，你也看不过来；就是坐在院子里，瞧瞧鸡、鸭、鹅、狗，瞅瞅菜园和花圃，听听头顶的鸟鸣，哪一天都能见到有趣的风景。"

我哑然，很敬佩祖父的慧眼，他能够从眼前寻常的点点滴滴中，敏锐地发现和捕捉到那么多赏心悦目的风景。

而我们，常常身在风景之中，却浑然不觉。

第三辑

尘世烟火，遍地诗意

烟火盛处，此心安暖

热爱可抵岁月漫长

在寻常的日子里诗意行走

谁的世界都精彩纷呈

多与花草亲近

近日读《诗经》，我愈发爱上了散落在诗句间的诸多花草。隔了数千年，那些水灵灵的、俏丽无比的植物，依然那么可爱，一如邻家情窦初开的女孩，目光只轻轻一碰，我的心便被点燃了，情不自禁地浮想联翩，一时竟忘了光阴的流逝。

古时的人们，真是喜欢亲近花草，他们能与花草一见如故：河面上摇荡的浮萍、河中油油的荇菜、河畔起伏的芦苇、田野间随处生长的艾草、山谷中卓然而立的益母草、附生在松树上的女萝、路边荆丛中的红蓼、台阶下忘忧的萱草、热烈如火的凌霄花、朝开暮落的木槿花、“永以为好”的木瓜……对寻常的一花一草，也会给出一个或数个漂亮的名字，好像出门遇见了芳邻或亲戚，热情地上前打个招呼，毫无拘束地聊聊天，说说心里话，一切都那么自自然然。

读《芣苢》一诗，跟随那些提篮少女一路欢快地采摘，我的思绪立刻飞回到与草木相亲相爱的童年时光。

芣苢又名车前草，常丛生在道路边，或矮弱，或高壮，莲座状的叶片交织着，花茎直立如穗，白色的花瓣，紫色的花药，颇像一生很少走出村庄的乡亲，随遇而安。

犹记得，夏日的榆荫里，我与小伙伴们饶有兴致地玩斗草游戏。我们采来了节节草、狗尾巴草，但采得最多的是车前草，因为它的茎柔韧，不易折断。尽兴地玩过，我们又忍不住采了嫩滑鲜香的车前草叶子，拿回家，让母亲拌成小菜，芬芳唇齿，清润肺腑。

乡间何所有？随处花草皆可赏。有一种草叫猫眼草，生得漂亮，茎顶端生有深绿、黄绿或黄三种颜色的叶子，一层一层铺开，中间稍微竖起围拢，攒成五朵小花，中央金黄色的圆盘花心，像猫炯炯有神的瞳孔，特别惹人喜爱。

一听绛珠草的名字，就不免心生怜爱。它多生长在高大的乔木旁，枝茎纤细，姿态娇艳，凄楚婉约，清雅不俗，常常要借助树冠遮阴、避雨、挡风，一旦所依赖的树木被砍倒，便会因失去庇护而萎黄枯死。它纤弱的性情，似娇花照水、弱柳扶风、寄身贾府而时时小心翼翼的林黛玉，难怪曹雪芹将多愁善感的林黛玉的前世，写成生命短暂、于深秋红艳时遭寒霜而戛然凋零的绛珠草。

那年暮春时节，我与友人前往山林深处，去寻找一位放蜂人。寂寂的山谷间，我们邂逅一大片开得恣意浓烈的芍药花，那酣畅淋漓地怒放的一朵朵粉红色的花，仿佛正在张扬着赶赴一场盛大的爱情约会，真无愧“爱情之花”的美名。

古时沉浸爱河的男女，擅以芍药花传心语。初见时，想表达邀约之意，欲流露渴望亲近的心曲，便赠一朵芍药花；别离时，心中依依难舍，欲语还休，也赠一朵芍药花，因为芍药又名将离。将离，多么有烟火气的名字，多么诗意氤氲的名字，哀而不伤，雅而不冷。

我有一位好友喜欢拍摄花草。刚刚泛绿的枝条、悄悄返青的小草、积蓄力量的蓓蕾、争奇斗艳的花朵、随风飘落的花瓣、亲密相依的叶子……均是她镜头里的主角。或庄重，或活泼，或忙碌，或闲适，或凡夫俗子，或清新雅致……林林总总的美，在她的微信朋友圈里轮番登场，叫人目不暇接，欣喜叠生。

好友说，别人晒房、晒车、晒包、晒美食，我晒多情多义的花草，在每一个与花草亲密相伴的日子里，真切地感觉到自己的生命也在轻舞飞扬。

在校园一角，看到一丛开着白色小花的满天星，我忍不住俯下身，轻轻抚摸，心头竟生出莫名的温柔。原来，亲近花草，还能够聆听到生命深处的欢喜。

上班路上的风景

一直喜欢步行上班。虽说从家到单位，有五里多的路程，要经过三个红绿灯，穿过一个公园，转过四条街，但路走熟了，只要预留足时间，就根本不用担心会迟到，尽可以悠然地一路慢行，随意东张西望，一年四季，沿途时时变换的景色，可一一收进眼里。

— 1 —

清明节一过，哈尔滨的天气一天比一天暖，残冰尚未融尽，几许绿芽刚刚钻出厚厚的枯草败叶，一丛丛连翘，便急急地开出嫩黄的小花。粉嫩的榆叶梅，自然不甘落后，仿佛只一夜间，便迅速爆满枝头。随即而来的，是古色古香的桃花、白得耀眼的梨花和粉白的杏花……短短一周左右，自带“欧陆风情”的哈尔滨大街小巷，就被一树树繁花占领了。

在上班的路上，令我目不暇接的是连绵不断的各种春花：红的、黄的、粉的、紫的、大瓣的、小瓣的，独守一隅的、成群结队的、喜欢凑热闹的、愿意孤芳自赏的……都不约而同地响应了时节的召唤，争先恐后地纷纷登场，竞相怒放。那么多漂亮的花朵，好似正进行颜值大比拼，你不服我，我不服你，浓得化不开的花香，一浪一浪地涌来。

遇见一位中年人，举着一架单反相机，几乎每天都在饶有兴致地拍摄路边的花。我惊讶地问他："年年岁岁花相似，您天天拍摄这些相似的花，不倦吗？"

"每一天的花，其实都不一样，只要你细细观察。"中年人寻常的话里藏着深意。

中年人的妙语，让我不禁停下脚步，将游弋的目光，定格在一树正开得热烈的桃花上，果然有了惊喜的发现：昨天的几个蓓蕾，今天都绽成了花朵。

在一个走马观花者的眼里，今天的花和明天的花，几乎没有差别，但在一个懂得欣赏者的眼里，每一天的花，甚至每一刻的花，都呈现出不同的风姿，就像许多看似重复的波澜不惊的日子，细细咀嚼，也是一日有一日的好味道。

— 2 —

夏日的一天，上班穿过公园时，见到一位银发如雪的老者，正声情并茂地朗诵台湾作家张晓风的名篇《春之怀古》。一群老人围着她，伴着优美的钢琴曲，认真倾听她抑扬顿挫、时舒时缓的朗诵，每个人都被她带进了明媚的春光里，陶陶然，物我皆忘。

老者是电台退休的著名播音员，她退而不休，召集一群诗文朗诵爱好者组建了一个朗诵团，开了名为“好作品好声音”的公众号，定期推送精心制作的朗诵作品。很快就聚起挺高的人气，不少读者成了他们的“铁粉”，有慕名申请加盟的，有帮着审稿的，有帮着排版的，有帮着配图的，还有执意拜她为师学朗诵的。

她一向随和而友善，就将义务指导朗诵的课堂，选在了花香四溢的公园里。

问她为何将朗诵指导安排在人声嘈杂的公园里，她平静地告诉我：“能于燥热中觅得一缕清凉，于喧嚣中觅得一方清静，这是一个好的朗诵者应具备的素养。”

“这也是为人处世的智慧啊！”我敬佩她的才艺，更叹服她的授业之道。

看她一板一眼地指导学员运气、咬字、断句、调声……就像小学一年级的语文老师，当年一笔一画地教我写生字。

有的学员朗诵的底子太薄了，教了半天，也不见起色。我有些替她着急，她却始终微笑着，耐心十足地继续指导，一遍又一遍，不厌其烦，好像她有的是时间。

《把生命浪费在美好的事物上》——这本畅销书的名字，说的应该就是眼前的她，还有和她一起倾心朗诵的那些普通人。

— 3 —

初秋的一个周末，接到临时加班通知，我有点儿不大情愿地走出家门。

薄雾刚散去，地上铺了许多金黄的落叶。又是秋菜上市时节，那一对年轻的小夫妻，每年都会开着三轮车，拉着自家产的新鲜秋菜，到距我家不远的街口售卖。

转过一个街口，我又看到了那对小夫妻，一群人正围着他们的车，认真地挑选秋白菜。那一颗颗圆滚滚的大白菜，姿态憨厚而拙朴，瞧着就叫人心生欢喜。我心里盘算着，等下班回来时也买一些，腌酸菜，腌辣白菜，或包饺子，或炖粉条，或炒木耳……俗语道“百菜不如白菜”，想着白菜的种种好，我的思绪立刻飘回了久违的故乡，飘进了那片年年散发着丰收喜悦的菜地，飘进了储存美好记忆的白菜窖。

快到单位门口时，我遇见一位西装革履的中年男子，拎着一个红皮大萝卜，一位衣着光鲜的年轻妈妈，牵着一个三四岁的小男孩，恰好从他身边经过。小男孩对那个红萝卜产生了兴趣，奶声奶气地哼唱起童谣：“小白兔，白又白，两只耳朵竖起来，爱吃萝卜爱吃菜，蹦蹦跳跳真可爱。”

我想说，我也爱吃萝卜，尤其是糖醋萝卜。与初恋有关的那道菜，至今仍有咀嚼不尽的味道。

— 4 —

水瘦山寒的冬天，说来就来了。呼啸的北风一天紧过一天，雪花如期来临，起初还有些矜持，细细碎碎地飘落，随即就索性放开了，旁若无人地纷纷扬扬，再接下来就肆无忌惮地漫天飞舞起来，该掩盖的掩盖，该装点的装点。很快，冰城哈尔滨就银装素裹了。

踏雪而行，脚下咯吱咯吱地响着。有时一不留神，脚底下一滑，双臂打开，打了一个趔趄，差点儿摔个大跟头，心中窃喜：我的反应挺机敏的，虽说年过半百了。

马路对面那个快递小哥，也许是急着赶时间，电动车在光滑的冰雪路上摇摇晃晃，跳了一段芭蕾，还是滑倒了。他顾不上关心自己是否摔伤了，快速捡起散落的包裹，继续加速赶路。

生活不易，大街上许多人，不管风雪多大，都在负重前行。

突如其来的一阵风，掀掉树干上的积雪，吹落到我的脖子里，凉与爽，瞬间抵达。

一家老字号酒店门口，堆了一个硕大的雪人，眼睛大大的，鼻头红红的，雪人手里举着一个特大号的啤酒瓶，在豪气地邀约八方来客。

也有南方来的游客，立刻学会了入乡随俗，一边在雪中漫步，一边啃冰糖葫芦，或穿着厚厚的羽绒服，慢慢地吃着正宗的马迭尔冰棍。

— 5 —

一个人，走在上班的路上，脚步快慢是自由的，目光是自由的，思绪也是自由的。

上大学时，我十分羡慕在瓦尔登湖畔散步的梭罗，心轻草亦香，一朵云、一声鸟鸣、一湖秋水，都闪烁着迷人的光泽，荡漾着醉人的芬芳。

如今，作为繁华都市里的“上班族”，我不开私家车，也不去挤公交和地铁，凭借两只脚，穿行于喧嚣或安静的大街小巷，遇见一些令我怦然心动的人，看到一些新奇的景，听到一些新鲜的事，想到一些有意思的话题……所谓岁月静好，或许就是这一路走来的轻松、自在吧？

时光清浅，上班路上，时常会碰到熟人，热情地打个招呼，有时也相伴着走一程，然后挥挥手，道一声再见；有时也会有缘结识新朋友，譬如，那个卖烤地瓜的八旬老人，那个毕业于普通的三本院校，执着地拼搏了五年，终于考上北大研究生的小伙子，都是我在上班路上结识的“忘年交”。

喜欢作家钱红丽的那句由衷的感慨：只要心情好，上班的路上都是旅行。

没错，只要揣一颗欢喜心，无论风和日丽，还是雨雪霏霏，熟悉的地方也有动人的风景，也能遇见一串串的美。

老店不老

在大街上闲逛，于牌匾林立的诸多新店铺当中，猛然撞见一家素朴的老店，几十年甚至上百年了，仍是旧时的门脸，挂着老式招牌。莫名的欣喜突然涌至，忍不住驻足打量，像打量一位栖居相册的久未联系的老友。

在动情的注视中，我感觉老店似乎也有些欣然，也在努力地辨认与我有关的某些前尘往事。那种双向互认，自然而亲切，彼此仿佛都听到了一声召唤，相拥的渴望陡然强烈起来。

不由自主地走进卖馄饨的这家老店，里面的布置变化不大，还是四张黑漆漆的木桌，还是颜色发旧的木凳，装小菜的五斗橱还在，还有青瓷的大花碗，还有折痕明显的铝汤匙……连墙上那张庆丰收的年画，好像也贴了多年了。

手写的菜单简洁明了，价格低廉得叫人咋舌，只是收银台前添了打印好的微信、支付宝收款二维码，算是与时俱进了。

愈加发胖的老板娘，目光安详地坐在门口，午后的阳光洒了一身。我立刻想到著名作家张丽钧的那篇美文标题《阳光不锈》，时光难以磨去的那份平静，依然那么醒目。

我点了一大碗馄饨，还是老习惯，自己动手，浇上两滴香油，撒些香菜末，撒点儿带籽的油炸辣椒丝，再扒两瓣大蒜，放在小碟里，开始慢条斯理地品味。馄饨皮依然那么筋道，肉馅还是那么香气四溢，老汤里仍是舌尖熟悉的老味道。

我一口气吃完那碗馄饨，连汤也喝得干干净净，顿感通体舒畅，惬意徐徐。

进店的食客不多,老板娘似乎已习惯了这种冷清。我找了一个话题，与老板娘闲聊起来，关于生意寡淡，关于光阴流逝，关于世情百态，也穿插一些再也回不去的往事。

能从容地面对不断变幻的各种时代潮流，任外面的喧嚣纷纷扰扰，任周遭光怪陆离的诱惑闪烁，这家老店始终素心不移，以平和的心态，以淡定的气质,以沉稳的定力,以俊逸的超然……端然而立,宠辱不惊,若云卷云舒，不自乱阵脚，不草率盲从，亦不莽撞地“创新”，似乎有些“守旧”了，却不失岁月安好的醇厚气息。

老店犹在，喜欢念旧的老顾客会不时地回访，感情弥深地与店主对坐，一起回忆一下过往，一起慨叹一番今朝，或憧憬憧憬明天，像在完成一件重要的事情，又颇有“夕阳无限好，只是近黄昏”的意味。偶有新客前来，有的是慕名而来，有的是因一时的好奇，有的纯粹像某个网红，为博眼球而打卡。不管是新朋还是旧友，不管是常客还是稀客，来者都是客，老店一视同仁，新旧无欺。

年过半百的我，自以为比较洒脱，早已懂得放下，知晓应该多朝前看，却仍忍不住怀恋某个老店。会因为某一美食、某一物件、某一环境，或某一店主、某个同往的人，以及某一难以忘怀的经历，走出家门，怀着难以描述的心情，去找寻记忆里仍熠熠生辉的一家老店，像努力翻找许久不曾穿的一件旧绸缎，想再抚摸一下印在上面的旧时光，温暖的或薄凉的……

当然，许多老店不知何时已被新店替换，新的牌匾、新的装饰、新的格局、新的主人，新得花枝招展，新得眼花缭乱，新得叫人心中陡生“唯有拼命追赶，方不被落下”的急迫感。我清醒地知道，在这处处翻新的时代，新店层出不穷是必然的，应该欢欣鼓舞，若过多地沉湎于老店，总念念不忘老店，便真的是“心老了”。

在更迭的时光中，老店之所以不老，那是一颗不老的心使然。倘若心老了，那店自然也就老了。

抱着一个大萝卜回家

深冬，暮色苍茫时分，天空飘起稀稀落落的雪花。下班经过一个不大的菜市场，在一大堆色彩斑斓的反季蔬菜里面，我看到几个水灵灵的大萝卜，它们精神抖擞地站在那里，正等待欣赏的人们随意挑选。

如同看到了故乡山岗上翘首眺望的亲人，我赶紧奔过去，抚摸着它们粘着泥土的肌肤，与它们亲切交流。从中挑选出气色最好、个头最大的一个，欢喜地抱在怀里，像一个凯旋者抱着一大捧鲜花，不急不慢地穿过密集的车流人流，去转乘地铁。

不少行人忍不住侧身望向我，惊讶我这个戴眼镜的书生，居然像一个勤俭持家的主妇，炫耀似的抱着一个价格特别便宜的大萝卜，走在飘雪的大街上，有点儿幽默，有点儿滑稽。可我没有丝毫羞赧，始终昂着头，气定神闲，一如怀中敦厚的大萝卜。

路上，我遇见已退休多年的王教授，身体硬朗的她手里拎着两袋刚买的酸菜。看到我怀里抱着的大萝卜，她笑呵呵地对我说："冬吃萝卜夏吃姜，不用医生开药方。真不错，你也学会养生了。"

我点点头："还是喜欢小时候的一些味道。生活变了，也改不了曾经的习惯。”

“有些习惯不改也好。喜欢萝卜朴素的本色，做人做事差不了，日子也能过得有滋有味。”王教授的话很实在。

记得我读大学的时候，王教授一家人口众多，她的工资不高，农村的穷亲戚们经常光临。为此，她在自家的小院里，挖了一个很大的菜窖，每年都要储备数百斤的白菜，数百斤的土豆、萝卜和胡萝卜。她说那些廉价而耐储存的秋菜，足足能吃上大半年，能撑过黑龙江漫长的冬季。

大三那年深秋的一个周日，我和几个同学帮王教授往菜窖里放秋菜。休息时，她端来一大盘切好的红心萝卜，又端来一盘切成花的白心萝卜，热情地招呼我们:“同学们快过来，尝尝秋天最便宜的水果。”

我们坐在暖暖的秋阳里，欢快地咀嚼着脆生生、甜丝丝的萝卜，聊着青春岁月里开心的事。那会儿，似乎根本没觉得日子清苦，心里满是知足的感恩。

正值下班晚高峰，地铁车厢里的人特别多，我紧紧抱着大萝卜，生怕被人抢走似的。

突然，想起我的老家——东北平原上的那个小山村。儿时的记忆中，村里几乎家家都种萝卜。据老辈人讲，萝卜很会挑人——性子急躁的，种出的萝卜辛辣；性子慢的，种出的萝卜个头小；爱占小便宜的，种出的萝卜形状难看；心眼儿不好使的，种出的萝卜不脆生……在村子里德高望重的祖父，种出的萝卜总是第一流的。每当到了种萝卜的季节，祖父便会被村里人争相请过去，帮忙撒下萝卜籽。

能有幸被左邻右舍邀请去帮着种萝卜，那是一辈子连县城都没去过的祖父十分自豪的一项荣誉，也是一件令我羡慕的美事。

随处可见的普通的萝卜，是一种蔬菜，也可以当作一种水果，还是上好的保健品。在老家贫苦的年月里，到农户家里做客，主人会端上一盘切好的绿皮萝卜，将最脆、最甜的一块递到客人手上。如今，虽说乡村已富裕起来，但一些老家人仍相信“萝卜营养赛人参”的俗语，认定萝卜能清肺止咳、生津止喘，还喜欢将萝卜当水果吃，一年四季，不离不弃。

去年春节前夕，我回到阔别已久的老家。年过七旬的二叔，特意下到菜窖里，为我取来储藏得十分水灵的萝卜。看着我“嘎吱嘎吱”地吃得津津有味，他得意地告诉我，他现在种的萝卜已经超越祖父了，很多人都说比苹果还好吃呢。他自制的萝卜罐头，是乡村集市上的抢手货，他腌制的酸辣萝卜条，简直是“小菜一绝”，许多吃过各种大餐的人都赞不绝口。

萝卜，绝对称得上食材界谦卑而随和的君子，几乎可以与其他任何食材搭配在一起，既能够明显地提升其他食材的味道，又能始终保持自己独特、鲜明的味道。譬如，萝卜炖牛肉、萝卜炖羊肉、萝卜氽肉丸子、萝卜炖豆腐、萝卜炖粉条……许多与萝卜愉快合作的菜肴都很接地气，又不失某种文化气质，老少皆宜，中外均喜。

一位经历过人生坎坷的老诗人，讲过一件特别难忘的小事：在那段难熬的灰暗日子里，他绝望得一度准备放弃生命。但不经意间，他看见墙角那个被遗忘许久的干巴巴的萝卜，它那默默的坚忍，陡然驱散了他心头厚重的阴霾——屋外山寒水瘦，屋内阳光稀薄，没有一点儿泥土，也没人照料，它居然悄无声息地生出两片翠绿的叶子，旁若无人地追赶着自己的又一个春天，仿佛尘世间的那些艰难，也不过是生命行程上的一道山梁，翻过去就是了。

走出地铁出口，扑面而来的雪花温柔了许多，脚下有些发滑。我小心翼翼地抱着心爱的大萝卜，胸口竟多了一份温暖，脚步轻盈地朝灯火明亮的小区走去。

眼前有苟且，也有诗意

很多人喜欢去远方旅游，是因为内心对远方有了美好的憧憬，渴望暂时离开熟悉的地方，前往陌生之地，纵然在那里遇见的一切也很寻常，仍会产生艳遇般的新鲜感。一路走去，会惊呼他乡的天高云淡，会慨叹他乡的山清水秀，甚至呼吸到他乡的空气，似乎也多了丝丝的清新与甘甜。

其实，你只是一时心倦了，一时眼怠了，疏于欣赏故乡的蓝天白云了，你没注意到故乡那座无名小山上清泉潺潺，那些无名的小花小草长得也十分秀气，还有那些清脆的鸟鸣，也被你内心的嘈杂屏蔽掉了。至于你一路逛去、挑选的那些纪念品，大多在你离家不远的早市或街上某个商店，就能轻易买到，或许价格更便宜，只是你平时根本看不上眼。而在某个风景区遇见了，就有了他乡遇知音的兴奋。你千里迢迢带回来，不管是买给自己还是特意买给朋友，只因沾了远方的光，蹭了旅游的热度，即便是一个寻常的物件，也陡然添了些许神秘，染了些许珍贵的色彩。

旅游的美妙，有时不过是缘于你走进了一个新天地，缘于你动身之前蓄积了美好的期待。你的足迹所到之处，目光所及之处，先前已铺垫了美好的想象，自然会在走近时多一些诗情画意。譬如，某景区里几株开花的老树，某位诗人曾生动地描述过，你一眼望去，似乎它们真的别具神采；一片辽阔的草原、一条望不到边际的海岸线，在影视中已无数次见过，走到跟前，你仍会思绪悠悠，油然而生某种情怀；甚至一栋仿古的建筑，在你眼里也多了沧桑的味道，与沾了传说的人造景观合影，你内心里也会滋生一种穿越时空的感觉。

我们常常忽略的是，一些诗意漫溢的东西，不单单存在于远方，它们就散落在我们普普通通的生活里，就在触手可及的眼前，俯拾皆是。

倘若你能静下心来，将关注的目光投向身边熟悉的一花一草、一石一鸟、一人一事，细细观察，细细品味，你就能欣然捕捉到许多诗意：小区里的那几株丁香树，一到夏日就会散出浓浓的花香；那棵老榆树的皮脱落了一大块，仍活得颇有精气神儿；那些愿意同我们亲近的麻雀，像多年不离不弃的老朋友，无需多少言语，生命里的悲喜，彼此都深深懂得……

前年，自己网购了一大堆书，都摆放到了书架上，有的草草翻过，有的放了大半年，书上的塑封还没拆掉。总安慰自己，以后有大把阅读的时间。书蒙了尘也没在意，全然不像自己当年在候机大厅里，翻看一本杂志那般投入，似乎那是一本十分重要的读物，必须一口气读完，否则，就再也没有机会阅读了。

去远方寻找诗意的行者，不少是因为对眼前的景物熟视无睹，对一地鸡毛的琐碎生活倦怠了。殊不知，在滚滚红尘的喧嚣与嘈杂之中，也充溢着浓郁的诗情画意——临街摆水果摊的红衣少女，喜欢忙里偷闲地翻阅一本《诗刊》；松花江畔那位癌症患者正拎着一支拖布般的大笔，十分专注地练习水书；坐在马路牙子上的清洁工，摘下口罩，欣赏着自己扫得干干净净的街道；每天手挽着手，在菜市场里挑选蔬菜的那对白发老人，都是一道道动人的风景啊……

还有墙角那株葱茏了一春一夏的小草，还有晒出了一股特别好闻的阳光味道的被子，还有小区那个长得很喜庆的胖保安，还有那位年轻妈妈对考试成绩不佳的儿子走了火的呵斥，还有生意惨淡准备转兑的老照相馆，还有即将开通的3号地铁线……数不胜数，扑面而来的日常生活，弥漫着泥土一样朴素的气息，也弥漫着令人浮想联翩的诗情。

我邀请一位诗人给中文系的学生做诗歌创作讲座。到了自由提问环节，一个眼睛里带着困惑的女孩请教诗人：不行万里路，怎么会有源源不断的诗意发现?

诗人一语平淡道："只要拥有一颗诗心，完全可以足不出户地跋涉千万里，可以从一方狭小的天地间看到无限广袤的大千世界。"

毋庸置疑，我们跋涉的双足所能抵达的远方，远远不及我们爱意充盈的心灵所抵达的远方。许多美丽的风景就在眼前，只要诗心未泯。

与其从眼前的生活中拼命逃离，急切地去他乡寻觅诗意，不如热爱身边凡俗的生活，用一双爱的眼睛，欣赏身边的风景，惊喜地发现拨动心弦的诗意。如是，美景随处可以遇见，诗情随时能够降临。

慢慢地品

那日，陪朋友去拜访一位大画家，正赶上画家在用午餐：两碟简单的小菜、自己烘烤的面包、一杯现磨的热豆浆。餐桌摆在客厅里，他独自慢条斯理地且嚼且饮且品，那副很享受的样子，像极了一位可爱的美食家。

我们坐在沙发上翻看画册，他一点儿也不着急。大约半个小时后，他才结束自己的美餐，慢悠悠地跟我们聊起来。

我惊讶画家吃饭的速度太慢，不免有些浪费时间了。

他笑呵呵道：一食一饮，都应当慢慢地品，即便是寻常的饭菜，也自有妙不可言的真滋味，若是囫囵吞枣，就难免要辜负了食物平和的馈赠。就像我们欣赏一幅画时，如果只是浮光掠影地草草浏览，只能看到表层的一些东西，画中别有洞天的美妙神韵，恐怕很难发觉。

一语既出，令我醍醐灌顶。

慢慢地品，一朵白云看似漫不经心地游走，有几多欢喜，有几多惆怅？哪里的遇见是久别重逢，哪里的离散是刻骨铭心？它可否记得自己的来处，可否知晓自己将去往何方？云的一生，或许正是我们某些人的一生。

慢慢地品，一条河在静默无声地流淌，远山巍峨，近处的草地里野花繁盛，叫不出名字的鸟们，正敞开歌喉纵情鸣唱，一只野兔机警地跑过，空中盘旋的老鹰，也许并非为着捕食，就像那两只互相追逐的蝴蝶，或许并非为着爱情……春色浓郁的山坡上，聚集了那么多热闹的生命。

慢慢地品，年轻时读过的一部名著，蓦然品出了新鲜的意蕴，再次走进那些熟悉的故事里，默默注视那个远走他乡的游子决然的背影，他在大漠深处的种种邂逅和迷失，多么像一个命运无常的隐喻，而那只最终也没能爬到塔顶的蜗牛，其实并不可怜，毕竟它曾经那么激情满怀地努力过，就像石缝里拼命生长的那株绿草，无奈中坚韧的抗争，闪着动人的光泽。

慢慢地品，一段似已老去的旧事，在某一个瞬间忽然走来，光阴里的一些冷与暖，如那件半旧的绸衫，轻轻抚摸，仍忍不住感慨唏嘘。就像初冬的那个黄昏，我们坐在胡同里的一个咖啡屋里，听着一首首老歌，把许多记忆一一打开，清晰地看着皱纹渐深的经过。

慢慢地品，喧嚣也罢，静谧也罢，繁华也罢，衰败也罢，每个生命都有自己的走向，每样生活都有自己的理由，每种人生都有自己独特的魅力。

不为繁华易素心

邻居的孩子小白，从小学到中学，学习成绩一直优秀。从国内“双一流”大学拿到博士学位，投过三十多份求职简历，经过十多轮笔试、面试，最终进入一所普通高校，成为一名典型的“青椒”，整日被课题、论文、教学弄得焦头烂额，到手的工资却不足五千元。

他苦涩地自嘲：“读的书越来越多，要应对的工作越来越多，身累心也累，可理想的生活似乎离自己越来越远了。”

我理解小白的焦虑，但不想用“奋斗改变命运”这一类“心灵鸡汤”去安慰他，只希望他能尽早明白：在“内卷”日益严重的当下，他必须停止无端的盲动，好好审视一下自己的人生规划，让一颗被欲望裹挟的心静下来，从容面对现代社会里难以回避的种种“内卷”，不迷失，也不无奈地“躺平”。

我给小白先沏了一杯蒲公英茶，然后，又给他沏了一杯撕掉包装的顶级“大红袍”。我问他更喜欢哪一杯茶。他答：“喜欢第一杯，淡淡的苦涩里，有一股难言的好味道。”

我告诉他：“前者是我在野外采集的蒲公英晾晒而成的，后者是一位企业老总送我的。我也喜欢前者，因为它清淡，还有润肺、清毒、防癌等功效。”

“有些好东西，并不需要花多少钱，甚至可能是免费的。”小白边品茶边感叹。

“的确如此，世间有不少好东西是免费的。譬如清新的空气、温暖的阳光、美丽的花草、安之若素的心态。”我将目光投向花盆里那株缓慢生长的多肉，它根本不羡慕身旁那些争奇斗艳的绿植，只管静静地赶着自己的路。

“是不是少一些追赶，就能活得轻松一些？”他也承认，嘈杂的生活中，五颜六色的诱惑实在太多，很容易深陷其中，难以自拔。比如体面的工作、可观的收入、宽敞的住房、不错的名气……

“不是要少一些追赶，而是要弄清楚自己应该追赶什么，清楚自己的远方和边界。”

“清楚自己的远方？清楚自己的边界？”他若有所悟。

接下来，我跟他说起了一位老讲师的故事：五十年代末，她从北大中文系毕业，一直在哈尔滨一所大学工作。她学识渊博，讲课风趣幽默，原本枯燥乏味的古文字学、文献学，一经她讲解，竟散发出迷人的魅力。她的课，始终座无虚席，很多外专业的学生，也纷纷慕名来旁听她的课。她最“另类”的，是她的“三个从不”：从不申请课题，从不写论文，从不参与各类评奖。直到退休，她的职称仍是讲师。可是，她欣慰于自己桃李满天下。她教过的学生成了博导，成了学术大咖，仍感激她当年的学术引领，见到她仍毕恭毕敬……

有学生好奇地问她：“老师，凭您满腹的才学，评个教授，当个博导，并不是一件很难的事啊，您为何不去争取一下呢？”

“让别人去争取吧，我只争取做好我想做的和喜欢做的事。”她淡定的话语中，透出命运在握的自信与坚定。

“真是一位活得很自我的好老师。但在当今的高校里，恐怕极少有人能像她这么个性鲜明。”小白欣赏老讲师的洒脱，但他无法效仿。

“要活出自己想要的模样，其实很简单：少一些攀比，少一些计较，少一些盲从。”我想起一位爱写作的农民朋友老程，准备带小白去认识一下。

周末，约好了要去见老程，小白突然有些犹豫。他说有一个准备申报的课题，需要进一步论证。我问他喜欢这个课题吗，获批的可能性大吗？他答：不喜欢，课题获批的可能不大，但看到不少年轻老师都在忙着准备申报课题，他也琢磨着报一下，找点儿心理安慰。

我直言不讳：“如此自欺欺人的心理安慰，其实不要也罢。”

走进老程市郊的小院，一股清新的风拂面而来。屋前是一个不大的菜园，一座小花坛边，几只鸡在闲庭信步，一条乖巧的黄狗在晒太阳；屋后，一排大杨树，五棵，老高老高的，浓密的绿叶发出哗啦啦的响声。

小白看到老程手里拿着一本老版的《论语》，惊讶地问他：“为什么要读它？”

“也读不大懂，就是随便翻翻，觉得里面有些话挺值得琢磨。”老程刚过六十岁，戴着一副老花镜，有些乡村知识分子的范儿。

小白好奇地打量老程的两个书架，里面杂乱地放着各类书，有通俗小说，有关于蔬菜种植的，还有康德、叔本华、弗洛伊德、李泽厚等大家的哲学著作。

老程一脸悠然道："我看书喜欢率性而为，也没啥目的，大多是囫囵吞枣，一知半解，就是看着玩，觉得挺有意思的。"

"投入大把的时间，只为看着玩？"小白没想到能遇见老程这样的"高人"。

"是啊，只想活得自由一些，活得开心一些。"老程农活干得一般，日子过得也不算富裕，但他爱好广泛，吹拉弹唱都会一些，他喜欢看书、写作，写的诗和文章都发表过，获过几次奖，还出版过一部长篇小说。

读了老程刚写的一篇小小说，我赞许道："有浓郁的乡土气息，读起来让人感到亲切。"

老程有些羞涩："我是写着玩的，也不追求发表，更不指望赚稿费。"

小白鼓励老程："您继续努力，就能成为一名优秀的农民作家。"

"写作纯粹是我的个人爱好，我从未产生过成为作家的想法。"老程对多赚钱没兴趣，对成名成家也不上心，只愿意将时间花在喜欢的事上。

回去的路上，小白忍不住感慨："不为繁华易素心，拥抱自己想要的生活，难能可贵。"

不被某些诱惑牵绊，不追赶某些潮流，不去挤某些热闹的跑道，在摇摇摆摆的人间，始终倾听内心的召唤，从容地亲近眼前的生活，安然地走向自己向往的远方，像一片流云不问归处，像一溪清流不问前程，只要欢欣一路陪伴自己，那该有多好？

给自己放假

格利高里·派克和奥黛丽·赫本联袂主演的经典影片《罗马假日》中，有一句传播甚广的台词：“要么读书，要么旅行，身体和心灵总要有一个在路上。”那天，在我的散文写作选修课上，与大学生们谈及读书、旅行与写作的话题，我有感而发：最好的旅行，其实很简单，只需捧起一本书，身与心便都在路上了。

遇见一本书，一下子就喜欢上了，像一个人在旅途上邂逅一位心灵相通的朋友，由陌生到相知，迅速而美妙。

最近几年，我特别期盼国庆节长假。不是因为早早筹划好了一场说走就走的旅行，而是愿意宅在家里，一杯茶、一段轻音乐，将轻悠的时光拉长，或端坐写字台前，或倚靠沙发上，或干脆赖在床上，摊开早已选好的一本书，平心静气地读起来，身心俱轻地跟随作者，赏一路旖旎的自然风光或人文风景，走一段奇妙无比的精神之旅。

以前，在国庆节长假期间，我也曾呼朋引伴，赶往远方看风景。可经常是“理想很丰满，现实很骨感”。火车票和机票贵且难买，能搞到往返的车票，就先谢天谢地了。我也曾自驾出行，一路上到处都是长长的车流，蜗行在高速路上，车子走走停停，弄得心烦气躁。好不容易挪到了景区，取票排队，进景区排队，参观景点排队，拍照排队，出景区排队，常常排得“见首不见尾”，似乎辛辛苦苦地出来，看的不是风景，而是无处不在的人头攒动。

如此这般，累过几次，苦过几次，我对扎堆凑热闹的假日旅游产生了畏惧，开始排拒。后来索性放弃了这种花钱买罪受的旅游，再逢国庆节休假，便不再远走他乡，只在附近走走转转，或者干脆足不出户，与书待在一起，守一份难得的清闲，守一份情思飞扬的自由时光。

今年国庆节，陪伴我的是法国畅销书作家马克·李维，他用一本《偷影子的人》唤起了我美好的童年记忆。

窗外，那棵很老的柳树，垂着茂密的枝条，片片绿叶十分青翠。爬满墙壁的茑萝，在铺展开来的绿毯上，缀了一朵又一朵红艳艳的小花。硕大的月季花热热闹闹地开着，一只小花猫躺在窗台上，懒洋洋地晒着太阳。

室内，藤编的书篮里，有近期买回的一批书，有的还未拆掉塑封。氤氲的玫瑰花茶，在穿窗而过的阳光里，正营造着惬意的氛围。

端坐桌前，摊开情节生动的小说，跟随作家那些曼妙的文字，且走且赏且思。不知不觉间，那个会偷影子的男孩，将我的一串影子也悄悄地偷走了。

日影西斜，茶杯微凉，我从曲折的故事情节里抽身，合上书，默默地坐着回味、遐思，身与心皆被书中的人物牵引，被打开，被无言的欢悦占领了。晚餐，我特意做了两个精致的小菜，倒一杯红酒，望着对面楼内稀疏的灯光，轻轻道一声“节日安好”，慢慢啜饮。平和而温润的好光景，就在身边徐徐展开。

饭毕，点亮台灯，继续执卷慢读，一个字一个字地，边读边品，不时地停下来，掩卷沉思，浮想联翩。直到夜色阑珊，倦意袭来，方恋恋不舍地放下书，倒头便睡，一夜酣眠。

整整一周，这部畅销书陪着我看到了童年的影子，看到了自己一路成长的影子，看到了影子里的苦辣酸甜。

待到上班时，同事们一见面，就纷纷吐槽假日旅行中的累与烦，好像每个人都有一肚子苦水，虽然明明知道这般倾吐过了，同样的剧情明年还会上演。

还好，今年国庆节，我选择了一杯茶、一本书，静静地赶了一段故事连绵的路，赶了一段想象蓬勃的路，徜徉在那些文字的水色山光里，或风烟俱净，或从流飘荡，难以言说的感觉，十分美妙。

一家知名旅行类期刊的编辑，约我写一篇有关假日旅游路上所见的稿子。我在电话里打趣道：“这个假日，我是一位洒脱的书中行者，在书籍的江湖里，我遇见了一些可爱的人，遇到了一些有意思的事情，还有一些有益的思考……”

欣然地说着，我不禁期待下一段好时光轻轻走来，让我手捧一杯淡茶，慢慢地读一本好书，任缤纷的思绪轻舞飞扬。

人生有味是清欢

清欢，轻读这个雅致的词汇，一股清爽之气。自胸间倏然而出。

清欢，是在浓烈与清淡中间的平衡，是在执着与放逐之间的取舍。守着半亩方塘，有悠然的惬意；看着蚂蚁搬家，也那么津津有味；喝一杯山泉水，宛若饮上好的龙井；读一篇隽永的小文，胜过吃满桌的佳肴……散落于日常生活里的，这些自然而生的、天然去雕饰的“淡淡的欢愉”，便是对清欢生动的诠释。

清欢之好，非因其对生活无欲无求，而是在看淡了物质和欲望的追逐后，更倾向于心灵的充盈，更在意精神的富足。就像许多人喜欢苏轼的清欢，即便是试吃野菜，也能品出人间难得的美味。

清欢，是一种悠然自得的心境，它会引领人们进入广袤的天地间，去发现美，欣赏美，享受美。清欢，可以是雨后漫步于林间小径，嗅着湿润的空气，听着小鸟的欢唱，身心清爽地忘却诸多烦恼；清欢，可以是结束了一整天的忙碌后，调一杯咖啡，慢慢地跟随一首老歌的旋律，走回心绪安然的家园；清欢，可以是对琐屑生活的慢慢体味，可以是对俗常细节的慢慢咀嚼，一本书、一片云、一滴露水、一株草，都能让人生出清心的欢悦。

朋友在市郊盖了三间小屋，屋前栽了长得奇快的柳树，屋后掘了一方水塘，里面撒了鱼苗，还养了几只鸭鹅。周末邀我等几位知己，与他一起在屋前“躬耕陇亩”，游戏般地侍弄那些寻常的蔬菜。说说笑笑间，日上三竿，我们便懒懒地坐在小院里的石板上，任阳光暖暖地照着前胸后背，不知谁扯起一个话头，随即你一言我一语地开始炫耀各自快乐无比的童年，每个人的眼睛里流露的都是无遮拦的天真。那一刻，可谓是真正的“人间有味是清欢”。

若要觅得清欢，无须远离都市，无须非得找青山绿水，有一颗明慧的心，守住心灵的清净，纵然身陷滚滚红尘，也能屏蔽物欲的嘈杂，能够感受到喧嚣中的宁静。相反，若是以浊为欢，以清为苦，即便身处清欢之地，也难免会心浮气躁。

真正的清欢，是拨开纷繁芜杂的俗事，让灵魂在高处安详、自在地飞翔。它不拘泥于形式，不在意环境，是挣脱了心灵羁绊的一种无拘无束的大自在、大自由，是保持心灵明净、高洁、丰富的一种最本真的姿态。

清欢，可能是历尽沧桑后的平淡回归，是追求完美后的随遇而安，是面对缺憾时的静默无言，是诗意远走后的平和，是繁盛凋落后的简单，是热烈燃烧后的清静……

拥有一颗平常心，容易在寻常的生活中，捕捉到清欢的影子，体味到清欢的美妙。“人间有味是清欢”的深邃内涵，唯有真正热爱生活的人，才会真正懂得。过于浓烈的欢乐不会持久，就像馥郁的花香易散，清幽淡雅之味难消，清欢更令人回味。

生命是一次短暂的旅行。浮云散去，真醇自现。若能够随手采得清欢几许，撷得淡然几度，让生活多一些惬意，该有多好？

那么多要补的好课都是免费的

— 1 —

这个周日，按照年初的规划，母亲带着女儿于琳倒了两路公交车，又步行十五分钟，前去拜访市郊的一条无名小河。河畔，有一块不大的草地，还有一些高高矮矮的树木，那里曾是母亲童年的快乐花园。

河水悠悠地流淌着，荡漾的波光里，偶尔会有一条小鱼跃出水面。附近茂密的草丛里，不知名的鸟在此起彼伏地鸣唱。一只身披蓝花羽毛、尖嘴的蓝翡翠鸟，正在河边悠闲地散步，一副主人在家的安然。

再向草地深处走去，一群白鹳突然飞起，它们好像有了新发现，急忙赶赴远处。三只年幼的花脸鸭，在用细草精心编织的窝里，一边嬉闹着，一边等待觅食归来的亲人。

真好，于琳感到自己有点儿目不暇接了。歌喉婉转的黄鹂一现身，她立刻想起杜甫的诗句“两个黄鹂鸣翠柳，一行白鹭上青天”。真巧，没过几分钟，她就遇见了一只专心捕食的白鹭。

当那只鹧鸪出现在眼前时，母女两人兴奋地开启了古诗词飞花令：“客有桂阳至，能吟山鹧鸪。”“桃李溪边驻画轮，鹧鸪声里倒清尊。”“春入长洲草又生，鹧鸪飞起少人行。”“把酒尔何思，鹧鸪啼南园。”“鹧鸪声里数家村，潇湘逢故人。”“江晚正愁予，山深闻鹧鸪。”“江云愁万叠，遗恨鹧鸪啼。”……你来我往，栖落在那些优美诗词中的鹧鸪，带着种种美妙的情思，翩翩飞来，古典文学的优雅与传统文化的深厚，那样令人陶醉。

“哇，中华秋沙鸭！”于琳突然惊喜地喊了起来。

红嘴长而窄，凤头一样的双冠，上背褐色，下背灰色，两胁羽毛间杂以黑色鳞纹，那一对中华秋沙鸭，正绕过一棵粗壮的老柞树，跳进河中嬉戏，神情悠然自得。

“哦，你都认得中华秋沙鸭了。”妈妈赞叹道。

“何止认得，我还知道它们的生活习性、生存环境、繁殖方式、种群现状……您平时教育我要经常保持好奇心，读书视野要开阔，遇到问题不能不求甚解。”于琳在书籍里已认识了中华秋沙鸭，没想到今天在这里也遇见了，真是有缘啊。

“是啊，时刻保持一颗求索的心，无论走到哪里，都能获得新鲜的知识，都能增长学问。”

“这可比一味枯燥地刷题有意思多了。”于琳的生物这一科，每次考试几乎都是学年第一，这得感谢妈妈从小就经常带她走进大自然，亲近花鸟鱼虫，亲近山水草木，轻轻松松地走进广袤的生物世界。

— 2 —

又一个周末，常年出差在外的父亲难得有空闲时间，一家人决定驱车去呼兰河口湿地，去认识《诗经》中的一些花草。

路过作家萧红故居时，于琳让父亲停车，她还想再去看看，尽管已去过萧红故居十几次了。才华横溢、英年抱憾逝去的萧红，留下那么多令她赞叹不已的文字，每次走进作家曾生活过的那方天地，那里的一桌一井、一屋一畦，都在向她讲述着作家曾经的欢喜、寂寞和苦楚，她会情不自禁地想到某些学者关于童年经历如何影响作家的创作取向与风格的精妙论述。

于琳也写过几篇与萧红有关的散文，其中一篇还获得过全国征文大赛一等奖。她说，萧红给予她的文学滋养，是潜移默化的，是妙不可言的。

“翘翘错薪，言刈其蒌。”在呼兰河畔，一大片微微泛着白光的绿色蒌蒿（即芦蒿），让于琳不由得伸手抚摸，仿佛抚摸到了古代那位少女的手香。“昔我往矣，杨柳依依。”不远处那几棵老柳树，正垂着无数的“绿丝绦”，轻风拂过，飘摇如瀑的柳枝，不知是在送别还是在迎接。“葛生蒙楚，蔹蔓于野。”开着紫色小花的牡荆，没有葛藤的缠绕，自然地伸展开了腰身，像一群无拘无束的村姑。“焉得谖草，言树之背。”谖草闯入于琳的眼帘，面对那一束束质朴而热烈的橘黄色的花，她立刻说出它的很多别名，诗意的有萱草、忘忧草、疗愁、丹棘，朴素的有黄花菜、鹿葱。

“那是什么花？”父亲指着叶呈圆心形、叶边缘有锯齿、花色粉白相间的直立丛生植物，问它是否在《诗经》里出现过。

“那是锦葵，《诗经》里面叫荍。”于琳认得，随口吟出“视尔如荍，贻我握椒”。

父亲十分惊讶："你什么时候认识了这么多花草？"

"记得一位诗人说过，要写出好的诗歌，首先要认识几百种花草。我希望自己先认识《诗经》里那些可爱的花草，因为它们一直在那些经典诗篇里美丽着，那么真，那么美，还浸着世代相通的情思。在此处，邂逅一株草、一束花；在彼方，会相逢一些人，握住一段情。"于琳告诉父母，有朝一日，她想写一本书，名字就叫《遇见〈诗经〉里的花草》。

"我可是特别地期待啊！"父亲知道女儿做事认真，她想做的事情，一定能做好。

— 3 —

暑假到了，社区开办了小学生托管班，为那些无力照顾孩子的家长分忧解难。于琳想去做一名志愿者，父母欣然同意。这么好的社会实践活动，也是她成长岁月中的重要课程。

要教给小学生们什么呢？讲解古诗词背后的故事？还是领着他们阅读经典童话？抑或和他们一起玩能激发创造力的语言游戏？于琳想了又想，最后决定领着小学生做几十年前父辈玩过的那些老游戏：耍羊拐、丢口袋、跳皮筋、踢毽子、跳方格、翻绳、变手影……这些游戏取材简单，易学易会，还能开发心智，锻炼身体，有益于小学生们相互沟通与合作。

像她预想的那样，那些老游戏依然散发着神奇的魅力。原来痴迷电子游戏的小学生，对于琳教的这些老游戏，一开始觉得挺新鲜，等玩起来，竟兴奋不已，仿佛那些游戏是早已给他们准备好的，只是不曾有人带他们玩。

于琳一边带着小学生们玩游戏，一边给他们讲与游戏有关的有趣故事，和他们一起品味故事里藏着的情感和道理。

在托管班里，于琳还教小学生学习剪纸、编中国结，跟他们讲一些老艺人的奇闻轶事，引导他们发现许多传统文化就散落在大家身边，触手可及。

社区主任夸赞于琳："没想到，你这个高中生志愿者，竟成了最受小学生喜爱的好老师，欢迎你以后再来。你的素质课开得真好，对其他老师也多有启发。"

于琳却由衷地感慨："我在帮助他们，他们也在帮助我。在这段时间里，我也收获了许多。譬如，我懂得了父辈们清贫岁月里的幸福，懂得了很多深刻的东西就藏在简单的日常生活里，真切地体会到了'赠人玫瑰，手有余香'……"

母亲帮她补充总结："你也补上了尽情释放童真童趣的一课。"

"是啊，我也体验了一回爸爸妈妈念念不忘的童年时光。"骄傲在她的心头荡漾。

— 4 —

学习成绩一直十分优秀的于琳，从小学到高中，没参加过任何文化课辅导班。母亲告诉她：开阔视野、陶冶情操、增长见识、培养能力的课程，有些是星辰开设的，有些是雨雪开设的，有些是花鸟开设的，有些是庄稼开设的……而且大多是免费的，只要肯学，哪里都会遇到认真辅导自己的好老师。

居然还有这样的课外辅导班？不少家长对于琳母亲的这番补课见解惊诧不已。他们一直以为向课外辅导班疯狂砸钱，让孩子们超前学，反复学，拼命刷题，将中考、高考所涉及的考点弄得滚瓜烂熟，能多得一分是一分，说什么也不能让自己的孩子输在考试上，才是他们送孩子去各种补课班的唯一目的。

于琳和母亲却用行动告诉我们：应该走进大自然，走进火热的社会生活，给孩子们补上视野博大的一课，补上情怀高远的一课，补上拥抱纯真的一课，补上学会捕捉美好的一课，补上品味奉献快乐的一课……这些影响心灵成长的课，往往是那些急功近利的课外辅导班不能给予的，也往往是花钱极少的，甚至是免费的。

聪慧的你，请一定好好想想：自己真正要补的重要一课是什么。千万不要被焦虑裹挟，不要盲目跟风，学会智慧地补课。

第四辑

因为飞翔，所以鸟瞰

你读过的书中有你的气质

你走过的路里有你的品性

每段不曾辜负的时光

都是献给生命最好的礼物

读万里书

有人问著名学者余秋雨："读万卷书，行万里路，两者关系如何？"他斩钉截铁地回答："没有两者，路，就是书。"

初闻，觉得这样的解答真是别开生面；细品，不禁醍醐灌顶，击案叫绝：原来，在真正的行走者心目中，行万里路，不单单是去欣赏沿途的无限风光，还是在不停地阅读路途上的风景。行者所走的每一里路，其实都是一卷内容丰富的大书，值得好好阅读。

余秋雨的《文化苦旅》《行者无疆》《千年一叹》等作品享誉中外，不仅要感谢作家不辞辛苦地"读万卷书"，更要感谢作家迈开双脚，一路踏实地走过去，万里山川，目光所及，皆为无字之书，无论是浏览，还是细读，皆会有惊喜的收获。

作家邓康延曾在一篇文章中感慨："能看出一座山很高峻很苍翠很风光的，是孩子都会有的眼睛；能看出一座山很历史很情感很象征的，是智者才具有的眼睛。"

面对同一座山，不同的眼睛，会看出不同的内容，所获自然也是天壤之别。看山只是山，未免目光太局促，太浮光掠影了，也难免会想当然，难免会浅尝辄止；看山不只是山，而是由表及里，由浅入深，由此及彼，视野开阔了，思考深邃了，了然于胸的，便不只是常人眼中的自然风景。

我的博士研究生师弟、南开大学文学院的青年学者卢桢，不仅酷爱博览群书，还特别喜欢做一个行走的思考者和发现者。一有机会，他便走出书斋，游走世界各地。他说：“怀一颗阅读心，双脚所至处，皆有可阅之书。”

他一路行走，一路阅读，目光触及的自然景观、历史风物、社会风情、民生风俗等，均成了一本本内容丰赡、生动无比的“书籍”。他欣然将一程一程的行走，变成了一程一程饶有兴致的阅读。如是，雨果的客厅、王尔德墓碑上的唇印、开往勃朗特故乡的复古机车、普希金走过的一级台阶、朱丽叶家的阳台、吸血鬼德古拉的城堡……文学家故居、文学故事发生的背景、文学生态等，他一一游览，一一阅读。旅途中的实地、实物阅读，与文学文本阅读形成了有机互补，扩大了他的阅读疆域，也拓宽了他的阅读路。

如此且行且读，既是在“行万里路”，又是在“读万里书”。很快，卢桢便有了令人羡慕不已的丰硕收获：他的那本学术专著《旅行中的文学课》一出版，便立刻成了轰动学术圈内外的畅销书。

那日，与一位农民诗人闲聊，他说了一段朴素而颇具诗意的阅读体会：“大千世界就是汗牛充栋的图书馆，里面藏有浩瀚的书籍，随便摊开一本，或许都会令人眼前一亮：阅读一朵花从绽开到凋谢，阅读一片云从聚拢到飘散，阅读一条河从急切到从容的流淌，阅读一个村庄从热闹到安静的变迁……随着脚步的移动，阅读对象不断变化，阅读视角不断变换，阅读深度不断拓展，被广袤的世界滋润、熏陶的心灵，自然会变得富足起来。”

我十分赞许他虽然无法去远方，却可以像阅读一部部经典书籍那样，细细品读身边的风景，细细品读周遭的社会风貌，于浩瀚的生活之书中，读出生命的真滋味，读出人生的真谛……

若只是一味地行走，忘却了悉心阅读，或仅仅是走马观花地浅读，都算不上一位好的行者，自然也算不上一位好的读者。

真正的善读者，也应该是真正的善行者。能够将此去的每一段行旅，无论远近，都变成自然而然的一场饶有兴致的阅读，那该多么神奇而美妙啊。

小菜一碟

我有一位大学同窗，为人极为热忱、慷慨、仗义，颇具大侠之风。每当有人求助，他总会豪气地拍拍胸脯，爽朗地道一声：“放心吧，小菜一碟。”

听到他如此自信的回言，顿生“真是找对了求助对象”的欢悦，即便难题尚未解决，求助者也会立刻轻松了许多。

小菜一碟，意指轻而易举的事。用英文怎么翻译呢？一时蒙住了，赶紧打电话问朋友。

当大学英语教授的朋友打趣我：“小菜一碟，就是 a piece of cake。以后你能不能不要拿这么简单的问题考验我的专业水平？”说着，他在电话那边忍不住笑起来。

我也被逗笑了，回了一句：“那好，有时间请教你几个烧脑的哲学问题。”

我这位朋友三十五岁就当上了博士生导师。他对哲学也颇有研究，有论文刊发在哲学类顶级期刊上。他的绘画水平也足够出色，曾拿过国际画展大奖。我曾不无羡慕地说：你无论干什么，都那么“小菜一碟”，让我等实在汗颜啊。

他谦逊道：谁说是“小菜一碟”？我对自己喜欢做的事，可是蛮拼的，不是轻松搞定的。

我当然知道，他的刻苦是绝对出了名的，就像他的出类拔萃一样。

在北京冬奥会上勇夺两金一银的谷爱凌，是众人赞叹不已的“斜杠少女”：滑雪金牌拿到手软不说，芭蕾舞、钢琴、篮球、马术、音乐剧、时装表演，样样可以轻松搞定。许多聪明透顶的学子，千辛万苦地拼搏，也未必能够像她那样以绝对优异的成绩考入斯坦福大学这样的世界名校。

在很多人看来，谷爱凌那些不可思议的优秀，于她而言，都只是小菜一碟。

然而，只有她自己最清楚，这世间，从来就没有轻而易举的成功。在那些耀眼的光环背后，是她怎样的视野、热爱、专注、刻苦、自律……看似轻松的“小菜一碟”，其实是付出了巨大努力的，是她与家人、教练甚至包括对手一起悉心打造的。

寻常的一碟小菜，也不是随随便便就能做出来的。做一碟色、味、形俱佳的小菜，所耗费的心血和精力，有时丝毫不逊于烹制一道大菜。

小菜不小，或因其化俗为雅，或因其化拙为巧，或因其推陈出新，或因其守正不移……总是凝入了情意，融入了匠心，才有了自己独特的风味。

一位美食家说过，宁愿选特色鲜明的小菜一碟，也不选千篇一律的大菜一桌。

对这样的美食心经，我深以为然。素朴、清爽的小菜，亦可登大雅之堂，且绝非可有可无的配角，而是不可或缺的重要角色。

这些年来，无论去多么高档的饭店，若是我请客或让我点餐，我首先考虑的是点哪一款小菜。倒不是为了省钱，只因如果没有别致的小菜，便会觉得餐桌上少了一份色彩，少了一种特殊的味道。

去年，哈市开了一家韩餐厅，有几道招牌菜我经常点，但我屡吃不厌的，居然是餐厅赠送的两碟小菜：韩式泡菜和糖醋萝卜皮。其味道真是妙不可言。

与厨师闲聊，请教小菜的制作秘方，厨师笑着告诉我："即使我手把手教你，你也做不出想要的味道。因为学做一道小菜，看似在学一项厨技，其实是在钻研一门很深的学问。就像你写作一样，里面的奥妙深不可测，小菜里面也藏着大学问呢。"

哦，是我轻看了"小菜一碟"。我连忙向厨师致谢，为他妙言睿语的点拨。

置身滚滚红尘，一个人对"小菜一碟"的感情，不仅关乎其爱好，还关乎其生活情趣、处世方式，甚至还关乎其人生智慧。如是，我们更不应该慢待了"小菜一碟"。

迷人的风景在路上

他曾有许多远行的计划，但总会找到各种借口，拖沓着，延宕着，一直未能上路。

直到那一天，他读到英国女作家蕾秋·乔伊斯的小说《一个人的朝圣》，小说主人公哈罗德·弗莱的故事，给他带来了很大的震动：一个怎么看都不免十分草率的决定，让他几乎毫无准备地上路了。从英国南部，到英国北部的苏格兰，六百二十七公里的路程，他风餐露宿，走了八十七天，来到了那所疗养院，见到了正被癌症晚期折磨的同事。

这样的一次堪称朝圣般的远行，不仅给老同事送上了一个特别的临终告别，也让哈罗德·弗莱一路领略了那些平日里忽略的自然风光，重新审视了自己曾经的生活，获得了生命的启迪，还唤醒了原本沉沉欲睡的爱情。

弗莱的经历告诉他：待在原地不动，生活会变成一潭没有波澜的死水，也注定难以欣赏到跋涉路上的一道道迷人的风景。

醍醐灌顶，他立刻放下盘桓于心中的那些顾虑，决定迈开脚步，毫不犹豫地踏上远行的路。

在大漠里迷路了，他没有慌张，靠着北斗星的指引，不仅遇到了驼队，补充了水和饮食，还捡到了沙漠玫瑰；租借的车子抛锚在山林深处，他在等待救援到来前，竟在路边看到了一大片盛开的芍药花，那些恣意绚丽的生命，让他惊叹不已；在阿联酋，钱包丢失了，他教当地的孩子说汉语，解决了吃饭难题；在囊中羞涩的日子里，他住涵洞，住荒废的草屋，竟意外地看到一场流星雨，看到蜘蛛辛勤织网的全过程……

作为一个“背包客”，花了五年的时光，他周游了二十五个国家，拍摄了数万张风景照，写下近百万字的游记。

跟我聊起旅途上的种种惊险的遭遇，他那般轻描淡写，仿佛在讲述别人的故事。说起旅途中的那些令人惊喜的发现，他兴奋得手舞足蹈起来：“一路行走，哪里都会遇到美景。”

我问他：“每次出发前，是不是都要做好充分的准备？”

他笑着回答：“做好必要的准备就行了，路上遇到什么问题，再去想办法解决就是了。要欣赏路上的风景，最重要的是先要上路。”

“先要上路”这四个字，他特别加重了语气。

是啊，整天沉迷于幻想的人，只能看到身边熟悉的东西，只能被枯燥、单调包围，唯有勇敢上路的人，才能走进更广阔的天地，才能欢欣看到那些迷人的风景。

一位想写作却迟迟没有动笔的学生问我：“老师，如果我写的稿子不能发表，我该怎么办？如果我发表的文章读者不喜欢，我该怎么办？如果我勤奋笔耕数年收获仍然寥寥，我又该怎么办？”

我直言不讳道：“如果你总是担心这个、担心那个，迟迟不肯动笔，那么，你一定不会领略到写作路上那些美丽而动人的风景。”

“写作路上的风景？”学生惊讶地问我。

“是的，只有你真正地走上了写作之路，你才有机会遇见那些属于你自己的独特风景。”我不容置疑地开导他。

接下来，我向他讲述了一位农民作家的写作经历：只读过五年书的农民，顶着众人的质疑与嘲笑，即便遭遇了一次次失败的打击，仍不肯放弃。坚持了二十年，他出版了六部长篇小说，成了一位励志的典型。这位农民在接受记者采访时，说出一段十分精彩的写作心得：“写作的过程，就是欣赏人生风景的过程。那么多熟悉的或不熟悉的人，那么多苦辣酸甜的生活，像一道道迷人的风景吸引着我，让我一边忘情地欣赏，一边努力地想写出来，让更多的读者也能看到……”

茅塞顿开的学生不再犹豫了，很快就拿起笔来，欣赏生活中的风景，也欣赏自己笔下的风景。在欢喜的欣赏中，找到了写作的乐趣，有了沉甸甸的收获。

人生短暂，抓紧时间上路，方能欣赏到沿途迷人的风景。这也是生活给予我们的最简单也最好的叮咛，我们应认真倾听，更应好好践行。

不妨与孤独共舞

白天，忙不完的各种杂事，缠绕着自己，裹挟着自己，焦头烂额地朝前奔走，并没有意识到孤独已如影相随。夜幕降临时分，忽然发觉，自己正被孤独包围。

用遥控器不断变换电视频道，却找不到一个想看下去的节目；打了几个电话，却没组成一个酒局；服了三片安眠药，仍辗转反侧；一次计划已久的旅行，因某些顾虑至今未能上路；曾亲密无间的一位朋友，就住在与我相距不远的那座城市，竟十年间音讯杳无，仿佛彼此已是陌路人……触手可及的种种孤独，令我不禁心中一片茫然。

国庆节长假，我乘火车回老家。无意间，与对座那位满面风尘的农民工聊起孤独，他竟不以为意地脱口而出："孤独就是一种情绪，说不上好，也说不上坏。谁都会孤独，没啥大不了的。"

细想，农民工所言也不无道理。谁都无法逃脱孤独，孤独不分年龄、职业、性格、学识、阅历等，孤独可能是与生俱来的，要陪伴每个人一生。有时，即使身处热闹的群体中，一个人也依然会产生刻骨的孤独。当然，孤独的类型不同，品位不同，持续的时间也不同。有"独自怎生得黑"

的孤独，有“欲寄彩笺兼尺素，山长水阔知何处”的孤独，有“此中有真意，欲辨已忘言”的孤独，有“举杯邀明月，对影成三人”的孤独，有“念天地之悠悠，独怆然而涕下”的孤独……林林总总，有值得玩味的孤独，有具美感的孤独，有折磨人的孤独，有抚慰人的孤独……

一位好莱坞著名影星，说她之所以不停地接受各种片约，马不停蹄地赶往一个个片场，整日风风火火的，并非为了拿到更多的片酬，而是想借此逃避孤独拼命的追赶。

我的一位邻居，退休八年了，仍喜欢朝原单位跑。看到新来的年轻人在忙碌，他的眼里满是羡慕。他有一句口头禅：“我上班那时候，可真是……”一下子就将他内心的孤独，毫无遮掩地流露出来了。

那天，一位亿万富豪看到刚上小学三年级的儿子写的日记，里面竟有这样一段令他惊讶的独白：“我很孤独，真的很孤独。我找不到一个愿意跟我多说话的朋友。假如有来生，我一定要做一只蚂蚁，可以找到那么多在一起快乐玩耍的伙伴。”

富豪满脸困惑地问我：“这么小小的年纪，从小在蜜罐子里泡大，现在和将来都衣食无忧，根本就没什么需要忧虑的，他怎么还很孤独呢？”他觉得儿子所谓的孤独，简直就是“少年不识愁滋味，为赋新词强说愁”。

我告诉他，小孩子也会有孤独感，甚至对孤独更敏感。一位中学生告诉我，她不愿意与父母交流，也不愿意与老师和同学交流，只愿意与网上的陌生人交流。她坦言，她心里一直存在着无法摆脱的孤独，有时候还十分强烈。

我能感受到她内心弥漫的孤独，但除了理解，我无法帮她找到消除孤独的灵丹妙药。

为什么非要摆脱孤独呢？好好品味挥之不去的孤独，从孤独中探究生命的某些秘密，不是更好吗？一位美学家在《品味孤独的魅力》一文中提出质疑。

一语惊心，独自静坐，扪心自问：孤独何惧？孤独多美？何妨与孤独共舞？

既然孤独像掌心的那些与生俱来的纹络，注定要一生相伴，那么，何不坦然面对无可逃避的孤独？与孤独共舞又何妨？

一个人身在孤独之中，可以从容地端详孤独的容颜，可以倾听孤独的声音，可以观赏孤独的身影，如是，孤独亦是好友，与自己一路从容前行，热闹也好，孤独也好。

尽快丢掉你的烦恼

多年前的一个冬日，从北京乘坐火车回哈尔滨，我随手将一个塑料袋放在座位底下，里面有花了不少功夫好容易淘到的几本书。

列车快要进站时，我接到一个研究生打来的电话，解答了他有关毕业论文的一些问题。列车停下来，我边打电话边往车下走，将放在座位底下的塑料袋忘了，换乘地铁时，我才猛然想起。

回家的路上，我不停地责怪自己不细心，后悔没将那几本书塞进行李箱，还暗暗抱怨那个电话来得不是时候。进了家门，我仍闷闷不乐，仿佛损失了一笔巨款，还冲妻子无端地发火。

书已失而不可复得，我的烦恼却持续了好几天。

静下心来，我也安慰自己，不该跟已无法改变的结果较劲儿。但再遇到烦心的事，仍不免耿耿于怀，一时难以释然。

那天，出差的路上，邂逅了大学同窗周进。此时，他正遭遇人生的“滑铁卢”。一次很慎重的地产投资，本以为可以大赚一笔，却没料到市场风云突变，他一下子损失惨重，不仅血本无归，还几乎赔尽了前些年辛辛苦苦的收益。

令我惊讶的是，周进在向我讲述自己的投资惨败经历时，语气平和，一脸的云淡风轻，仿佛在说别人的故事。

我不无担忧道："这么沉重的打击，你是怎么挺过来的？"

他一副见惯了大风大浪的坦然："结果已然如此，抱怨无益，懊悔无益，烦恼更无益。轻轻一笑，找机会东山再起就是了。"

"其实，真能心平气和地放下，也不是一件容易的事。"我连生活中的一些小烦恼都难以轻易放下，对比同窗的洒脱，我的心胸不免有些狭窄了。

周进邀我一同去伊春林区买最纯正的桦树蜜。走过一段崎岖的山路，迎面看到两只野鸡正在路边的草地上散步，那副旁若无人的悠然自得，很叫人羡慕。

周进逗我："你知道野鸡的烦恼吗？"

我不以为然道："现在国家倡导封山育林、保护野生动物，野鸡的领地在不断地扩大。进了农民的田地里吃成熟的庄稼，农民都不能捕捉，它们还有何烦恼呢？"

周进笑了："你说得有道理。然而，野鸡也是有烦恼的，譬如，找不到食物，遇到躲不掉的天敌，冬天找不到安全的栖息之地……只是我们看不到它们的烦恼，只看到它们放下烦恼时的悠然。"

"就像某些人一样，难以逃避的烦恼就簇拥在身边，是视而不见地轻轻拂去，还是两眼紧紧盯着，让心情更加沉重呢？"我知道，对待烦恼的态度，体现的也是一种生活智慧。

在大山深处，我见到了那位辛苦的放蜂人。他在半山腰搭了一个简易的小木屋，屋前摆放了一百多只蜂箱。他喝山泉水，采集野菜，捡拾枯枝生火做饭，要忍受山里浓重的湿气，更要忍受蚊虫疯狂的叮咬。

我慨叹养蜂人的生活实在太艰辛了，每天都得面对一大堆的烦心事。

养蜂人却笑呵呵地说："习惯了就好了。烦恼也像山里的蚊子，不把它们当回事，再琢磨一些对付的方法，就会发现，许多看似挥不去的烦恼，也是完全可以放下的。"

看到他的小屋前移栽的一丛丛黄花，还有几株开得热烈的芍药花，我赞叹他的生活雅兴。

他说，栽种黄花菜，即可以赏花，又可以吃菜，诗意与人间烟火都有了。看着只管尽情地盛开的花，就觉得在这世上走一遭，顺境也罢，逆境也罢，都应该活得有滋有味。

真是朴素而深刻的人生感慨，我对养蜂人肃然起敬。

闲聊中，得知养蜂人也曾在商海中叱咤风云，曾一时风光无限。落魄后，那些曾簇拥在身边的人一哄而散，他也没抱怨什么，仿佛早已料到如此景象，索性带着蜂箱，流浪于山林间，与花草相伴，与风雨为侣，日子虽苦，却也有一份纵身天地间的逍遥自在，生活的烦恼也被一一地清空了。

人生在世，谁都不免会遇到一些烦恼，真正聪明的人懂得放下烦恼，而不是背负烦恼，更不会被烦恼绊住了双脚。因为眼前就有很多重要的事，值得自己去做，未来还有很多精彩，正等待着自己去演绎。

多读一些无用的书

八十五岁的严教授教了一辈子数学，退休多年后，依然热爱读书。

那天，几位得意弟子来看望老师，见写字台上摆了一大摞外国经典名著，均是他近期购买的新版的名家译本，有但丁的《神曲》、乔伊斯的《尤利西斯》、普鲁斯特的《追忆似水年华》、屠格涅夫的《猎人笔记》、马尔克斯的《百年孤独》、加缪的《局外人》、川端康成的《雪国》……

弟子们十分惊讶：赋闲在家的老师，已是耄耋之年，似乎更应该读一些美食、养生类的书，不必啃这些不实用的大部头。

严教授告诉弟子们，这就是他喜欢读的休闲书，他以前整天忙于科研和教学，难得像现在这样能抽出大块时间，慢慢品味那些大作家的经典名著。

一位弟子没忍住心头强烈的不解，直言不讳："老师，您这么大年纪了，读这些大部头，有什么用呢？"

慈眉善目的严教授平静地回答："我阅读这些书，真的没什么用。"

弟子更加困惑了："那您为什么还花费宝贵的时间阅读呢？"

严教授抚摸着那些宝贝一样的书，微笑着回了两个字："好玩。"像一位孩童迷恋上心爱的玩具，愿意花大把时间，读一些自己喜欢的书，读一些无用的书，严教授的率性，颇似某位隐者的洒脱。

一日，受哈市一所中学邀请，我给师生们做有关提升写作素养的讲座。快要结束时，有学生执意让我推荐阅读书目，以便他们提高写作能力。我思考片刻，提笔写下一堆书名。其中，有两本是关于种花种草的，有两本是关于美食的，有一本是关于游戏设计的，有一本是关于航海的，有一本是关于思维的，还有一本是关于网络安全的。

为什么竟没有一本是关于文学创作或写作技法的？不少学生看着书目，一头雾水地望向我，好像刚刚给他们做讲座的，根本不是一位他们敬佩的写作名师和畅销书作家。

我郑重地解释道："我之所以不推荐文学名著，是担心你们因过于迷恋名著而让阅读视野变得狭窄；不推荐写作技法类的书，是不想你们为走捷径而让阅读功利化。我推荐这些杂书，是想提醒大家，千万不要忽略那些看似无用其实却有大用的书。仔细阅读，同学们一定会有惊喜的收获……"

后来，有听过讲座的学生兴奋地向我反馈，说读了我推荐的那些"无用的书"，不但增长了见识，还悟出了写作之道，由此迷上了写作。

这些年，我一直大量阅读许多看似无用的闲书，有时好奇地随便翻翻，有时囫囵吞枣地浏览，漫无目的，率性而为，许多好时光花费在阅读"无用的书"上面，却乐此不疲。

跟一辈子和土地打交道的父亲聊读书的事，父亲说了一句有味道的大白话："读书跟过日子一样，当初看似无用处的一些东西，等一段时间，就能看到它们的好处，就像年轻时的一些白日梦。”

拥有一颗浮躁的心，自然难以饶有兴致地读那些无用的书；拥有一颗淡定的心，才会卸下阅读的重负，一身清爽地沉浸在书中，像一条不为觅食而快乐游动的鱼，让阅读成为优雅生命的一种方式，随时、随地。

群居不倚，独立不惧

那是许君生命里的一段至暗的日子：身体一向健壮的父亲，竟在六十岁生日前夕突发心梗，猝然辞世。而前一天，父亲还欢喜地告诉他，自家菜园里的香瓜熟了，要摘些给他送来。正当一家人被悲痛包围着，他的弟弟又遭遇了电信诈骗，辛苦攒下的一点儿积蓄，全被骗子弄走了。没等安抚好伤心欲绝的弟弟，他又被检查出了胃癌，尽管是早期，也令人心惊肉跳……

望着窗外纷纷的落叶，许君捶胸追问："为何命运赐我如此多的苦难？为何不幸接二连三地降临到我这个小人物的头顶？"

"有时，命运就像你手掌上的纹络，你也可以握住。"看大门的老罗，饱经风霜的脸上，写满了宠辱不惊的从容。

"可是，我唤不回我的父亲，不能帮助弟弟找回被骗走的钱，不能让癌细胞立刻消失。"许君对老罗的"心灵鸡汤"不以为然。

"所谓命运，指向的是还没发生的。你不能草率地将已出现的结果，归结为命运的安排。"老罗的话，还真有点儿哲思意味。

接下来，老罗给许君讲了一个农民企业家的遭遇：

那是一个有韧性的男人，不甘心守着几亩薄田，将一眼能望到尽头的日子，一天天挨过去。他养猪，失败了；养鸡，又失败了；种植中药，将本金都赔进去了；又琢磨弄草编，贷了款，产品堆了一院子，却找不到销路。家人埋怨他瞎折腾，村里人笑话他干啥都不成。可是，他根本不在意，该吃吃，该睡睡，养好身体，继续琢磨挣钱的路子。他说没啥害怕的，只管干下去，谁也不依靠……

结果，他后来靠倒弄水果，赚到人生的第一桶金。经过“滚雪球”式的发展，他竟成了省内外闻名的“水果批发大王”，身家已近亿元。

聊起那些磕磕绊绊的往事，他谈论最多的，是他遭遇的那些刻骨铭心的“滑铁卢”。而支撑他走过艰难岁月的，竟是大文学家苏轼的一句话——“群居不倚，独立不惧”。

许君读大学中文系时，读过苏轼的这句名言，但那时生活阅历尚浅，他并未深切感知那八个字里藏着的生活哲学：与一群人相处时，不要想着去依靠谁；独处困境时，要无所畏惧。

生活实苦，唯有自度。许君恍然明白了：不如意事常十之八九，叹息无用，抱怨也不能解决任何问题，反而只增添烦恼，能够真正帮助自己走出苦海的，只有不肯低头认命的自己。

多年后，许君不仅成了众人惊叹的“抗癌英雄”，还拥有了一份令人啧啧赞叹的事业，帮助弟弟一家人也过上了幸福生活。

风过就会有痕

再读泰戈尔的那句名诗："天空没有留下翅膀的痕迹，而我已飞过。"我心中不禁涌出几个问号：鸟已飞过，翅膀怎么能不留痕呢？难道因为天空没看见就否定痕迹的存在？就像微风拂过水面，涟漪很快平复了，难道就可以说水面不曾留过痕？

看甲骨文的"风"字，其形颇似古时的神鸟——凤。古人认为，凤振翅在天空飞过，扑扇空气，人间就吹起了风。后来，小篆的"风"字，用虫代替了凤鸟。《说文解字》如此解释："风动虫生，故虫八日而化。"特别强调风令万物复苏，令天地间充满生机。

我见过风无处不在的身影，在晃动的炊烟上，在摇摆的柳枝上，在对联斑驳的门楣上，在闲置已久的磨盘上，在一朵缓缓移动的白云上，在一枚翩然飘落到地面的红叶上，在巍然而立的群峰上，在沉默无语的大漠上……以隐为现，有实无形，每一阵风都是时光的见证者，亦是时光的雕刻者，将或深或浅的痕迹，留在曾走过的每段路上。

风经过的地方，草绿了，花开了，雪落了，火旺了……风藏起自己的身子，以另一种方式展现自己，有的痕迹模糊，有的痕迹清晰，但痕迹都已真实地留下了，至于能否被看到，能否被解读，似乎并不重要。

一位诗人告诉我，每一句诗，都是拂过心灵的一缕风，轻柔的、狂暴的、转瞬即逝的、绵长不已的、吹皱一池心水的、吹动一生跋涉方向的……风有强度、有长度、有深度，有自己的审美情趣，有自己的言说方式。那些优美的文字，就是风优美的容颜、情怀和思想。

第一次听到有人如此精妙地以风论诗：情是无形可描摹的，思是无形可状写的，就像神奇无比的风，虽无状可求，却有迹可追踪，可以观有形、有状之景、之物，借景抒情或托物言志。

多年前的一个冬夜，在北方那个小镇教书的我，独坐小屋里。案头的台灯静默无语，窗外落雪无声，我听着自己的心跳，很多本以为早已淡忘的往事，不知被哪股风吹动了，突然纷至沓来，扰得我一时意绪难平。

夜深了，辗转难眠，便推门而出，站在寂静的院子里。寒风似乎也嫌冷，藏了起来，只有纷纷扬扬的雪花，在旁若无人地飘落，仿佛在追赶着某个承诺。

这样的雪夜，想必也有人像我这样睡不着，又不知该做些什么，只能任由心头蓦然涌起的风不邀而来，时轻时重，时急时缓，吹得自己思绪零乱，情意纷繁。

当然，我还是轻松地就捕捉到了风的踪迹。从不知何时已变得冰凉的额头上，从地上堆积起来的厚雪上，从白杨树躯干上那些越来越黑的如疤的眼睛里，从远处人家依然亮着的灯光里，我感觉到了风的温度，听到了风匆匆行走的足音，甚至触摸到了风的琴弦……

春夏秋冬，东南西北，关于宇宙，关于时间，关于生命……诸多形而上的风和形而下的风，林林总总，纷纷繁繁，充溢于天地之间。与“风”组合的词语实在是太多太多了，只选取一个“风”字，就足以编写出一本厚厚的词典。每一缕风，其实都有自己的方向，都在坚定地走着自己的路，都能讲出许多动人的故事，都能说出许多深刻的道理。

人生一世，要经历多少意料之中和意料之外的风？要在心灵掀起多少难以忘怀的风？谁还在感叹世事如风呢？最好的答案，其实也一直飘在风中。我们只需拥有一颗敏感的心，拥有一双善于发现的眼睛，就能看到风无处不在的痕迹，欣赏到生命行走的样子。

配得上你今天的努力

我喜欢海子的名篇《面朝大海，春暖花开》，但不喜欢诗中重复的那一句——“从明天起，做一个幸福的人。”我不赞赏海子的选择：明明内心已升起既人间烟火又诗意盎然的幸福向往，为何不从今天开始，付诸行动，去拥抱自己想要的幸福？为何非要将赢得幸福的努力，推迟到不知何时到来的明天呢？

创意写作课上，讲到创作者面对的写作困境时，我告诉年轻的大学生们：若想写出理想的作品，就必须立刻行动起来。千万不要只停留于颅内努力，而要用今天实实在在的努力，一步一个脚印，让心中美好的愿望，在自己努力的手上变成现实。

对于一个写作者而言，所谓的颅内努力，就是只在脑海里不停地计划着。譬如，我要制订一个宏大的写作计划，我要写出非凡的作品，我要多读书、多积累，要打好写作基础，我还要行万里路，搜集更多的写作素材……总是想法多多，却迟迟不肯行动，或只是摆出一副很努力的样子，表演自欺欺人的假装努力。

今天努力的意义，就是当好运在某一刻降临头顶时，自己可以昂首挺胸，骄傲地宣告：“我的好运，配得上我曾经的努力。”

一位青年诗人，因为家境贫寒，没读完高中，就开始蹬着三轮车走街串巷收破烂，风里来雨里去，饱尝生活的苦涩。尽管日子十分窘迫，他却一直热爱着诗歌写作。一有空闲，他就掏出纸笔，快速写几行诗。无数个夜晚，在租住的四处漏风的小屋里，他埋头读书、写作。一次次投出的诗稿泥牛入海，他仍不放弃。咬牙坚持了近十年，他终于发表了第一组诗。这给了他极大的鼓舞，他写得更勤奋了。很快，他的作品频频登上《诗刊》《人民文学》等知名杂志，并屡屡获奖。因为出色的文笔，他在省城谋得一份体面的工作。

我请诗人给学生讲创作经验。谈到有些作者不肯潜心创作，总喜欢耍小聪明，幻想靠走捷径获得成功……他痛心地慨叹：“明天的失望，正是对今天偷懒的必然回报。”

我很欣赏诗人所言：“努力应该是一种必然的自觉，是生命本色的一种姿态。那些优秀的人生，都配得上自己的不懈努力。”

一个躺在舒适圈里沉溺于幻想中的人，总会给自己的怠惰找借口，给自己的拖沓找理由，也必然会因放弃了努力而留下遗憾。真正聪明的人，不会用花团锦簇的想法填充每一天，而是用踏实的奋斗充实每一天。

时常听到有人如此懊悔地慨叹：如果读高中时，自己不迷恋游戏，努力一点儿，肯定能考上一所理想的大学，求职就不会像现在这么困难；如果当年能努力坚持一下，或许就追到了那个女孩，会拥有更幸福的爱情；如果当年在工作中少“摸鱼”，多努力，或许现在也会拥有一份不错的事业……在本该努力拼搏的时候，很多人却主动放弃了努力，实在是人生中悲哀的事情。

“天上不会掉馅饼”，人生没有平白无故的赏赐。就像每一朵艳丽绽放的花，都曾认真地努力过，明天耀眼的果实，无不浸润着今日的汗水。

如是，不妨让你明天让人赞叹的优秀，能够配得上你今天加倍的努力。

人生得意莫尽欢

年轻时，我特别欣赏大诗人李白“人生得意须尽欢，莫使金樽空对月”的率性，觉得在那张扬的放纵里，洋溢着快意人生的豪爽。寻常日子里，每每遇到可喜可贺之事，我就会邀上几位好友，把酒言欢，畅享生活赐予的得意之喜。

然而，见过尘世间太多的沉沉浮浮、太多的悲欣交加后，我越来越真切地认识到，人生得意之时，当然可以流露欢喜，却不可恣意地放纵欢喜。

前年，我结识了一位优秀企业家。他原是一名推销员，后来接手了一家濒临倒闭的鞋厂，经过他的一番大刀阔斧的改革，鞋厂很快就走出困境，成为当地的明星企业，他本人也当选了市人大代表。

在他事业蒸蒸日上之时，人们见他依然一脸的云淡风轻，极少见到他笑逐颜开。我好奇地问他：“你的企业发展得这么好，何不尽情释放一下心中的欢喜？”

他一脸平静道：“人生得意莫尽欢，这是我祖父教导我的。”

我惊讶："古人都特别强调人生得意须尽欢，您祖父是怎样的一个人？他怎么会秉持如此与众不同的观念？"

在他娓娓的讲述中，其祖父素描般的形象浮现于我的眼前：他个子高大，是一个走村串户给人们打家具的木匠。他手艺精湛，为人忠厚，做事特别认真，人缘极好，走到哪里，都受人尊敬。每当有人赞叹他做的家具漂亮时，他就会面露羞涩，赶紧回一句："多谢鼓励，我只是用心琢磨了，还得继续努力。"

邻村有位手艺出色的同行，曾多次在酒桌上，得意地夸耀自己与他祖父堪称四里八乡木匠界的"绝代双骄"。对此，他祖父淡淡一笑："我只是手艺尚可，不敢领受这样的称号。"

那位同行笑他祖父太不自信，不懂得好好享受生命中的得意时光。

后来，他祖父的那一手"绝活儿"，得到了省城一位大领导的欣赏，被调入省城一个大家具厂，后来当了这个家具厂的副厂长，多次被评为"省劳动模范"。自然，因为祖父的"升迁"，他和家人也告别了乡村，成了乡邻们羡慕的城里人。

他记忆中的祖父，从未在人生风光时肆意欢悦过，偶尔面露些许欢喜，也稍纵即逝，似乎那些可以尽情得意的时刻，不值得欢欣雀跃，甚至不值得举杯一贺。

受祖父影响，他和他的父辈们平时也很少喜形于色。他说这种有些淡然的活法，也挺有意思。

我仍有些不解："人生得意须尽欢，有得意之事，尽情地欢呼，那该多爽啊？"

他反驳我："不尽欢，是要告诉自己保持清醒，知晓天外有天，人外有人，激励自己继续努力，做得更好……”

他这一番话，让我想起读大学时，著名红学家张锦池教授曾郑重地告诫我们：“永远不要以为自己做得足够好了，千万不要让某些得意冲昏了头脑。”

犹记得，张教授当年被评为“全国名师”，众人纷纷上前祝贺，他脸上却无丝毫得意之色，谦虚地说自己只是尽力做一个好老师而已，所有荣誉，皆是对自己努力工作的勉励。

人生得意莫尽欢，不是心中没有欢喜，而是愿意低调一些，不尽情释放心中的欢喜，避免被得意冲昏了头脑，乐极生悲。能够在人生得意之时，仍淡然如风行水上，不让喜悦搅扰自己前行的脚步，也是一种人生智慧。

第五辑

花鸟多情，人间值得

跟着一朵云看万水千山

满天星辰都是你的

一树树繁花都为你盛开

只要你比花鸟还多情

醉春风

和煦的春风,是从高山的顶端滑下来的,沾着山坡上青草淡淡的香,还有溪水边的几朵不知名的野花的香,还有苏醒过来的泥土迷人的香。

柔情似水的春风,想要吹开一树树的繁花,让每个枝头争先恐后地艳起来、美起来,让成群的蜂蝶绕着花丛舞起来,让林间小径清幽起来,让牧童欢喜的笛声悠扬起来。

酽酽的春风,还带来了清爽的雨丝,绵绵的,柔柔的,飘着少女般的轻盈,漾着青春如诗的欢喜,连空气里都弥漫了醉人的气息。

好光阴一定有春风的身影。那般的软,那般的暖,一缕缕的春风拂过,如温柔的手指,轻轻地抚摸着额头,让心头摇动的花,也在瞬间美美地绽开。

观赏一位画家绘画,画布中间是一条弯曲的小河,河边站着几株翠得醉眼的柳树,一对燕子穿过柳梢,不远处,是炊烟依依的山里人家,有炊烟摇摇晃晃。画面素洁,有山水画的清幽。问画家此画的名字,画家欣然道:“春风拂面。”然而,画中并无风啊,我有些不解。

“春风无处不在啊。你看,柳树是春风吹绿的,炊烟是春风吹淡的,燕子是春风唤来的,连小河也是春风吹活泼的。”画家向我解释。

很喜欢“活泼”这个词语，叫我仿佛看到了调皮的春风，一路欢快地走来，只那么随手一指，整个世界便添了浓郁的色彩，增了无限的情趣，加了许多耐人琢磨的味道。

一位诗人说得好：春风有大美，有时无言胜有言。

消融的冰雪，甘愿给春风让路；辽阔的大地，欢悦地迎迓春风；门楣上大红的对联，也愿意被春风扯下；石缝间的小草，也争抢着探出身子，接受春风的抚摸。

一座写意的山，是春风的画笔涂抹的；一条脉脉含情的小径，是春风的双脚踩出来的。春风吻过的草木葳蕤，春风编辑的田野绚丽，春风拥抱的夜空深邃。

晶莹的露珠被春风从牵牛花上吹落，一群蚂蚁被春风叫出来装修房子，临街的老树被春风修剪得神采奕奕，连天空上的几朵白云，也在追赶着春风，不停地翻山越岭。

暮色时分，我邀来三位好友，在春风徐徐的小院里，支开小桌，盘子里是水灵灵的山野菜，是头刀的韭菜，是香椿炒鸡蛋，是新鲜的开江鱼，还有储藏了多年的红高粱酒。

一轮明月升起时，我们举起酒杯，酒不醉人人自醉，孩子般地念起以“春风”为主题词的飞花令，与那些优美的古诗词一起徜徉在春风迷人的夜色中，且歌，且吟，忘情畅饮，不肯辜负了眼前美好的春光。

一好友酒酣之际，即兴赋诗，题名《醉春风》。声情并茂地朗诵完毕，掌声响起，酒杯碰响，大家身心俱爽，仿佛被一缕缕春风牵引着，尽情陶醉于诗意飞扬的好时光里。

醉春风，那些文字无法描摹的，且留着慢慢地品，以一颗盈盈的欢喜心。

且与花鸟比多情

我发表过一篇获奖的小文《心轻草亦香》，收到一位上海读者的来信。在高档写字楼里做金领丽人的她告诉我：她经常幻想着有朝一日，能拥有一间林中小屋。在那里，有高低错落的树，有随遇而安的花，有月光穿窗而入，有鸟鸣随晨曦而至，渴时便饮一掬山泉水，饥时便拾一枚山中果，可以仰望一朵悠悠的白云，可以注视一只独自欢喜的蝴蝶，可以欣赏一群蚂蚁浑然忘我的忙碌，也可以对着一片晚霞默默发呆……

我赞许她令人向往的想象：你这是身居闹市繁华中，依然心驰神往山间草木香啊。

她回了一句令我怦然心动的妙语："我想与花鸟比一比，看看谁更多情。"

一个愿意与花鸟比多情的女子，必定怀有一颗向美之心，也定然懂得做有情趣的事，懂得如何将朴素的日子过成诗。

蓦然想起那日读到的一件隽永的趣事：明太子少师姚广孝，去苏州西山探望隐居的好友王宾，但见其居所四周空寂、狭径荒草密、石上苔痕浓，不禁慨叹："寂寂空山，何堪久住？"王宾却仿佛身处诗意盎然的画卷当中，怡然自得地告白："多情花鸟，不肯放人。"

是那些多情的花鸟，在依依地挽留？还是多情的王宾，在眷眷地不愿离去？似乎无需一个明确的答案，只要多情的花鸟与多情的人，此时此刻相看两不厌，便是人间一段好光阴，值得倍加珍惜。

那年夏天，在呼伦贝尔大草原上，我遇见一位早年曾在商海中叱咤风云的摄影师。他衣着素朴，戴一顶寻常的草帽，腰间挎一架帅气的单反相机，一个人便是一个流动的工作室。他拍花，拍草，拍鸟，拍缓缓移动的羊群，拍静默的蒙古包，拍草原上来来往往的人们……他兴奋地对我说："那么多的美，不停地闯进我的镜头里，像多情的老朋友……"

"它们都在跟你掏心掏肺地交流？"我逗他。

"那当然，它们多情，我比它们更多情。"他爽朗的笑声里，漾着叫人羡慕的得意。

我知道，他曾是一位亿万富豪，是那座城市里的明星企业家。问他当年怎样轻松地赚到那么多钱，他很认真地强调自己的经商之道："一定要做自己喜欢的项目，像对待情人一样，倾心投入其中，好结果便自然而然产生了。"

第一次听到如此新奇的营商妙策，我先是颇为惊讶，继而暗生敬佩：他竟然将赚钱之事，也做得那么有情有趣，难怪他会在轻松地赚足钱后，洒脱地转身，兴致勃勃地四处游走，去看山河辽远，开开心心地赏花鸟鱼虫，听溪水潺潺低语，听落叶脉脉倾诉……

就像那个星光闪耀的夜晚，我俩像久别重逢的朋友，坐在一地洁白的月光下，几只萤火虫多情地逡巡在草丛中，晶莹的露珠在花瓣上多情地凝结。那会儿，即便彼此什么也不说，眼睛里也有掩不住的喜悦，如缕缕清风，徐徐吹送着令人心神缱绻的情话，不由自主地深深陶醉了。

春寒料峭时节，我漫步在松花江畔，忽然看到一段枯萎的花枝上，站着两只不知名的小鸟，正啾啾地对鸣，好像在追忆一段往事，又仿佛在谈一场新爱情，那般地你情我依，真是一道温馨的风景。

我激动得赶紧打开手机，与好友视频分享眼前如此多情的画面。好友正在办公室里整理杂物，一枝花枯了，她舍不得扔掉，让它依然静静地站在瓶中，像多年前的一首小诗，仍闪着岁月多情的光泽。

“且与花鸟比多情。”一个漂亮的句子，倏然滑落心田，瞬间便让无尽的想象星空般绚烂起来，寻常的日子也陡然俏丽起来。

雨落花香

春天的雨率性，说来就来，无论是缓是急，皆很少含蓄。

不知缘由的一阵风、不知来处的一片云，随时可以唤来一场雨，淅淅沥沥，或缠缠绵绵，湿了青山，湿了原野，湿了一条条街道，湿了一方方田畴。

一株株草，挺起身子，欢快地洗着雨水澡，一朵朵花，也美美地清洗着漂亮的衣裳，几株老树慢条斯理地接受雨水的洗礼，路边的石子，也愿意接受一场豪雨淋漓的爱抚，至于那一条条的小河，更是抓住时机，不停地壮大队伍，幸福地一路向前奔流……

喜欢看细雨中的炊烟，淡淡的。飘在乡村的屋脊上的炊烟，似乎带着依依的眷恋，在缓缓向上攀升。落入烟囱的雨滴，很快化成了白色的薄烟，笼着水彩画一样疏落的小村，笼着若隐若现的乡愁，一缕缕的，由此及彼，由近及远。

檐雨滴落的样子，很容易让人浮想联翩。那些断了线的珠子，似有不少故事想要讲述，滴滴答答、噼噼啪啪、叮叮咚咚，或快或慢地敲击着地面，清脆悦耳的声音，连绵不绝。地面被雨滴敲打出一个个小水洼，细碎的水花飞溅，荡开一圈圈的涟漪。

喜欢词牌“雨霖铃”，声色俱佳，文质彬彬，凝着君子淑女的古典神韵。那样滑润的触感、那样和谐的乐感，杂着婉约的思绪，浸着令人回味不已的诗意，只轻轻念出这三个字，唇齿间，便氤氲着无可言说的奇妙味道。

雨中的花，更是无法拒绝的风景。一树树的繁花，仿佛已经期待许久，只等阵阵春风拂过，无论绽放的花瓣，还是抱紧的蓓蕾，抑或是半开的花蕊，都热情地探出身子，以热烈的欢呼，迎迓来自高远国度的雨。尤其是那霏霏的细雨，柔柔的，含着一抹娇羞，迈着轻盈的舞步，缓缓地走来，俯下身来，亲吻一下花朵俊俏的眉宇，轻揽一下花朵窈窕的腰肢，自然、亲切，还有些许调皮。有的花幸福得闭上了眼睛，有的花快乐地扭动了身子，有的花在雨中撒娇，有的花在雨中淘气，有的花在静立倾听，有的花在絮絮言说，似乎每一朵花与每一阵雨，都有着不解的缘，前世今生，必然要有如此美丽的相逢。

春光正浓时节，草长莺飞，山泉叮咚，坐在朋友的山中小屋喝茶。

窗外，一树树杏花、一树树梨花，正以浓烈的绽放，致敬温柔的阳光。似乎并无轻风吹拂，也有花瓣悠悠飘落，粉红的、雪白的花瓣，还沾着昨夜的薄露，还带着枝头温柔的抚摸，像要赶赴一场生命中的重要约会，急切地朝着大地扑去。恍然间，我冒出一句慨叹：“能站在枝头美丽的日子，总是那么短暂。”

朋友以为我又来了诗情，放下茶杯，引我走出小屋，站在屋前那棵上了年纪的梨树下，默默地望向如黛的远山，望向绿树环抱的村庄，望向五颜六色的田野、蜿蜒的无名小河，还有七拐八拐的山间小径……

一瓣瓣的梨花，不时地落到发上，落到肩上。轻轻拈起一瓣，仔细端详，鲜艳欲滴，馨香尚在，似有泪痕隐约，似有心事欲言又止。“落红不是无情物”，千年前那位心思细密的诗人，或许也曾如我这般置身于明媚的春光中，却因片片落花，让莫名的伤感春水般地涌来。

朋友拾取几瓣落花，放到淙淙的流泉中，看着花随水远去，说出心中诗意的感觉：“一朵灿烂的落花，一溪清澈的流水，大地上最朴素的简笔画，藏着真爱丰富无比的秘密。”

我对朋友描绘的意境赞赏不已，脱口而出：“这真是落花有意，流水也有情啊。”

不由得想起古典诗词中那些花和雨美丽的相依相伴：“雨意蒸云暗落日，浓薰满院落花香。”“墙头雨细垂纤草，水面风回聚落花。”“自在飞花轻似梦，无边丝雨细如愁。”“小楼一夜听春雨，深巷明朝卖杏花。”“雨打梨花深闭门，忘了青春，误了青春。”“林花谢了春红，太匆匆。无奈朝来寒雨晚来风。”“沾衣欲湿杏花雨，吹面不寒杨柳风。”“明朝花落归鸿尽，细雨春寒闭小楼。”“梨花一枝春带雨。”……不知是雨恋上了花，还是花迷上了雨，花和雨，前世肯定结下了不了的缘，今世才注定了如此不了的情。

一位身居闹市的文友，在高楼阳台上养了许多花。那日，细雨绵绵，他将花盆搬到窗台上，打开窗户，邀请多情的雨，吻一吻幽居室内已久的花。

文友出神地望着，细密的雨珠时而热烈，时而轻柔，抚摸着花枝、花叶、花瓣、花蕊，似在倾诉，似在叮咛。悠扬的钢琴曲被谁弹起？无法形容的美，在午后安然的时光里静静流淌。

久久地伫立窗前，文友魂魄被摄住般地凝望着，仿佛在凝望一段刻骨铭心的往事。文友没有拍照，因为一张张精美的照片，早已印在心灵的底版上了，那样清晰。

文友向我和朋友们激动地描述邀雨赏花的情景，语气里有着孩童般的率真，眼睛里闪着雨洗风荷的纯净。

受文友好兴致的感染，一位书法家当场挥毫泼墨，“雨落花香”四个飘逸的大字，一下子写出众人彼时真切的感受：听听那雨，湿湿滑滑；看看那花，柔情万端。动静之间，耳朵是幸福的，眼睛是幸福的，鼻子也是幸福的，而飘散到心河里的美，一幅一幅的，都那么诗情画意，流连亦喜，驻足亦欢。

一直相信，尘世里寻常的景色，往往也是耐人品味的。

一滴雨、一朵花，也许有着很烟火的故事，也许有着很浪漫的诗意。不必问在哪里邂逅，也不必问前程如何，有些幸福的遇见，只需感恩，好好珍惜。

炊烟是开在乡村屋顶的花

初秋时节，去山村访一老友。走过一条芳草萋萋的小路，远远望见山窝里绿树环绕的小村，散落的民居，红瓦的屋顶，几缕炊烟袅袅，一幅写意的山村风俗画，在黄昏的微风中迎面展开。蓦然想起陶渊明人间烟火味浓郁的诗句：“暖暖远人村，依依墟里烟。”一份贴心贴肝的暖意，立刻柔柔地围拢上来。

炊烟，是一个村庄诗意的注释，是一个村庄古朴而温馨的风景。那些在各种灶膛里噼噼啪啪燃烧的草木，留下了安宁的灰烬，灵魂却化作一缕缕或青或白的炊烟，顺着屋顶高高凸起的烟囱，绵绵地飘逸而出，满怀依恋地缭绕着、盘旋着、升腾着，似纱、似雾，闪着童话的光泽，作为蕴藉十足的意象，在无数美妙的诗篇中飞舞着。

老友说得好，炊烟是开在乡村屋顶的花，花开了便有欣然的向往，便有幸福的栖居。

我是在乡村里长大的,对炊烟一直有着特别的亲近感,一见到炊烟,我就心生欢喜，就感觉自已被一种柔情簇拥着。那些从自家屋顶升起的、从邻居家屋顶升起的、从陌生人家屋顶升起的，形形色色的炊烟，自然、亲切、安详……可以远远欣赏，也可以置身其中，可以随意说点儿什么，也可以什么都不说，单单相互欢悦地对视着，彼此便深深懂得，一如花朵懂得春天，果实懂得秋天。

母亲说天空那朵棉絮一样的白云，是一家一户的炊烟聚成的，那些色彩斑斓的朝霞和晚霞，也是一家一户的炊烟调配出来的。小时候，我经常站在院子里，出神地凝望碧空里的一朵朵白云，猜想哪一朵来自我家屋顶飘出的炊烟，猜想究竟是麦秸燃烧出的炊烟变成的云白一些，还是茅草燃烧出的炊烟轻柔一些，那些炊烟明明散开了，怎么还会飘得那么远、那么高……悠悠的炊烟，抛出无数个勾人魂魄的问号，让我兴致勃勃地猜了又猜、问了还问，答案却总是炊烟一样地飘忽不定。

“雨后千山净，炊烟处处新。”元朝画家、诗人王冕真是慧眼识烟，被雨洗过的群山干干净净、清清爽爽，就连那些炊烟仿佛也被彻底地清洗了一番，处处流淌着一尘不染的清新，叫人愈发喜爱不已。“雾敛芦村落照红，雨余渔舍炊烟湿。”陆游笔下湿润的炊烟，亦有着别样的风采，我也曾静静地赏过——那是早春二月，细细的春雨，爱怜地笼着淡淡的炊烟，丝丝缕缕，似断似连，若隐若现，分不清哪里是雨丝哪里是烟丝，也辨不清那烟雾在向上飘还是在向下落，迷迷蒙蒙，尽显婉约、含蓄的美。

乡村的早晨，是一抹炊烟开启的。晨曦中，那是谁家的厨房里，勤快的主妇俯身点燃一把柴火，灶膛里的火苗热情地舔着锅底，灶台上很快就腾起一股股热气，顺着热气而来的是饭菜的香，顺着耸在屋顶的烟囱飘出的炊烟，也带着些许饭菜的香。这时，枝头响起了啾啾的鸟鸣，大公鸡和老母鸡一起站到了柴火垛上，几只麻雀叽叽喳喳呼朋引伴，偶尔几声粗犷的牛哞，又引来几声欢快的狗吠。小小的村庄立刻热闹起来，家家户户都请出了暖暖的炊烟，一会儿的工夫，整个村庄便在浓淡相宜的烟雾缭绕中，开始了生机勃勃的一天。

乡村傍晚的炊烟也是迷人的。夕阳西下，鸟雀纷纷归巢了，鸡鸭鹅狗们也安静了许多，一天紧张的劳碌结束了，人们纷纷从四面八方走回村子。抬头时，看到自家屋顶飘出的炊烟，还有邻家的炊烟，亲密地缠绕着，随着风，绕过树梢，不疾不徐地向上攀升着，脚步马上轻盈了许多，似乎一身的疲惫也被轻柔的炊烟带走了，有说不出的惬意，在温柔的晚风中轻轻荡漾。

白雪皑皑的冬日，我与朋友驱车在无边的旷野上奔驰了整整一天，远远地，看到山坳里飘起如带的炊烟，马上欢呼着朝那温暖的方向奔去。就像小时候在大草甸子里疯玩，忽然听到母亲的一声亲切呼唤，赶紧蹦蹦跳跳地往家里跑，还没进家门，便嗅到了醉人的饭香。

炊烟是一根扯不断的线，牵着乡情，连着乡音，无论离开故乡多远、多久，无论所处的境遇鲜亮还是狼狈，有时只需站到城市高楼的阳台上，冲着故乡的方向一望，心头便会骤然涌来一缕缕的暖，那是袅袅的炊烟吹来的。像一首经典老歌萦绕在耳畔，炊烟飘过山峦，在亲切地唤着乡村美好的记忆……

炊烟，是大地上不停地变幻的水墨画，简洁又丰富，散淡又浓郁。

随风而逝的一缕炊烟，在漫漫的人生旅途中，也许只是一抹淡淡的忧伤，也许只是几行隽永的小诗，也许正是一曲可以洗尽生命的骊歌，也许还是一条再也无法回去的路……咀嚼梦中的缕缕炊烟，竟悲喜交加。

一朵花，就是一个世界

朋友特别喜欢拍摄各种花，即便是一朵寻常的花，在她眼里似乎也有迷人的色彩，也是镜头不能错过的美景。于是，追随着她的欢喜，我认识了许多新奇的花，也知道了许多别致的花语。

世间林林总总的花，有人偏偏喜欢将其分为朴素的和高贵的两大类。

朴素的花，就像滚滚红尘中的凡夫俗子，经常被命运随意地抛落一处，兀自开放，兀自凋落，难以引人关注，多是偏居一隅，淡然地守望四季。譬如，山野间的一朵矢车菊、沟壑间的一朵打碗花，还有那绝壁上的满天星……似乎已卑微得低入了尘埃，如一粒随风飘逝的草籽，不管脚下的土地怎样的贫瘠，不管所处的环境如何恶劣，只管随遇而安，低眉顺眼，好像注定只能如此，无可争辩，无可置疑。

高贵的花，则肆意地张扬着自己非凡的气度，那高傲的容貌、那红得发紫的颜色，常常别开生面，散出夺人魂魄的光芒。

难道花也有那么鲜明的高低贵贱之分？

有一段时间，我到处寻觅那些非同寻常的奇异之花，将那些非同凡响的花一一收入自己的相册内，不时地打开欣赏，甚至还炫耀般地推荐给朋友们——似乎收藏了那样的一些花，自己也变得高雅了许多。

后来，我又喜欢探究每一种花的花语。一边咀嚼花朵隐藏的秘密心声，一边欣赏花的容颜，别有一番深长的意味，像参禅一般。渐渐地，我开始疑惑——万花原本平等，是谁用怎样的标准将其分了若干级别？难道篱笆墙上的一朵牵牛花就一定比公园里的一朵牡丹花卑贱吗？难道泥泞里挣扎的一朵无名小花就一定比案头的一枝水仙花丑陋吗？

随着年龄增长，对生命阅读日益深入，我渐渐地明白了：我们世俗的分别心，掺上了个人的好恶，给生来平等的花朵，粗暴地划分了世俗的等级，为其贴上了势利的标签，仿佛在生活里将人分成了三六九等，由此而生出喜爱或讨厌、景仰或漠视、赞美或嘲笑……

而每一朵花，生而平等，它们都在从容地赶着自己的生命之旅，或长或短，或美丽或素朴，或平静或热烈，从不清高自负，亦不自惭形秽。

一朵花，就是一个与众不同的世界。

站在花朵之外，我们难以真正读懂花的心语。唯有进入花朵，进入花朵自然呈现的平和、淡然、欣悦、自由的天地间，沉浸于或浓或淡的花香里，方能与花同喜同悲，同歌同舞，与花相看两不厌。我看花美丽如斯，料花看我应如是。

不会消失的云朵

初夏，坐在乡村清幽的小院里，清风徐徐，悠然地仰首望云，年过九旬的祖父，依然耳聪目明，透着岁月无敌的淡定。

一朵一朵的白云，时聚时散，时近时远，在蓝天上不停地变换着，像一位技艺高超的魔术师，在卖力地表演着从无到有，又从有到无的戏法，引得我的想象也跟着忙碌起来。

那一朵很大的白云消失了，我有些失落地告诉祖父。

祖父洞若神明地笑笑：“孩子，没有一朵云会消失的，它只是变成了雾气，或变成了雨，或变成了雪。不信吗？你眼前这个杯子里的水，或许就是你上个月见到的一朵云呢。”

仔细想想，祖父说得很有道理，不禁欢喜道：“哦，我现在喝的不是一杯水，而是一朵云啊！”

“是啊，是云落在了你的杯子里，你应该问候一声：你好，我的云朵。”祖父脱口而出的，竟是如此清纯的诗句。

“你好，亲爱的云，走过遥遥之路的云、会讲美丽故事的云。”我望着碧绿的茶叶在水杯里起起伏伏，不由得喃喃自语。

“不会消失的，还有那些花瓣，还有那些落叶，它们变成了泥土，继续营养着树根，营养着树枝，还会变成另外一些花瓣，变成另外一些树叶，重新回到枝头。”祖父像一位睿智的禅师。

死亡，有时也并不意味着生命彻底消失，而意味着生命将以另一种形式存在。

顺着祖父意味深长的点拨，我的思绪飞快地跳跃起来，一会儿跳到一些旧事物上，一会儿跳到一个早已音讯杳无的人身上。我惊讶地发现，原以为已经永远消失的一些景、物、人、事，只是暂时走开了，并没有完全消失，它们还会在某一时刻，如此清晰地朝我走来，以曾经熟悉的音容，或以簇新的风貌。

那日，与朋友小酌。他慨叹，短暂的一生中，消失的东西实在太多，能够长存的东西实在太少。

我立刻向他讲起祖父那永远“不会消失的云朵”，安慰朋友：即使有些美好事物真的消失了，也不必悲伤，那些逝去的事物，正提醒我们，好好珍惜手头所拥有的。

朋友似有所悟，但仍念念不忘曾经的一些美好记忆，极力想挽留住：“就像回不去的故乡，若是能够永在，该有多好。”

“永在心里，便意味着永不消失啊！”我坚定道，“如果对某一事物视而不见，即便它就在眼前，其实它已‘消失’了；而那些长存心间的，非但没有消失，反而历久弥新。”

一位诗人从一块被抛弃荒野的朽木中，拔出一根锈迹斑斑的铁钉，由衷地赞叹道：“作为一枚秉承打击的钉子，它闪烁的光芒，一直在前行的路上，摄人魂魄的力量，从未消失。”

我赞赏诗人的慧眼，更赞叹他的慧心。

我们平时所说的很多消失，并没有真的消失，它们只是换了一种形态，或换了一种方式，进入了另一个场域，以另一种面目呈现。就像许多美好的信仰、品质、精神……它们从不会真正地消失，而始终闪耀着迷人的光芒，散发着无穷的魅力。

不会消失的云朵，有时飘动在我们的头顶，有时飘落到远方的山林，有时化作一溪流水，有时进入了草木的根茎。但无论在哪里，那朵云好好活着的信念一直都在，好好生长的努力一直都在。

倾听花开的声音

在大兴安岭深处，有一间小屋很不起眼，小屋四周栽种的许多花草，却非常引人注目，无论是谁，不经意地一瞥，就会被吸引住。

那个夏日的黄昏，我邂逅了小屋的主人——与大山一辈子相伴的张伯。彼时，他正坐在姹紫嫣红的花朵中间，惬意地微闭着眼睛，金色阳光轻柔地抚摸着周身，或浓或淡的花香扑面而来，整个人仿佛已进入“物我两忘”的情境。

面对眼前静美的画面，我放下举起的相机，俯下身来，和张伯一起静静地欣赏那些鲜艳欲滴的花朵和含苞待放的蓓蕾。

过了许久，我好奇地问张伯：“天天守着这么多花，怎么还如此心驰神往？”

张伯一脸自豪地告诉我：“那是美啊，尤其是花开的声音。”

“花开的声音？难道您听到了？”我惊讶得张大了嘴巴。

“当然了，每一种花开的声音，我都听得见，听得懂。比如，茑萝的轻柔、剑兰的干脆、苜蓿的羞涩、芍药的热烈、木槿的含蓄……每一种花开的声音都是不一样的。”张伯像一个超脱的隐者，目光里透出穿越时光的深邃。

“可是，我怎么听不到呢？”我深感遗憾，又特别羡慕张伯。

“你也能够听到的。只要你心存美好，远离喧嚣，就会拂去乱耳的那些杂音，自然就能听到花开的声音了。”张伯像哲人似的。

“哦，原来如此！”我恍然大悟。

张伯的话值得细细咀嚼——行走于滚滚红尘中，许多人被各种嘈杂的声音包裹着，被各种喧嚷的声音吸引着，被各种热闹的声音诱惑着，不知不觉间，心灵已被喧哗与纷扰包围了，已屏蔽了许多自己真正喜欢的声音，自然难以听到花开的声音了……

若想听到各种美好如花的声音，就要拥有如花一样纯净的心灵。如此，方能身心俱静，闻得天籁之音。譬如，听到一颗流星滑过银河时如裂帛的訇然之声，听到一株参天古树迎向狂风骤雨时如钢铁撞击的激越之声，听到一棵小草寂寂生长的悠然之音，听到一条小溪不舍昼夜奔流的欢快之音……

走进五光十色的沸腾生活，心存爱意，认真倾听，我们会感知生命绽放的美好与神奇：从失聪的邰丽华和她的伙伴们精彩绝伦的《千手观音》表演中，听到生命灿然之声；从摇着轮椅让思想穿越时空的作家史铁生那些深刻的文字里，听到人生慨然之声；从街角那位修鞋的老人淡定如云的眼神里，听到生活从容之声；从早市那位卖煎饼的妇女有条不紊的忙碌中，听到日子充实之声；从母亲站在阳台上张望儿子回家的目光里，听到心房温润之声……

怀抱热爱，心存美好，我们还能够在轰鸣的机器旁，在神圣的讲台上，在广袤的原野，在遥远的边关……在深情经过的山山水水中，从真情投向的芸芸众生间，听到无数动人的声音，或激越，或深沉，或雄壮，或婉转，或舒缓，或幽微，或绵长，或短暂……

岁月的长河中，美丽、芬芳的花朵在竞相绽放，一朵一朵传递的美妙声音，都在等待着我们去倾听。

小巷深处

去南方名城泉州，我喜欢一个人漫步于那些狭狭的小巷。

包围着异常热闹的高楼大厦的一些古色古香的小巷，仿佛已在那里静静地等了我许久，等我有一天突然走来，只为一场欢喜的邂逅，为今生注定无法割舍的缘。

小巷四周多是一些古朴的老建筑，灰石青瓦，飞檐雕栏，铁门木栅，像是刚刚从老画册里走出来，幽静、厚实、端庄，透着淡看风云的从容。石板小径弯弯曲曲，像一个个幽深的问号，不时抛出意味深长的人生追问：你从哪里来？你向哪里去？

我从远方来，怀着几许憧憬，沿着一串在心头响了很久的足音，走进南方氤氲的小巷，听一株遒劲的桑树讲述自己惊心动魄的见闻，看一棵逾千岁的老榕树默语宠辱不惊的处世之道，读刻在檀木门上的一副蕴藉深邃的对联，赏窗棂上褪了颜色依然楚楚动人的一幅剪纸作品，还有屋檐上雕刻得惟妙惟肖的小兽，还有一口藏满往事的古井，还有爬在斑驳墙壁上的蔓类植物……

前几日，又去“海上丝绸之路”的起点城市泉州。随朋友一道游览了清源山、府文庙、开元寺、洛阳桥等名胜古迹后，我便一头扎进了西街老城区，走进一条又一条古味浓郁的小巷，一路缓缓地走，不时地遇见惊喜。

虽说近些年，许多城市都在飞速地改建、扩建，不少老宅、老街被拆除掉了，不少逼仄的小巷被拓宽了，但泉州城中仍保留着许多历史久远的小巷，它们与周遭那些现代化楼宇、街道相映成趣，可谓是新中藏古，现代与古典齐飞。

漫步在三朝巷，一栋栋古旧的民居高低错落着，房前排水沟内清水潺潺，石板铺就的巷道七拐八拐，巷子里看不到一台轿车，几台电瓶车停在涂了锃亮油漆的大铁门前，两位中年妇人坐在巷口，正慢条斯理地剔着牡蛎肉，不远处几位喝工夫茶闲聊的老人，不知谈论的什么话题，是否与历任孝宗、光宗、宁宗三朝丞相的留正有关，伸出墙垣的榕树、桑树、枫树，一棵、两棵，皆高大，有的繁花满树，有的只举着浓绿的叶子。

往事并不如烟，小巷的记忆依然清晰，“三朝元老”的木质牌坊犹在，我在小巷里走走停停，一堵厚厚的石墙、一栋雕龙镂凤的楼阁，或一道虚掩的门扉，或一尊青铜的香炉，似乎都在向我讲述着曾经的热闹与孤寂，以及当下的淡然与欢欣。

每条小巷皆有非凡的来历，穿行其间，仿佛穿行于一页页鲜活的历史之中。曾井巷，据传曾从龙的母亲在巷内古井盘上生下他。曾从龙后来高中状元，累官至刑部尚书、礼部尚书、知枢密院事兼参知政事。曾家世代显赫耀世，曾从龙的前辈出了三位拜相高官，成为世人津津乐道的“一门四相”。

初入小希夷巷，很奇怪这个名字，问询一位老者，方知这条小巷的名字与唐末宋初的“华山隐士”陈抟有关。陈抟，字图南，号扶摇子，举进士不第，遂淡泊世情，游乐于山水间，精习道法，高隐不出，宋太宗赐号“希夷先生”。后人建有小希夷宫和大希夷宫，小希夷宫所在的巷子便被称作小希夷巷，至今仍沿袭其名。

小巷多寄予，青云巷、南俊巷、文魁巷，闻其名，便可知当世百姓热爱读书、重视教育的美好期许；执节巷、孝感巷、礼让巷、甘棠巷，每条小巷都有令人感慨唏嘘的典故，述说着人们崇礼推节、重孝尚廉的传统美德。

当然，也有不少当年寂寂无闻的拙朴小巷，如今已经变成了繁华之地。像昔日以锡器制造业为主的打锡街和以制作纸花、绸花为主业的花巷，现已成为店铺林立、热闹无比的商业大街了。

那天，在甲第巷邂逅来自法国的摄影师亨利，他用一口流利的汉语，跟我讲起泉州的诸多小巷名字的由来，如数家珍，头头是道，说得我惊讶无比。他却一脸轻松道：“我几乎每年都来泉州，在那些小巷里走一走，我能从小巷里面听到很多久远的声音，也能看到很多古老的印迹，或许在某一个拐角处，就能遇见一位唐宋时的大家，或许在某一块砖石上，就能看到一段鲜活的历史……”

走进小巷深处，我看到光阴留下许多可爱的影子，流露着斑驳的美丽，丰富而深邃。

百菜不如白菜

白菜，有一雅名曰“菘”，堪称蔬菜界的凡夫俗子。出生乡里，性随农家，身高盈尺，青叶似翡翠，白茎若凝脂，敦厚而端庄，清秀而妩媚，活出了澄明清雅的人生境界。

一年四季，无论在寻常百姓人家，还是在豪门大院里，都很容易看到白菜朴素而随和的身影。天南地北的人们，男女老少，几乎都喜爱白菜，喜爱它十分接地气的亲切，愿意将它当作家常“开胃菜”。

“百菜不如白菜”，这是祖父的口头禅。岳母也常说“肉中就数猪肉美，菜里唯有白菜鲜”。的确，富含粗纤维、蛋白质和钙、磷多种矿物质的白菜，是蔬菜家族里有名的谦谦君子，不仅能够独立成菜，彰显个性气质，展示优秀品位，还能够时刻保持包容、随和的风度，与各类肉类、蔬菜百搭百宜，友好相处，和睦相伴，美美与共。白菜，可炖可炒，可腌可拌，可熘可烧，可烤可烩，以白菜为食材的菜肴，简直数不胜数。大诗人苏东坡偏爱白菜，将其比作乳猪和熊掌，吟诗赞叹：“白菘类羔豚，冒土出熊蹯。”绘画大师齐白石尤爱白菜，力称：“冬笋炒白菜，不借他味，满汉筵席真不如也。”我却更喜欢白菜一年四季给予人们的恬适与淡雅，又不失浓郁的人间烟火味。

有时，走进大大小小的饭店，翻开花花绿绿的菜谱，带有醒目的白菜元素的一道道菜肴名字，纷纷迎面而来，一种特殊的亲切感油然而生，甚至只是看上一眼，便忍不住口舌生津了。

我喜欢醋熘白菜、木耳炒白菜、猪肉炖白菜、氽白菜丸子……林林总总，仿佛跟白菜一沾边，就成了不可错过的美味。当然，我更喜欢将白菜顺切成丝，撒一点儿干煸肉丝，再加些干豆腐丝或粉丝，泼一点儿红辣椒油，放适量的盐，轻轻搅拌一下，便做好了一道爽口的凉菜，令我百吃不厌。

小时候，乡村生活窘迫，多数村民囊中羞涩，买不起各种时令水果，便常以红心萝卜和胡萝卜充当水果。善于苦中寻乐的母亲，也经常拿来甜丝丝的白菜心，给我当解馋的水果。尤其是隆冬时节，母亲从菜窖里取来饱满的大白菜，剥掉层层抱紧的菜叶，留下最里面白嫩的菜心。

将白菜心放嘴里一嚼，脆脆的，爽爽的，还有一丝丝的甜，若是蘸一点白糖，味道就更是好极了。

“不见菜心死，翻教菜心甜。”那些历经风霜的白菜，已修炼出纯正的情怀。特别像我一生拙朴而内心干净的乡间亲人，吸纳了泥土的精气，融入了阳光的气质，平凡中透着一股非凡的力量，走近了，才能真正懂得。

如今，城里乡下的日子都好起来了，随时都能吃上各种新鲜水果，我仍不时地品尝白菜心，仿佛在坚持某种由来已久的习惯，或在怀恋小时候留在舌尖上的某种味道。就像一个人吃腻了大鱼大肉，不免想吃一些素淡的，而十分家常的白菜，就成了一个不错的选择。

白菜，活得洒脱、超然，它们从不挑剔生长环境，在大田里，在山坡上，在沟谷，在河边……无论土壤肥沃还是贫瘠，只需撒下几粒菜籽，稍加关照，它们就能随遇而安，努力生长，两三棵，或成群成片，抱着清白的身子，长成生命从容、安详、幸福的样子。

我依然记得，那些与白菜一道度过的寻常日月。乡下的小园里，一场细雨过后，绿油油的小白菜争先恐后地冒出来，很快便葳蕤成一片，嫩嫩的、水灵灵的，轻轻一掐，饱满的汁液立刻涌出。用小白菜做汤，清新爽口；用小白菜包饺子，那股特别的清香味儿，真是无法形容。

在东北，每到深秋时节，白菜便不甘示弱地唱起了主角。城里乡村，家家户户都要存储一些准备越冬的白菜，好像不如此，便会觉得生活缺少了什么似的。

大雪纷飞的冬天，东北人特别喜欢用白菜腌酸菜、腌辣白菜。那些洁净素雅、丰腴肥硕的白菜，被精心挑选出来，剥掉外层的帮叶，一棵棵地叠落在缸、瓮、坛中，逐层撒些食盐，添适量的水，再压一块大石头，然后，便耐心地等待其慢慢发酵，直到酸爽可口时，便可随时捞取一棵，变着花样去烹制美味。

母亲是腌酸菜的高手，她每年都要腌上两缸酸菜，自家人和朋友都有口福可享。我在城里生活久了，从超市里买过各种品牌的酸菜，但都没有妈妈腌的好吃。妈妈自豪地告诉我，咱家的白菜是小菜园里种的，没施化肥，没打农药，是悉心呵护着长大的，何况我腌酸菜的手艺，还是祖传的，并且又添了新调料。

腌辣白菜则是邻居芳姐的绝技。一年四季，芳姐都会挑选上好的白菜，精心调制配料，不厌其烦地重复一道道腌制工序，推出一坛坛风味独特的辣白菜，除了自家人享用，还会热情地分赠左邻右舍。因为她那堪称一绝的辣白菜，芳姐赢得的好人缘，着实叫人羡慕。

天寒地冻的冬日，我去拜访一位画家朋友。他见我脸色微青，初显着凉感冒之症，立刻取来少许白菜根、香菜根、葱根，细细切碎，一起放在白水里煮，只一会儿，一碗升腾着热气的三根汤便煮好了。一口气喝下，额头立刻有汗珠滚落，顿觉神清气爽，鼻口顺畅。

朋友告诉我，白菜根不仅清热散寒、且甘且韧，佐以葱姜蒜辣椒，还可以拌制出上好的下酒小菜。说着，他饶有兴致地为我演示拌制过程。只见他用小刀细致地削去白菜根上的薄皮，洗净、控干，将其切成均匀的丝条，放到一个瓷盆里，再将备好的各种佐料一一放入，又浇了一勺热油，然后以手抓拌，柔柔地，慢慢地，拌匀了，还要放到冰箱里养一养。

听朋友柔声说到“养一养”时，我竟有一种时光悠然的感觉。再看一眼朋友那一脸的安贫乐道、宁静致远的神色，我不由得在心中慨叹：这一生，若是能够活成一棵素心白菜，恪守本色，不媚不争，宠辱不惊，该多么好啊！

美好，随处可见

那年春天，在美国乘坐旅游大巴去西雅图。途中，疾驰的车子突然停了下来，许久不再启动。乘客们纷纷走下车来，发现高速公路上已经排起长长的车队。

上前一问，方知前面有成群结队的青蛙要横穿公路，司机们不约而同地停下车，只是为了避让穿路而过的青蛙，免得伤害到它们。

人们如此关爱青蛙，当然可敬，但谁也不知道那么多青蛙几时才能通过高速路，这样长时间地等待下去，会不会令人心生焦躁？会不会引来一些骚动和抱怨呢？我将心中的困惑说与身旁的司机，司机怡然道：“既然停下了，就别想那么多了，静心欣赏眼前的美好，不是很有意思吗？”

美好在何处？我有些纳闷。司机随手一指：“美好，就在眼前，随处可见。”

于是，我欣然看到：有人俯身在细嗅一朵小花的馨香，有人在仰望天上悠悠的白云，有人在极目眺望远处的峰峦，有人在饶有兴致地观赏蹦蹦跳跳地穿越公路的青蛙，还有人在观赏各色肌肤的陌生人……似乎每个人都遇见了一份美丽，都沉浸到了一份惬意的美丽当中。

我不禁恍然大悟：原来，世间的许多美好，并非在遥远的别处，而是就栖息于我们目光所及的附近，只要自己拥有一颗柔软的心，怀揣浓浓的爱意，就会时常惊喜地看到那些四处散落的美好，触手可及，俯拾皆是。

其实，很多时候，我们无须辛辛苦苦地跋山涉水，走遥远的路，去领略那些远方的美景，只需做一个心存美好的人，懂得在忙碌的行进间，不时地停下脚步，静下心来，细细观察，慢慢体味，就能够随时随地欣赏到生活中无处不在的美好。

一位美学家曾言：美好，随处可见。

只是需要拥有一双慧眼，更需要拥有一颗慧心，才能得以惊喜地发现，尽情地欣赏。

一棵不开花的苹果树

冬日的乡村，纷纷扬扬的雪，任性地覆盖了我目光所及的一切，远处的山川河流、近处的屋顶和柴垛，连趴在草窝里的大黄狗的身上也染了白。清扫院子里厚厚的积雪，鸡鸭们讨好地跟在身后，等我在刚扫出来的空地上撒些玉米粒，欢快地争抢着啄食。

抬头，我看到菜园子里那棵苹果树，伸向天空的枝丫上也落了晶莹的雪，仿佛一树洁白的花。它栽种在菜园子里五年多了，从未开出一朵花，我多么希望在即将来临的又一个春天，它能开出一些粉红的花朵。

这棵苹果树，原本生长在村西草甸子里，孤零零的，站在肆意疯长的茅草中间，流露着莫名的忧伤。看到形单影只的它，父亲觉得它像村里无儿无女的老薛头，动了恻隐之心。于是，父亲将它移到屋前的菜园子里，成为那些蔬菜瓜果的邻居。

施了农家肥，浇足了水，喷洒了杀虫药，父亲又不时地修剪。懂得感恩的苹果树，快速成长起来，不到两年的工夫，就宛然出落成一个秀气的大姑娘，肌肤光鲜，仪态端庄，还有楚楚动人的气质。

“这么好的一棵苹果树，明年一定会结出香甜的苹果。”我抚摸着它粗壮的枝干，开始憧憬起来。

然而，我很快就失望了。春风吹过，菜园子一角的杏树早已花满枝头，连那两株低矮的樱桃树，也不甘落后地开出许多粉色的花，唯有苹果树无动于衷，只生长葱绿的叶子，一朵花也不肯开，好像不解风情的天真少女。

又一个春天来临，个子增高了不少的苹果树，依然枝繁叶茂，却倔强地不肯开出一朵花，执拗得像说什么也不肯回头的河流。

母亲不免忧戚道：“也许它小时候生过什么病，这辈子不能开花了。”

“再耐心等等吧，或许还没到它开花的时候。”父亲仍怀揣希望。我也觉得父亲说得有道理，内心里仍期盼着它开花的时刻。

时光过得真是快，转眼间，苹果树被移植到菜园子里五年了。它却始终没有开花，只是一年又一年地粗壮着枝干，一年又一年地茂密着叶子，在四季轮回里幸福地生长着，无忧无虑，仿佛从未听到过有关开花的召唤。

那天，母亲准备杀掉家里的一只老母鸡，招待远方来的亲戚。这只老母鸡上了年纪，现在几乎不下蛋了。尽管它原来是一个下蛋能手，但如今要被淘汰了，我也爱莫能助。

始终不肯开花的那一棵苹果树，根须却在泥土里与豆角、茄子争抢养分，浓密的树荫还遮挡了不少辣椒该享受的阳光。我对它越来越失望，建议砍掉它算了，就像母亲淘汰那只不再下蛋的母鸡，不必再犹豫了。

父亲却执意留下它，理由是：再等等，或许它现在不想开花，还想无拘无束地疯长两年，等某一天它突然想开花了，没准儿会开出令人惊讶的花。就像村里的顺子，三十多岁了，还不立事，整日游手好闲，惹是生非，气得他父母恨不能打断他的腿。没想到，快四十岁时，顺子忽然像受了高人指点，变成了人人夸赞的大好人。他做正经的生意，赚了大钱，孝敬父母，友善乡邻，给孤独的老薛头盖了两间房子，亲儿子一样关照其生活。

我查阅了一些资料，也没找到苹果树不肯开花的原因。也许真如父亲所言，它只是迷恋于生长，迷恋于做一棵春天发芽、秋天落叶的苹果树，至于是否开花、何时开花，它并不关心。再说了，谁规定一棵苹果树一定要开花结果？难道它就不能按自己的心愿生活吗？别的苹果树喜欢开花尽管开花好了，它只想尽情地舒展自己的绿叶，为何要被责怪呢？

蓦然，我对执意不肯开花的苹果树敬佩起来：不管是命运注定了它无法开花，还是它自主选择了不开花，它都始终从容地赶着自己的路，倾听春风，笑对秋风，安然地迎接着四季，除了没开出人们熟悉的花朵，没结出人们想象的苹果，别的什么也不缺少，即便有遗憾，也无妨啊。谁的生命中没有一些遗憾呢？何况这棵苹果树活出了独特的自己……

如是，我释然了，不再期盼它开花，反觉得不开花的它更可爱，活得有想法，有个性，淡定而洒脱。或许父亲和母亲也是这么想的，不然，他们早就听从邻居们的劝告，将它当作生火的烧柴了。

在菜园子里生长了八年，始终不肯开花的苹果树，平静地告别了天光云影，告别了与蔬菜们一年一度的陪伴，也告别了我关注的目光，无疾而终。

多年以后的一个秋天，我和朋友一起去锦州游玩，到路边一个果园买刚上市的苹果。那一树树红通通的苹果，令人口舌生津。

我又想起那棵一直不开花的苹果树，就请教那位果农，问他是否遇见过不开花的苹果树。他说当然遇见过，连果树专家也说不出是什么原因，碰到了，就砍掉了，腾出位置给开花的苹果树……

我理解果农如此干脆利索的选择，他需要充分利用有限的土地资源增加收入，自然不会容留一棵不开花的苹果树。在我家菜园子里悠然走过八个春秋的那棵苹果树，是幸运的，虽然我曾期待过它开花，但我很少抱怨它不开花，还渐渐地理解了它。

与一位教哲学的老教授聊天时，我提起那棵不开花的苹果树。老教授感慨：那真是一棵有性格的苹果树，似乎没有远大的理想，也没有值得炫耀的成就，那么自由自在地活一回，根本不理会别人异样的眼光，只是坦然地活自己，这样的一生也是富足的。

也有人猜测：那一棵始终不开花的苹果树，或许内心里藏着不为人知的难言之隐？或许它也怀了热烈开花的心愿？苹果树不言，猜测就找不到答案。

时光流转，那一棵没有开花的苹果树，已在我的心底扎下了深根，季季枝繁叶茂，在我出神的凝望与遐思中，那棵神奇的苹果树，竟开出一朵朵绚丽无比的意念之花，引我朝着生命深处，一步步走去。

第六辑

生活不易，但请放歌

星星也会落到沼泽地里

漏雨的屋檐下也能载歌载舞

命运以痛吻我，我却报之以歌

挥别忧伤，优雅得像一个现代绅士

煎和熬都能变出美味

近日，一篇博士毕业论文短短的《致谢》迅速刷屏，走红豆瓣、知乎、微博、头条等各大网络平台。作者黄国平于异常贫寒的生活窘境之中，却从未抱怨命运多舛，而是笃定“把书念下去，然后走出去，不枉活一世”的信念，一路顽强打拼，走出四川的一个小山坳，考入西南大学，被保送到中科院自动化研究所硕博连读，后来入职腾讯公司人工智能实验室，成为高级研究员。

一位大学生跟我聊起黄国平，说他要感谢苦难，我立刻大声纠正道：“不要感谢苦难，要感谢的是不曾被苦难打倒的自己，感谢纵然有那么多风雨在头顶交织，自己依然保持奋力前行的姿态……”

怀想当年，我生活在东北平原上一个鲜为人知的小村庄，几十户人家，守着被丘陵分割成一小块一小块的薄地，日出而作，日落而息。

那时候，村子里几乎家家贫困，低矮的草坯房、昏黄的灯光、缓慢的牛车、落满补丁的衣褂、长年累月吃的咸菜……一目了然的苦日子里，却给我留下了许多难忘的记忆：听杨伯伯绘声绘色地讲古书《封神演义》《七侠五义》，冬夜寂寂的落雪，似乎也多了些许的豪壮；

夏日的打麦场上，抚摸着被麦芒扎了一道道红痕的臂膀，竟生出佩戴勋章似的骄傲；装满婆婆丁、荠荠菜的柳条筐里，也装了一缕缕春光活泼的欢喜；深秋时节，刨开田埂上的鼠洞，夺回金黄的玉米粒，兴奋的叫喊声传出好远……

当年吃下的许多苦里面，也藏着许多令我回味不已的甜。

小时候，我经常关心的一件事，就是到哪里找到好吃的东西，如何让饱肚子维持的时间久一些。那会儿，细粮极少，全家人只能在春节吃上两顿饺子，平时几乎天天是单调的高粱米饭、玉米面饼子、玉米面粥，下饭的菜便是自家房前屋后的小菜园里种的寻常蔬菜。一年四季，吃得最多的老三样是土豆、白菜、萝卜，偶尔吃上一顿肉，得回味好几天。大人和孩子们的肚子里油水都少得可怜，饥饿时常袭来，对美味的渴望自然更强烈了。

尤其是山寒水瘦的冬日里，正在长身体的我，经常还没到开饭的钟点，肚子便被饥饿弄得咕咕直叫唤。赶紧到厨房转一圈，只要是能吃的东西，抓过来就立刻狼吞虎咽起来。

那天，实在找不到可吃的东西了，我饿得拼命地喝热水。祖父见状安慰我："等一会儿，我给你弄好吃的。"

一听说有好吃的，我马上眼睛放光，跟随祖父坐到外屋的火炉旁，看着他将一颗土豆削好皮，切成薄片，摊放到烧得微红的铁皮炉盖子上。伴着一阵嗞嗞啦啦的声响，土豆片冒出缕缕白雾，飘出一股好闻的香气。再翻煎两次，外焦里嫩的土豆片，就被祖父用两根柳条筷子夹到碗里。趁着热乎劲儿，我咬了一口，唇齿间立刻被一种特别的芳香占领了。

祖父还给我做过一道难忘美味。他将菜园里收获的十几个其貌不扬的甜菜疙瘩洗净，切成小块，放到大铁锅里，添上几大瓢水，盖好锅盖，往灶膛里塞上干柴，先用旺火猛煮，待甜菜煮酥软了，再用小火慢慢地熬，待锅里的水快熬尽了，撤了火，用锅底的余热继续熬。大约四五个小时后，蜂蜜般黏稠的酱紫色糖稀就熬成了。

用勺子舀一点儿糖稀，抹到玉米饼上，粗糙的玉米面，立刻多了一份甜滋滋的味道，越嚼越好吃；放一点儿糖稀在玉米面粥里，搅拌一下，红糖一样的濡甜，瞬间就打动了舌尖，随即从喉间绵延到腹中。有时，我忍不住空嘴吃一大口糖稀，那股齁甜的感觉，至今难以忘怀。

祖父说得真好——煎和熬都能变出美味。即使在清贫的日子里，只需动动手，将普通的土豆片在炉子上煎烤一下，或将不起眼的甜菜疙瘩放锅里熬一熬，就能够魔术般地变出香甜的美味。

喜欢一位书法家赠我的条幅——“人生实苦，唯有自度”。其实，遭遇一些意料之中或意料之外的苦难并不可怕，可怕的是向苦难低头，失去冲破苦难的勇气和斗志。被众多网友盛赞的黄国平，勇敢地迎击苦难，努力将自己活成一束光，照亮了自己的生命，也照亮了无数不甘命运摆布的心灵。

不管来路几多坎坷，也不问去程几多磨难，历经煎熬，愿我们归来时，依然生命葱茏，微笑如花，风采翩然。

人生失意也须欢

“生活无常，我卤大肠。”我将脱口秀演员毛豆说的话，发给好友海涛。

金秋十月，海涛却进入了人生凛冽的寒冬。仿佛就在一夜之间，他的海发房地产公司破产了，江畔别墅被拍卖，洋房被拍卖，豪车被拍卖，妻子跟他分手了，除了背负上亿元的债务，他输得几乎一无所有了。

海涛是我的大学同窗中第一个辞职经商的。他先是孤身往返于深圳和香港之间，靠倒弄电子产品，淘到了第一桶金。随即，他又转战东南沿海一带，从开精品服装店到做服装批发，再到搞海外名牌服装贸易，一路高歌猛进。不惑之年，他回到家乡哈尔滨，在房地产业一片红火之际，一头扎进去，很快就大有斩获。春风得意马蹄疾，他继续开疆拓土。

楼市危机爆发前夕，备受资金紧张重压的海涛，也曾果断地做了断舍离，但仍未能避免公司破产的悲剧。

在撑过债主纷纷堵门的那段艰难日子后，他换了手机号，断了与外界的诸多联系，蜗居于远离市郊的那个林区小镇。早年间，他在清幽的山林间买了一栋平房，作为休闲之地。此前他只来这里住过两次，现在成了他的常住地。

我打电话逗他：你这是打算“躲进山林成一统，不管红尘烦恼事”了？

他爽朗地笑道：“陶渊明还有一个采菊的东篱呢，难道不允许我找一块清静之地，好好治疗一下我的重伤啊？”

我问他：“何时能疗好？什么时候邀请几个好朋友过去喝酒啊？”

他笑了：“伤可以慢慢疗，喝酒可以随时约，我现在是真正的闲云野鹤了。”

哈尔滨的第三场雪，纷纷扬扬地下了两天，终于停了下来。适逢周末，我邀了两个与海涛关系密切的同窗，带上一大堆吃的喝的，驱车赶往海涛的林间小屋，打算当面再宽慰他一番，用行动告诉他“穷在深山有同学”，我们还是很重友情的。

海涛那里的雪下得更大，越野车在艰难地前行。远远地看到海涛系了一条红毛线围巾，正在山脚下赶着一群鹅，慢慢地往家中走着。

“啥时候开始放鹅了？”陈洋赶紧摇下车窗。

“是羊羊啊，我还想放羊呢！”海涛笑嘻嘻地。每次见面，他都喜欢直呼陈洋的昵称“羊羊”，因为陈洋皮肤白，性格像绵羊。

走进海涛的小屋，陈洋一眼就看到桌上放着毛泽东写的那本小册子《论持久战》，惊讶地问他：“你还在向伟人学习啊？”

“当然了，啥时候也不能忘记学习啊。伟人的乐观精神，可是给了我莫大的鼓舞啊。”海涛又向我们炫耀他烧的炉火旺盛，小屋温暖如春。

在省发改委工作的肖铁问他："想好东山再起的新项目了吗？"

"还没有，这不正等着你们过来给我出谋划策吗？"海涛一脸的灿烂，自然、暖人。

"我怎么看不到你脸上一丁点儿忧愁呢？"我想说海涛的心态真好。

"遭遇经营上的滑铁卢，也不是一两次了，忧愁有什么用？人生难免起起伏伏，人生得意须尽欢，人生失意也须欢，欢颜对失意，何其潇洒？"海涛拿出一坛高粱酒。

"人生失意也须欢，为海涛这句特别有力的话，干杯！"几个人的脸上都洋溢着欢喜。

觥筹交错，嘻嘻哈哈，直到深夜时分，几个人仍谈兴不减，倒在海涛烧得热乎乎的土炕上，我们又聊起生活里的各种苦辣酸甜。

回城的路上，陈洋说出了我们同样的感受——我们没安慰海涛，反倒让海涛给安慰了。

默念海涛说的"人生失意也须欢"，我暗暗感慨：人间行走，谁没有失意的时候呢？谁的心头不曾悲伤弥漫呢？但日子总要继续，既然愁眉不展毫无用处，不如以欢颜对失意，唱着歌走出伤心地，这是一种品性，更是一种处世智慧。

落叶不只是在秋天

春光明媚的三月，校园内大大小小的树，正绿得鲜嫩欲滴，各种姹紫嫣红的花，正开得恣意、浓烈。

一阵微风拂过，不经意地低头，我的心不禁猛地一颤：地上竟躺着几枚绿色的叶子。

弯腰拾起一枚不幸的绿叶，放在掌心，仔细端详起来——这枚绿叶生得很健康，脉络分明，柔柔韧韧，与枝头那些苍翠的叶子，并没有什么差异。

一点儿枯黄痕迹都没有的绿叶，怎么会在这生命葱茏的季节骤然飘坠呢？

轻轻抚弄那枚如眉的绿叶，我开始为它过早的凋零惋惜不已：那么多绿叶都在为浓郁的夏日积蓄着热情，都在为饱满的秋日努力着，它却在梦想刚刚绽开时，便匆匆地告别希望蓬勃生长的枝头，内心该有怎样的遗憾和不甘呢？

原来，落叶不只是在秋天啊。花蕊一样年轻的生命，也会猝不及防地凋零。

独自漫步在校园里，我想到了英年早逝的复旦大学女博士于娟，想起她的生命绝笔《此生未完成》。她是一个热爱生活的年轻人，曾有那么多缤纷的向往，曾那样不辞辛苦地打拼，不知疲倦地朝自己心中的“宏伟目标”疾驰的她，根本没有料到，在她生命正葳蕤的某一天，急剧扩散的癌细胞会无情地宣布她的生命将提前谢幕。

仿佛当头一棒，病痛中的她才陡然发现，自己的人生其实完全可以是另一种样子——“活着就是王道”。于是，她这位年轻的女儿、母亲、妻子，在同死神顽强抗争的那段日子里，在博客里写下点击达数百万次的生命感悟。其中，有一段令人感慨唏嘘的真情告白，击中了许多读者柔软的内心：“在生死临界点的时候，你会发现，任何的加班、给自己太多的压力、买车买房的需求，这些都是浮云。如果有时间，好好陪你的孩子，把买车的钱给父母亲买双鞋子，不要拼命去换什么大房子，和相爱的人在一起，蜗居也温暖。”

哦，许多美好的东西，常常在逝去之后，我们才蓦然发觉它弥足珍贵。

由此想到，正在拼命追逐梦想、拼命打拼未来的我们，真应该抽出一点儿时间，一个人静下心来，好好检视一下自己眼下的生活状态，看一看：是否将自己生命的弦绷得太紧了？是否被那些欲望牵扯得过于忙碌了？是否被那些世俗的功名利禄缠绕得忘了让身心轻松一些？查一查：自己的心灵已被多少太实际的东西占据了？每一天都在拼命地加班、考各类证书、提高学历、提升官职……白天忙得焦头烂额，连那么多本该清静的夜晚也被塞得满满的，而且总能找到堂而皇之的理由，陷入那些可有可无的网聊、饭局、K歌、游乐、蹦迪、通宵电影……

宝贵的生命，宛若高速旋转的陀螺，自己也难以掌控了。

独处时，不妨扪心自问：我们究竟在追求什么样的幸福？我们应该拥有怎样的生活？

真正聪慧的人，懂得唯有好好珍惜人生的春天，才能拥有风光无限的人生四季。他们知道，完美的生命，应该像一枚饱经沧桑的叶子那样——该萌发的时候萌发，该苍翠的时候苍翠，该葱茏的时候葱茏，该枯黄的时候枯黄，该凋落的时候凋落，一切都自自然然，从从容容。不任性透支，不肆意挥霍，不拼命争抢，适度取舍，自如进退……

一个人的时候，我暗暗告诉自己，也告诉正值芳华岁月的人们：如果不想让自己生命的叶子凋落在春天，不想让自己的人生留下太多的遗憾，就请学会让目光再辽远一些、再深邃一些，减掉不必要的心灵重负，驱逐不该有的焦虑和盲从，让前行的脚步轻松一些，让眼前每一个鲜活的日子多一些充实，多一些快乐。

生活不易，但请放歌

看热播的电视剧《人世间》，忍不住感慨：谁的人生都不容易，许多令人羡慕的光鲜背后，有时也藏着一些不为人知的难堪。然而，纵然生活再不顺心、再不如意，也不要抱怨，而应该像诗人泰戈尔所言：“世界以痛吻我，我却报之以歌。”

— 1 —

珍妮丝·斯皮泰里十八岁时，才接触单板滑雪，所有人都认为太晚了，除了她自己。

没有品牌商赞助，斯皮泰里只能独自开着一台旧货车，忍受寒冷，忍受不时袭来的伤痛，四处参赛攒积分。为了省钱，有两个冬天，她就住在没有暖气的货车里。

北京冬奥会开幕前十七天，她终于获得了单板滑雪女子 U 型场地技巧项目的参赛资格，成为马耳他代表团唯一的一名参赛选手。

资格赛上，她滑行失误。站在雪地上等分数时，她从兜里摸出一个早上没吃完的豆沙包，咬了一口，冲着镜头露出一个甜甜的微笑。

斯皮泰里的分数排在第二十一名，无缘决赛，但她在赛场上那个可爱的举动，却震撼了电视前的亿万观众。

没错，有人用骄人的成绩创造历史，有人站到赛场上就是历史。

— 2 —

刚读大二的她，患了一种罕见的血液病，病因未知，也没有对症的药物。

拿着冰冷的诊断书，二十岁的她潸然泪下，为死神突然缠上自己如花的生命，更为仍在窘迫中煎熬的母亲，又骤添了一片浓重的愁云。

她十岁那年，父亲因车祸猝然离去。体弱多病的母亲，为了让她和弟弟能坚持读书，到处打零工，什么脏活、累活都不嫌弃，只为赚得微薄的报酬。

接到大学录取通知书时，母亲笑得跟一个天真的孩子似的。她欢喜地告诉母亲，她会靠勤工俭学，完成自己的学业。

既然命运有意捉弄她，就索性坦然应战吧。她掏出心爱的口琴，坐在窗前，吹一支欢快的曲子，也轻轻吹走病痛。

她开始学习写诗，写朝开暮谢的牵牛花，写月光下的虫鸣，写经霜的红叶……清新、活泼的诗句，有着小溪般的清澈，有着远山一样的平和，仿佛她正赶赴一场特别的约会。

二十二岁那年的一个早晨，再也撑不下去的她，请母亲帮忙洗了脸，梳了头，微笑着告诉母亲，她要先去看望父亲了。

讲她的故事时，她的母亲一脸平静，好像在讲述杂志上的一段波澜不惊的小说。

— 3 —

一截老化的电线，引发了一场大火，烧掉了他辛辛苦苦积攒了二十年的家当，烧得他脸上和手上都留下了丑陋的疤痕。忍受不了家徒四壁的艰辛，妻子带着儿子远走他乡。

没学历、没技能的他，连打工都很困难，尽管一点儿不挑剔，他也几乎找不到一份像样的工作。

街坊邻居见了他，怜惜地连连摇头，却爱莫能助。

他倒是挺想得开，穿着从地摊上买来的廉价衣裳，每天哼唱着跑调的歌，人前人后，没心没肺似的。

有人好奇地问他：怎么不知道愁呢？

他答：知道愁也没用，倒不如乐呵一天是一天，乐呵多了，就赚到了。

想起一张获大奖的摄影作品，题目叫《在漏雨的屋檐下歌唱》，那个光着膀子，伴着檐雨的滴滴答答声，欢快地载歌载舞的非洲男子，很像他。

— 4 —

又要被客户投诉了，仅仅因为雪天路滑，他摔了两个跟头，迟到了八分钟。

刚做快递员两个月的他，拖着哭腔，几乎要跪下来了，一遍遍哀求那位“霸道公主”，体谅一下他的不容易，高抬贵手，千万别让老板扣掉他本来就不多的辛苦钱。

还好，旁边有好心人看不过去了，上前帮他求情。那位美女噼里啪啦地训斥了他一顿后，放弃了给他“差评”。

刚走出那个高档小区大门,脚下猛地一滑,他结结实实地摔了一跤。顾不上摔疼的屁股，他赶紧查看那台二手电瓶车。还好，没什么大碍，他像捡了钱似的，咧嘴笑了。

夜色很深了，送完最后一份外卖，他吹起收工的口哨，双腿沉重地朝那条老旧的胡同走去。

肚子开始咕噜噜地叫唤了。一想到母亲摊的葱花饼，他立刻唇齿生津，一下子就变成了幸福生活的主角。

— 5 —

那年夏天，一场突如其来的大暴雨，彻底毁掉了大片丰收在望的庄稼。

站在狼藉的田间，祖父一句抱怨的话也没说，弯腰默默收拾倒伏在泥水里的玉米秧。炽烈的阳光照到他的身上，汗珠滚落到地垄沟里。

忽然，他眼睛一亮，一棵断了茎的甜菇娘秧上，缀着几颗熟透的菇娘。他摘下来，放到嘴里，那股甜甜的味道，让他啧啧赞叹：“不错，还挺甜的。日子并不都是苦的嘛，暴雨虽然拿走了许多，至少还留下了几颗甜菇娘。”

我敬佩祖父苦中寻乐，觉得他是真正有生活智慧的农民。

一辈子在田间辛苦忙碌的祖父，时常说的一句话是“过得了丰年，受得了荒年”。不管年景多么糟糕，都没见祖父皱过眉。我印象中，祖父整天都在乐呵呵地忙来忙去，好像没有什么烦心事儿，能在他身边存留。

— 6 —

等红绿灯时，我蓦然看到文学院一位退休的老教授，正步履蹒跚地要穿过另一条马路，赶紧跑过去，搀扶着他走进对面的超市，帮他买了两盒广州产的玫瑰花饼和几罐泡菜。

老教授八十五岁了，他的一对儿女都已定居美国。他前年得了帕金森后，手开始不停地抖，青光眼疾也挺厉害的。

平时，都是爱人牵着他的手出门。今天，爱人感冒了，他一个人偷着溜了出来。

我关切地告诉他，以后要外出买东西，可以给我打电话，我愿意代劳。

他谢过我的好意，骄傲地告诉我，只有他知道爱人最喜欢哪种口味的玫瑰花饼。

他还告诉我另外一个好消息：他的一本学术专著几经修改，马上就要再版了。

林语堂在《风声鹤唳》中写道：“一个人的命运是依他过去和现在的行为做决定。”的确，没有过不去的坎，只有过不去的人。生活不容易，但请千万记得一定要放歌。

阳光一直都在

这一年，她起早贪黑，像被抽紧的陀螺，在生活寒凉的冰面上拼命旋转，辛辛苦苦，收获的却总是不如意。

夜色越来越深了，她疲惫地蹬着小黄车，身边不时地驰过一台又一台名车。街边一栋栋高楼大厦，可以容纳那么多人家，却没有属于她的一隅之地。她研究生毕业，学的是难找到合适工作的社会学专业，至今还是一个“北漂”。在京城三年间，换了八次工作，搬了五次家，好不容易找到现在的栖息之地，是不足十五平方米的一间地下室，每月租金两千元，距离单位有三十多里。

上一个陡坡时，她下来推着车走，一家金碧辉煌的大酒店前，名车汇聚，进进出出的俊男靓女，衣着光鲜，神采飞扬。她感觉自己似乎已被时代甩下，一身地摊上淘来的贴牌职业装，整日吃的是大排档里便宜的饭菜，清洁工一样忙碌，却看不到光明的未来。

好几次，她想过离开京城，但又自我安慰：自己就是一个普通的人，要想过上好一点儿的日子，怎么能不吃些苦呢？再坚持一下，或许苍天不会辜负苦心人的。

她疲惫不堪地向前骑行，肚子咕咕地叫唤起来，中午吃的十块钱盒饭，那点儿热量早就消耗光了。看到前面有一个面馆，她没迟疑，径直奔了过去。

那是一个极简陋的酸菜面馆，除了两张小桌，还贴墙搭了两块木板为桌。一眼望去，顶多能容纳十二个人用餐。小店只卖酸菜面和几样简单的小菜，根本不可能生意红火。

老板娘腿脚有些跛，罩一件干净的白色外套，里面是鲜艳的红毛衣。脸上漾着笑，是那种天然的笑，好像家里有一连串喜事。

一碗热乎乎的酸菜面端上来，面里埋了一个卤蛋。老板娘赠了两小碟免费小菜，其中一碟腌香菜根，脆生生的，和妈妈做的味道一样，她慢慢嚼着，仿佛看到了妈妈慈爱的笑容。

老板娘喜欢与人说话，从她一进门，就感觉她肯定读过很多书，说她身上有读书人可爱的气质。她苦笑：读了很多书，却没改变自己的命运，至今还是一个卑微的“蚁族”。

“那可不一样啊，读过的书、走过的路，都是一生宝贵的财富，好日子还在后头呢。”老板娘对她灿烂的未来，坚定不移地相信。

闲聊中，她知道了：老板娘的丈夫，原先在建筑工地上打工，被突然坠落的一根钢梁砸中了头部，没留下一句话，便撒手而去了。拿到七十万赔偿金，她没有回河南农村老家，而是在偏僻的市郊盘下这个小店。她想让女儿在北京上学，过上比她更好的生活，这也是丈夫生前的愿望。

她能想象这样的愿望实现起来该有多么艰难，老板娘却十分知足：世间哪有不难的事？刚开始那段日子，好几天也没一个顾客登门，生意惨淡极了。晚上，她一个人坐在门口偷偷地流泪。可在八岁的女儿面前，她还得强作欢颜，好像日子蒸蒸日上。

熬过了那段最艰难的时光，随着附近一些地界的拆迁、扩建，小店的生意渐渐好起来。她起早贪黑，一人身兼采购、厨师、服务员、洗碗工数职，没聘过一个帮手，只为省钱。

最近生意不大好，老板娘似乎并不太焦虑：过日子嘛，难免起起伏伏的，但以后会越来越好的。就像女儿开始学习基础差，好几门功课跟不上，急得直哭，一番努力后，现在已名列前茅了，还喜欢上了弹琵琶，每周去附近一所艺校学习两次，她还会写诗呢。

说到女儿的诗，老板娘的语气里满是骄傲。她拿过来一个诗歌手抄本，上面整整齐齐地抄写着女儿的习作。其中一首诗的题目是《我看到了舞蹈的阳光》，没想到一个小学生竟写出这样漂亮的诗句：“一滴露珠上有阳光温柔的身影／一片树叶上有阳光跳跃的身影／一朵小花上有阳光痴迷的身影／一堵矮墙后面有阳光沉思的身影／我走到哪里，阳光就舞蹈在哪里……”

真好，能够跟随阳光舞蹈的小女孩，心里一定住满了阳光。

走出面馆，她陡然感觉身心一片轻松，老板娘春风般的笑容和她一家人的遭遇，让她恍然发觉：其实，自己一直都走在阳光里，只是一度只顾着埋头匆匆赶路，忘记了关注身边那些阳光，忘记了欣赏阳光里那些可爱的景、物、人、事……

虽说眼前的生活并不如意，可真的不必抱怨。阳光一直都在，一路向前就好。

优雅地与忧愁握手

第一眼看到唯美而小资的书名《你好，忧愁》，心立刻被撩动了。一口气读完法国作家弗朗索瓦丝·萨冈十九岁时写的这部小说，我忍不住拍案叫好：萨冈凭借着年轻女性超人的直觉和聪慧，用准确、清丽的文字，讲述了一位少女对成人世界的怀疑、试探和试探失度的悲剧，兼容了玩世不恭与一本正经、温柔与粗暴、欢悦与忧愁……以“萨冈式的微笑”，传递浸润生命的忧愁，并优雅地与忧愁握手。

忧愁，有时也可以成为一杯抚慰心灵的咖啡，只要愿意，只要智慧地面对。

依米五岁时，父亲病逝。当小职员的母亲，整日辛苦忙碌，收入依然微薄，情绪不好时，会莫名其妙地冲她发火，口不择言地数落，扎得她心疼。但她不敢反抗，生怕招来母亲歇斯底里的训斥。她只能默默地隐忍着，暗自安慰自己，以后就会好起来的。

天性多愁善感的依米，很自然地，被云雾一样缭绕的忧愁紧紧缠上了，久久无法挣脱。

独自时，望着天空飘移的云朵，依米会无缘由地心生伤感。看到一枚树叶被风吹落，她会怅然若失。看到雨中狼狈奔跑的快递小哥，她忧伤得几乎要落泪。甚至看一部令许多人捧腹大笑的喜剧，她也能感觉到那些笑料里藏着的苦涩，如糖衣包裹的药丸。

依米坦言，起初，她也想赶紧驱逐心头的忧愁，但尝试过多种方式，都无济于事，反增添了新的烦恼。于是，她开始与忧愁握手言和，从容地接纳忧愁，认真地咀嚼忧愁。她竟由此获得了深切的生命体验，有了深邃的生命思考。

在阅读经典作品时，依米惊讶地发现：许多著名作家和诗人都偏爱忧愁这一主题，写忧愁的优秀作品数量明显多于写喜悦的。她赞赏一位评论家的阐释："忧愁，是人类与生俱来的一种重要情感，包含着极为复杂的内容。无论散落在日常生活里的忧愁，还是流淌在文字里的忧愁，都具有震撼心灵的力量。"

有读者说依米的诗歌里面，散落着李商隐诗意朦胧的《无题》的淡淡忧伤，隐约透着纳兰性德那些婉约词弥漫的伤感。那些触手可及的忧愁，可以直抵心灵，非但没给读者带来沉重的压抑感，反令读者抚摸到了真实的美，像春花匆匆凋零的那种美，像暮色苍茫大地的那种美，像流水汤汤逝去永不再回的那种美，无法伸手挽留，只能无言欣赏。

与依米聊天，是约在一家清冷的咖啡屋。彼时，窗外正飘着稀稀落落的秋雨，透着容易撩起愁绪的凉。她穿了一件米色风衣，手臂上戴着自制的桃木串珠。那位年轻的店主，在吧台内百无聊赖地刷着手机，偶尔轻轻叹口气，不知是因生意寥落，还是因其他烦心事。

跳过眼前令人惆怅的秋雨，话题很快转至顾城的朦胧诗《远与近》。

两个人品着苦味淡淡的咖啡，像老朋友一样，聊起这首小诗中云烟般淡淡的清愁，朝看似颇沉重的话题“忧愁”不断地拓展：从草木的“一岁一枯荣”到萤火虫仅有七天左右的生命，从一颗星辰明亮地闪烁到黯然滑落，从不知缘何而生的恶疾到猝不及防的死亡，从唐代诗人王勃的“独怆然而泣下”到弘一法师的临终遗言“悲欣交集”……

我们谈论一些日常生活小事，也谈论一些复杂的哲学问题，思绪翩飞，自然而随意，语气平和，语速轻缓，你一言我一语，中间也穿插着小小的争辩，以及“暂且搁置不谈”的短暂沉默。

我突然想起丰子恺先生的“人生三层楼”之说：第一层是物质生活，愁多欢少；第二层是精神生活，欢多愁少；第三层是灵魂生活，只生欢喜不生愁。

依米不无疑虑地问我：你相信灵魂生活真的能“只生欢喜不生愁”吗？

望一眼窗外被秋雨打落的黄叶，抚着咖啡杯，我轻声回答：也许，那是丰子恺先生的美好愿景吧。永怀爱意地追求下去，即便仍有忧愁相伴，也不失美丽。就像我们看到绵绵不绝的忧愁，仍可以悠然地谈论忧愁，书写忧愁，这正是生活值得的充足理由啊。

两人相视一笑：是啊，生活值得，连忧愁都可以那么可爱，就更应该让生命高贵而优雅。

生活实苦，唯有坚强

不知是怎样的一场飓风，将杯口粗的一根杨树枝硬生生地折断了。仅靠一层薄薄的树皮连接着树干，树叶有些发蔫了，断折的杨树枝仍不肯撒手而去，似乎它已忘却了疼痛，只想与树干生死相依。

看到路边坚忍的杨树枝，我心中陡生敬意。我赶紧从附近薅了一些水草，拧成草绳，慢慢地扶正折断的杨树枝，再用草绳一圈圈缠绕，将其固定好。我不知道这样能不能救活断枝，只在心中暗暗祈祷，但愿它与树干贴得更近些，疼痛也能减轻些。

二十多天后，再次走过那条小路，我惊讶地发现，那条折断的杨树枝，已经与主干重新长合到了一起。缠绕的草绳虽已枯干，却仍在悉心地呵护着，好像一直在默默地做一件好事。

我凑到杨树跟前，看到断裂处那道明显的伤痕。这并不妨碍枝条上的片片叶子一律青翠，阵风吹过，发出沙沙的响声，似乎在为重新绽放的生命鼓掌。

他原本拥有一个幸福的家庭，父母善良、能干，虽说日子过得算不上富裕，可一家人整天有说有笑，温馨得叫人羡慕。

然而，天有不测风云。一场突然爆发的山洪骤然冲塌了建在山谷中的小屋，也冲走了他的父母。十六岁的他，刚上高一，就成了无家可归的孤儿。借居在村头一间旧房里，他所用的简单的生活用品，也都是乡邻们送来的。

日子总得过下去。他知道，流再多的眼泪也没用，无法回避的生活艰辛压在自己稚嫩的双肩上，他必须咬紧牙关，竭力扛下去。

他没有选择辍学、外出打工，而是选择克服重重困难，坚持读高中、考大学。只是，这一路的苦与累，他从不与外人诉说，因为他不愿意看到别人怜悯的目光，不愿意当一个逃避苦难的弱者。

很快，他就学会了料理自己的生活，做饭、洗衣、种菜，都做得有模有样。他甚至没忘了在屋前种一丛开得热烈的格桑花。他微笑着说，就像谁都不会拒绝一株格桑花的开放，谁都不该拒绝对美好生活的向往。

没钱去补课，他除了在课堂上认真听讲，谦卑地向老师和同学请教，更多的是自己埋头钻研，有时碰到一道难题，他甚至会独自琢磨一个多月。每当攻克一道难题，他就会兴奋地在心底喊一声："干得不错，继续努力！"

后来，他考上了北京的一所大学，靠打工赚生活费，靠奖学金交学费，又一鼓作气，接连拿到了硕士学位和博士学位，并被一家高科技公司聘用。如今，他已是公司的技术骨干，年薪过百万，拥有了幸福的小家庭。

回望来路，他一脸平淡："生活中，谁都难免会遇到一些意料之外的不幸。当那些看似沉重无比的苦难突然降临头顶时，抱怨没有任何用处，逃避也只会变得更加糟糕，唯有学会坚强，学会用坚强去战胜苦难，才能拥抱自己渴望的幸福……”

干涸的沙漠里，也会开出美丽的依米花；不幸的沼泽地里，也会落下明亮的星星。你自己不肯倒下，这世界上便不会有人能将你真正地打倒。

慢步去天堂

正值人生的黄金季节，他刚刚度过三十九岁生日，就成了那所著名大学里最年轻的教授。他正踌躇满志，准备“百尺竿头，更进一步”，谁知骤然而至的一纸冰冷的诊断，却将他从明媚的春光中猛地推回到刺骨的寒冬里。

肝癌、晚期，多么像一个黑色幽默。面对这一突如其来的冰冷的宣判，他欲哭无泪。

了解他病情的一些专家和医生，都悲观地断言：即使进行肝脏移植，对他也已没有多大的意义了，他只能接受保守治疗，顺从命运的安排了。

事已至此，悲伤能如何？懊悔又能如何？他唯有无奈地接受。但他还是心存不甘，因为还有那么多愿望没有实现，还有那么多的事情要做。

这些年来，他整天忙于搞学术研究，总是在拼命地写论文，向乡下的父母嘘寒问暖的次数都少得可怜，倒是父母每次打电话过来，总是提醒他要注意身体，别拼得太猛了，别累坏了自己。还有女儿，刚刚上初一，课程一下子多了，她还真有些不适应，需要他辅导。还有妻子，他这些年来到国外留学，去北京读博士、做博士后，她一个人在家里努力地支撑着，吃了那么多的苦，任劳任怨，生活刚刚稳定下来，他却得了不治之症……还有那些可爱的学生们，尤其是刚刚考上来的三个研究生，潜质都不错，他真想好好培养他们，让他们早日成才……

然而，他已经十分清楚地看到了，死神正狰狞着朝他一步步走来。

那一天，他陪妻子去中央大街，恰巧碰到一群人在那个广场上扭秧歌。他发现，每一个扭秧歌的人都精神抖擞，幸福满面。旁边有人在感慨："看看这些癌症患者，整天还这么开心，我们这些健康人，还烦恼什么呢？"

"什么？他们这些人都是癌症患者？"望着眼前正欢快地起舞的男女老少，他惊愕，实在不敢相信。

"真的，他们都是抗癌协会的成员。他们经常凑到一起，载歌载舞，自娱自乐。要是不相信的话，你可以过去问问。"有人坚定地告诉他。

在他们休息时，他走过去与领舞的那位老者攀谈起来。原来，老者得的也是肝癌，早在十年前，就拉响了死亡警报。然而，他至今仍乐呵呵地活着，是抗癌协会的骨干成员。

得知他被诊断为肝癌晚期，老者安慰他："这个病也没那么可怕，千万别被它吓死。每个人早晚都是要去天堂的，但去天堂的路，可以慢慢地走。你应该努力多看看人间美景，多享受享受人生乐趣。"

"人是抗不过命的，有时候，不是你想慢就能慢下来的。"他不无悲观道。

"只要懂得珍爱每一天，开心每一天，你就会放慢去天堂的脚步。

就说我吧，检查出癌症以后，我反倒把一切都看开了，把活着的每一天，都看作是赚来的。结果，我快乐了十年，还没走到天堂呢。”老者的语气里充满了骄傲与知足。

人间更值得留恋，自己也完全可以像老者那样，放慢去天堂的脚步。老者的一席话，猛然冲淡了他心头聚积的抑郁。

接下来的日子里，他遵从医生的建议，按时服药，注重饮食，还加入了抗癌协会，参加了很多有益的社区活动。每一天，他都感觉过得很快乐，也很充实。似乎病情也一天天好转起来了，肝部疼痛的时间和次数，也明显地减少了。

一晃三年过去了，女儿升上了重点高中，他完成了一项国家级课题，送走了三批研究生。

那天，他亲自下厨房，兴致勃勃地炒了几个小菜，一家人举杯庆祝。这三年来，一家人人间幸福地行走，快乐多过烦恼，收获多过遗憾。

女儿拿到大学录取通知书时，他终于无憾地倒下了。临终前，他微笑着告诉妻子和女儿：“我累了，走不动了，先到天堂里歇一歇。你们一定要慢慢地走，到时候，把经历的更多更好的故事，一一讲给我听。”

泪光盈盈的妻子，紧紧攥着他的手，使劲地点头。

他查出不治之症后的六年，竟是他们一家人最难忘的一段日子，也是他们一家人收获多多的一段日子：他获得了两项省级奖和一项国家级奖，发表了十多篇论文；妻子编写的教材出版了，还评上了高级职称；文化课基础薄弱的女儿，经过努力，考上了理想的大学；每个春节，他们都是在乡下陪老人一起度过的，那种天伦之乐，真是难以形容……

一位作家朋友听过他的故事后，不禁感慨：“多么睿智的选择啊！慢步去天堂，从容、乐观、洒脱……世间的某些缺憾和疼痛，就因为一念之转，陡然变得那般轻松而诗意，变得那般美好而深刻。”

无需一帆风顺的祝福

在一位即将走出校园的大学毕业生的留言册上，我看到一位老师睿智的赠言——我不祝福你今后的人生一帆风顺，只祝愿你人生的每一步都走在自己选择的道路上。

恍然想起，那年秋天，我去送别一位被迫去异国他乡闯荡的朋友。彼时，已跌入人生低谷的他，正被众多的追债者追得焦头烂额。

暮色苍茫，我与朋友坐在一家生意惨淡的小酒馆里。两杯淡酒、几碟小菜，让两个已过不惑之年的男人，更多是沉默对着沉默。那一刻，朋友前路迷茫，似乎我要说的任何祝福，都显得十分滑稽。

轻轻碰一碰酒杯，我在朋友的肩膀上轻轻地拍了一下："不说祝福的话了，就等着你早日归来，我们再喝酒。不管你发达了，还是落魄了，我都在等着你回来喝酒。"

朋友重重地点头："一言为定。"

多年以后，朋友经过流泪、流汗、流血的艰辛打拼，终于东山再起，不仅还清了所有的外债，还过上了更体面的生活。

再相聚时，朋友聊起了那个秋夜的送别，他十分动情地说："在国外几乎挺不下去的那些日子里，是你那天说的等我回来喝酒的叮嘱，让我选择了不放弃。”

“那是在那一刻，我心里最想送给你的话。”那会儿，我的内心里也感到了强烈的无助。

“那是你送给我的最好的祝福。”朋友紧紧地握住我的手，眼里闪烁着晶莹。

其实，在生命旅程中，我们每个人都听到过太多“祝你一帆风顺”之类的祝福。从那脱口而出的习惯性的祝福里，我们能听到真诚的祈望，也能听到礼节性的客套；能感受到心暖的真情，也能感觉到无关痛痒的敷衍……无论是纳入心底的祝福，还是随风而逝的祝福，很多时候，“一帆风顺”四个字所能承载的，不过是一种“心灵鸡汤”般的抚慰。

偶然结识一位极地探险家。我问他为何冒着巨大的生命危险，一次次地深入凶险之地。他回答：因为那是生命的召唤，无法拒绝。

再问他：一路走来，最难忘的祝福是什么？他笑着说出已魂归大海的一位探险家的赠言：“明天，我们可能要在不同的地方，欣赏日落日出了。”

我陡然僵住：这是一位多么清醒的智者啊，他知道一旦踏上探险的征程，努力活下去是第一位的，能够继续欣赏日出日落，便是非常真诚而实在的祝福。

行进在人生之海，谁都无法保证一路风平浪静，谁都不免会遇到一些意料之中和意料之外的风雨，甚至会遇到惊涛骇浪，谁的头顶都不只有绚丽的彩虹，还会有沉重的乌云。一句轻飘飘的“祝你一帆风顺”，真的意义不大，因为它无法让前行的路上少一些泥泞、多一些轻松。

真正的强者，应该像海明威的小说《老人与海》中的老渔翁桑提亚哥那样——既然选择了波涛澎湃的大海，心头就始终燃烧永不言败的信念，勇敢地拼搏下去。不祈祷命运能对自己怜爱地垂青，不期盼命运能给自己一份特别的关照，只管从容地上路，朝着自己向往的远方，沐雨栉风，奋然前行。不管途中遭遇多少坎坷、多少荆棘，相信“踏平坎坷成大道”，相信“风雨过后见彩虹”，相信“不妥协、不将就、不安逸的人生才有真滋味”……

有时，我们真的无需抚慰性的“一帆风顺”的祝福，但需要开启心智、增添力量的祝福。譬如，对一个即将远行的旅者，我们可以由衷地祝福：无论顺境逆境，都要始终记得，一定坚持做一个琴心智者，做一个剑胆仁人。

请给我一个灿烂的笑脸

还没走出烧伤科的重症患者病房，她的头上缠满了纱布，只露出嘴巴、鼻子和眼睛，那张骇人的脸已被完全遮住了。

那一场突发的大火，让她全身重度烧伤面积达30%。在重症监护室抢救了一个月，她终于挣脱了死神的纠缠，但她如花的青春容颜，已永远地定格在照片里了。

家人惴惴地站在病房外，揪心地猜想着，纱布揭掉后，面对镜中可怕的面容，她会不会发疯般地摔碎镜子？会不会哭泣着抱怨命运不公？毕竟她刚刚十八岁，正是爱美的年纪。记得那天放学回家，她一脸骄傲地告诉妈妈，同学们都喊她“校花”。妈妈自豪地将她搂在怀里说：“他们挺有眼光，我女儿的颜值，可以媲美电影明星。”

令人惊讶的是，她扫了一眼镜中自己脸上丑陋的疤痕，仿佛早已料到了一样，轻描淡写道：“果然和梦里看到的一样，还好，五官都在。”

母亲心疼地宽慰她：“医生说了，以后还可以做一些美容，可以变得更好一些。”

她达观地告诉母亲：“在昏迷的那些天里，巴黎圣母院的敲钟人卡西莫多就告诉我：美丽不美丽并不最重要。我不会靠一张美丽的脸蛋在这个世界上行走，我还有不算笨的大脑，还有一双灵敏的手，还可以做很多事，可以种花种草，可以养猫养狗，可以看书写文章，还可以做饭洗衣裳，或许还会遇到一个爱上我灵魂的帅小伙呢，反正后面的路，我想笑着走下去……我不需要安慰的话语，只请给我一个灿烂的笑脸。”

一向刚强的父亲潸然泪下，为她的坚强与乐观。围在她身边的人，也纷纷将敬佩和赞叹的目光投向她，给她送上了真诚的微笑。

被那么多微笑簇拥着，她读书、写作、逛街、旅游，时光静好，生命如歌。

与朋友聊起她的遭遇，朋友感慨唏嘘之余，给我讲了下面这个真实的故事：

在贵州的一个小山村，有一个祖孙三代的七口之家。虽说日子过得并不富裕，但一家人恩恩爱爱、和和睦睦，是全村人都羡慕的幸福家庭。

春节前夕，一家人坐着刚买回来不久的二手面包车，去县城拍了一张全家福，全家人还第一次去了饭店，给爷爷庆祝了生日。

饭后，一家人带着大堆的年货，欢欢喜喜地踏上了归程。行驶在蜿蜒的山路上，为躲避迎面而来的一台突然失控的大货车，面包车翻滚着摔下数百米深的山崖。

一次惨烈的车祸，夺走了一家六口人的生命，只有他死里逃生，截掉了一条腿，脸上和身上留下了不愈的伤疤。

悲痛至极，有好几次，他都想追随家人而去，但他最终还是挺了过来。他说，他应该活着祭奠亲人，怀念亲人。既然上苍让他活了下来，肯定交给了他一些必须做好的事。

朋友见到他时，那场惨烈的车祸已过去一年多了。那会儿，他正在农田里除草，阳光照在他汗津津的脸上，仿佛往事已随风而去。谈起骤然离开的六位亲人，他一脸平静："人死不能复生，我还得好好活着，不能愁眉苦脸的。亲人们都在天上看着我呢，他们一定愿意看到我开心的样子，就像从前一样整天乐呵呵的。"

朋友不无同情地握住他粗糙的大手，冲他微笑："没错，再苦的生活，也要继续下去，但没人愿意看到一张哀怨的脸。"

"谢谢你灿烂的笑脸！"朋友举起了相机。

朋友当然也知道，亲人们猝然离去后，他曾无声地啜泣了一个月。尔后，他开始露出笑脸，他愿意将一脸的阳光送给遇见的每个人，也希望每个人都赠给他一个灿烂的笑脸。他不喜欢同情的目光，也不想让自己的余生都被伤感裹挟，他要活得明媚一些。

就像没有一朵花会拒绝春天，谁不喜欢明媚的笑脸呢？纵然身陷无边的黑暗中，也曾痛苦地哭泣过，但一定要记得擦去泪痕。你给世界一个灿烂的笑脸，世界也会回赠你一个美丽的笑脸，笑靥如花，才是人生不败的风景。

第七辑

认真年轻，优雅老去

活得干净，活得磊落

年轻有年轻的风采

老去也不失优雅

每一寸光阴都深情以对

活得干净

谈论令人敬佩的一种活法，我欣赏祖父简洁的四字评语：活得干净。

活得干净，如清荷出水，如兰生山涧，如银碗盛雪，如月满天心，有一览无余的澄澈，还有直抵心灵深处的慰藉。

活得不干不净，日子自然便会混浊起来，人的腰板也难以挺直起来。

一件粗布衣衫，可以陈旧，甚至可以落上花朵般的补丁，但只要干干净净，就不失摄人心魄的精神气儿，就像一位隐于山林的高士，虽无显赫的名声，但一举手一投足，自有令人肃然起敬的风度。

我一辈子不曾出过远门的祖父，对外面的世界知之甚少，但这并不妨碍他懂得许多深邃的人生哲理，不妨碍他将寻常的日子过得有滋有味。因为拥有一颗赤子般纯净的心，站在春风料峭的田野上，他会说出一粒种子的前世今生；望着璀璨的星空，他会讲出许多神奇而美丽的传说；细数二十四节气，他能娴熟地说出蕴藏其中的丰富文化；他能从一朵白云里读出来自哪里的炊烟多情，能从一声鸟鸣里听出哪里的思念浓郁，能看到路边一株小草的倔强，能看懂一枚落花无声的忧伤……

祖父在不大的小院子里修了花坛，用石子在花坛四周砌了漂亮的排水沟，为鸡鸭们准备了喝水的木槽，为小黄狗搭了舒适的草窝，为屋檐下的燕窝做了保护支架，为篱笆墙披上葱茏的藤蔓……时常洒水，时常清扫，小院总是弄得干干净净。有人夸赞，他会颇有成就感地回一句："过日子嘛，干净一点儿，心里舒坦。"

在附近十里八乡，祖父很有威望，他说话和办事，都像醇厚的高粱酒，接地气，又透着一股干净的力量。邻里间起了争执，家族中闹了矛盾，难以化解时，便常来找祖父前去调解。祖父愿意说和，他不偏不向，不和稀泥，能将一碗水端平，有时只三言两语，便能解开当事人心头的疙瘩，消除缠绕的纠结。

我曾惊讶地问祖父，为何他每次都能将棘手的事处理得干净利落，从不拖泥带水。他淡淡一笑："心净、眼净、口净，自然能做事干净。"一语如禅，我不由得浮想联翩。

我喜欢结交活得干净的朋友，他们心水清澈，善解人意，懂得与人为善，和他们聊天特别轻松，和他们共事丝毫不累。时间久了，自己的身心也会得到净化。

那日，与一位曾驰骋商海的朋友品茶。聊到人格魅力这个话题，他感慨：在利欲纷争的商界，能够努力活得干净一些的人，其实是真正聪明的人，也是真正能干成大事的人，而那些心头蒙尘者，爱耍小聪明，爱使小伎俩，反倒经常捡了芝麻丢了西瓜，难成大气候。

我请教他如何让自己活得干净些。他说："让自己活得干净，其实很简单，只需将名利看淡一些，将善美看多一些。"

当然，活得干净，并不是一尘不染，而是懂得时常拂去心头的尘埃，就像一条想活得干净的小溪，需将泥沙沉淀下来。

一个人的心澄净了，他的世界就澄净了。一个真正渴望活得干净的人，无论身处何方，无论面对怎样的诱惑，都能找到干净的路径，拥抱一片干净的天地。

乐给生活看

那个周末，我去拜访一位七十岁开始学绘画的老人。

在市郊一栋不大的平房内，白发苍苍的老人正静心绘画，画面上尽是一些乡村寻常的景象：一条没名字的小河，一排高大的白杨树，一片长势喜人的庄稼，两栋红砖青瓦的小屋，几只步态憨拙的鸭鹅，白猫在窗前懒散地打盹，牵牛花在篱笆墙上悠然地攀爬……

老人叫赵雅芝，与那位家喻户晓的明星同名。她生活的范围很小，连县城也只偶尔去过几次，大半生的光阴，留在了东北平原上那个方圆十里的小山村里。直到七十岁那年，老伴突然病逝，她才被小女儿接到哈尔滨市郊。

女儿在附近一家工厂打工，整日早出晚归，留她一个人在家。

一天，她从电视上知道了摩西奶奶的故事：她生过十个孩子，大半生忙碌家务和农场里的活儿，七十六岁才开始学习绘画，八十岁在纽约开办画展，引发巨大轰动。二十多年间，她绘出风格独特的精美画作一千六百多幅，畅销欧美。

当她跟女儿说自己也想学绘画时，女儿惊讶地张大嘴巴："您劳累了一辈子了，该享清福了。”

她认真道：“我看摩西奶奶画画，那么开心，一点儿也没感到辛苦啊。”

见她兴致勃勃，女儿便不再阻拦，还帮她在附近一所老年大学报了绘画班。

没想到，刚上了两周的绘画课，老师就夸奖她有绘画天赋，叮嘱她一定要好好画下去。当她将自己的第一张画拿给女儿看时，不懂绘画的女儿也觉得她画得的确不错，活灵活现的，透着欢喜的味道。

又跟老师学习一段时间，她画得越来越有模有样，且特色鲜明。老师说她的画“接地气，有泥土的芳香”，她说自己画的东西，其实已印在心里许久了，闭着眼睛，她也能描摹出那些生动的细节。她觉得现在不过是将藏在心底的胶片冲洗出来，搬到了画纸上。

老师赞赏她的艺术感觉，鼓励她忘却某些绘画技法，只需跟着自己的感觉自由地画，肯定能画出好作品。

我欣赏过赵雅芝被报刊登载的几幅画，又欣赏了她挂在墙上的画，问她：“您梦想过有朝一日成为大画家吗？”

她笑着告诉我：“我就是觉得画画有意思，画画的过程是开心的，看着自己心中喜欢的东西画出来了，也是开心的。当画家的梦，我可从来没做过。”

我认为，她这种淡泊名利的心态，反倒让她可以心无旁骛地画画，越画越开心，越开心画得越好。

我逗她：“是否后悔年轻时没有机会拿起画笔？多年的乡村生活耽搁了你的绘画，要不然，你也可能会像摩西奶奶一样，现在已画出了不少名作呢。”

她爽朗地笑了：“从来没后悔过，我还要感谢那么多年的乡村生活呢。离开了那些幸福时光，我可能现在还不会有画画的兴趣，恐怕也画不好。”

聊起早年乡村虽清贫但不乏快乐的生活，她十分知足：春播、夏锄、秋收、冬藏，日日有期盼，时时有风景，连天空飘过的云朵都很耐看，连过年买一件花衣裳，也要开心好几个月呢……

我简直有些羡慕赵雅芝老人了：“您真是一个笑对人生的老太太！”

她纠正我：“我从小就爱笑，村里人都说我喜兴，都愿意跟我来往。我觉得，人生一世，生活赐予的礼物够多了，不管干啥，不管在哪里，都应活一天乐一天，乐给生活看。”

喜欢赵雅芝老人“乐给生活看”的处世之道，因为这里面有感恩，有洒脱。能够时刻保持这样的好心态，每一个寻常的日子，也尽可以美丽如画。

变老的时候，一定要变好

听敬一丹朗诵鲁迅文学奖获得者李琦的诗《变老的时候》，一下子就不可救药地迷上了：“变老的时候，一定要变好／要变到所能达到的最好／犹如瓜果成熟，焰火腾空／舒缓地释放出最后的优美／最后的香与爱意／最后的，竭尽全力”。

变老的时候，变成那般令人喜爱和向往的样子，该有多好。

— 1 —

好友的母亲生活在乡下，是一个地地道道的农妇，只读过小学四年级。七十五岁那年，她竟在众人的惊讶中，开始了文学创作。

当然，她的第一篇文章写得不太好，有些感受没能表达出来，但儿女们一致夸赞她起点不低，说她写的故事新奇，说她朴素的文字有泥土馨香的味道。

受到家人的鼓励，她写作的热情更高了，每天一忙完家务，就坐到桌前，摊开稿纸，像个认真的小学生，奋笔疾书那些难忘的人和事。

她写的每篇文章，在大学中文系教写作的儿子都仔细地读了。他觉得母亲浑然去雕琢的写作，有着“法而无法”的自然、从容，清新而别致，便悄悄选了两篇，帮她投寄给报刊。编辑也欣赏她风格独具的文字，很快就发表出来了。

她兴致勃勃的写作，居然赢得了不少读者的关注。这给了她不小的鼓舞，她写作的热情高涨，每天都坚持阅读、思考、写作，日子过得忙碌而充实。

写了两年多，她陆陆续续发表了五十多篇文章。一位出版社编辑读了她的许多文章，感觉她的文章挺有特点，给她提了两点写作建议，准备近期帮她出版一本文集。

不少上了年纪的乡邻们，读了她发表在报刊上的文章，都夸她写得好，写出了大家真切的感受，写出了藏在时光深处的美好。当然，更羡慕她因为写作，将老年生活质量提升了一大截。

好友兴奋地告诉我：“因为写作，母亲将平常日子变得更加有滋有味了，她还用稿费买了一些书，送给乡里的小学，鼓励孩子们多读书。”

我由衷地赞叹：“真好，变老的时候，可以让自己的心灵变得富足。”

与好友顺便聊起了“多面手”黄永玉。他一生经历了无数苦难，耄耋之年，仍喜欢听故事，喜欢讲笑话，喜欢描摹温暖的细节……96岁时，出版了两本有意思的书《不给他音乐听》《比我老的老头》，还坚持创作二百多万字的长篇小说《无愁河的浪荡汉子》。

好友啧啧赞叹那个可爱至极的“老顽童”越活越有精神，活出了美丽而有趣的灵魂。

—2—

去早市的路上，碰见邻居高大娘，她左手拎着一袋糯米，右手拎着棕叶和蜜枣。已九十二岁的她，兴奋地告诉我，儿媳妇刚从海南回来，特别想吃她亲手包的粽子，她这回买的糯米好，准备包多一些。

我惊讶："您这么大年纪了，还要亲自动手包粽子啊？"

"自己包的粽子好吃，儿媳妇特别喜欢吃我包的粽子，四十多年了，她还没吃够呢。"高大娘一脸的自豪。

老伴去世快十年了，高大娘一直坚持独自生活，不肯与儿子同住，也不肯与女儿同住。尽管她的五个儿女都非常孝顺，争抢着要接她到家里住，况且每个儿女的家境都不错，各家的住房都相当宽敞。

她说，一个人过日子，自由自在，想什么时候起床就什么时候起床，想吃什么自己动动手就行了，她的退休工资足够用，趁着现在手脚利落，好好享受一下晚年时光，不想被儿女照顾，处处被照顾着，会让她感觉自己成了没用的人。

她年轻时爱打扮，不大爱做家务，没想到，过了七十岁，她竟爱上了柴米油盐，每顿饭都认真琢磨，从不对付。

那天，她邀我欣赏她养的那些花草，绿萝、水仙、多肉、发财树……还有一盆硕大的昙花，她说每年都会开。说着，她向我展示保存在手机里的那些花朵盛开的照片，骄傲地告诉我，小孙女教她学会了用微信聊天，她时常跟孩子们视频通话，经常在周末做些好吃的，叫儿孙们过来其乐融融地聚餐。

我夸赞她紧跟时代的步伐，一点儿也没落伍。

她开心地笑了：“老了，反而像个儿童，好奇心更重了，觉得要学的东西挺多的，还有学习兴趣。每学会一样东西，就觉得自己又年轻了不少。”

看到高大娘幸福的老年时光，我暗暗地期望，等我变老的时候，也变得像她这样好。

— 3 —

起初，同事小李老师还担心在农村生活了七十年的父亲进城后难以融入都市生活；没想到，一向热心的父亲，主人翁意识很强，住进小区不久，就成了一个“爱管闲事”的业主，小区众多居民都喜欢他，物业领导也很尊重他这个小区新来的“名人”。

其实，小李的父亲做的多是寻常小事：他找来工具，将小区花坛里的荒草清理干净，栽种上了各种花；自己动手，将车辆轧坏的路板重新铺好；将甬道上的坑洼用邻居装修淘汰的废料填补上，用小锤子砸实，让小区面貌焕然一新。

看到单元门上贴的那些花花绿绿的免费体检、免费健康讲座、送鸡蛋买保健品的广告，他毫不犹豫地上前撕掉，一边撕还一边愤愤地揭露：“可恶的骗子，净想骗老人的钱。”

小李问他怎么知道那是骗子的伎俩，他说在农村里就遇见过，电视上也看到过，可总有些爱占小便宜的老年人，时常被蒙骗。他不能坐视不管，看到了就赶紧撕掉。

小李说：“骗子层出不穷，你能撕掉的毕竟是有限的。”

他一脸认真：“撕掉一张，或许就能减少一个人被骗，是有益的事，能多做一件是一件。”

那天，小李下班回家，看到父亲正在翻箱倒柜，一问才知他响应市里公益组织的提议，要给南方遭受水灾的百姓捐赠一些旧衣服。

小李大力支持，帮他找出一大堆旧衣服，有两件衣服买回来一次也没穿，尺码就不合适了，一直在衣柜里沉睡着。父亲边夸小李有爱心，边教诲她以后要学会节俭，不要大手大脚。

小李逗他：“当初不多买一些，你现在怎么能有这么多可捐赠的衣服呢？”

父亲立刻反驳：“你可以省一些钱，到时候捐钱，岂不更好？”

小李对我说，父亲越来越热心肠了，身边的人感受到了他的爱意，远方的人也能感受到。

其实，我们每个人都在一天天地变老年。在变老的路上，能够变得越来越好，那该是多么令人赞赏的幸福啊。

只能陪你走一程

上大学时，他与林聪住上下铺，饭票混一起用，比亲兄弟还亲。他生病住院，林聪跑前跑后，手脚笨拙地帮他换药、拔点滴针，为他洗脚、洗衣服，换着花样，给他增加营养。林聪家中突遭变故，他赶紧买了站票，腿麻得发飘，扶着被悲伤击傻的林聪，跑殡仪馆、宾馆和饭店，张罗各种善后事宜，连着三天几乎都没合眼。

同窗都相信他们会是一生的朋友，他更笃信。离别的站台上，他们紧紧拥抱，互拍着后背，互道"珍重"，像两个洒脱的侠客，转身而去，各奔相距甚远的两座城市。

此地一为别，便真的成了"萧萧班马鸣"，成了"山长水阔知何处"。

起初，尚有电话、电子邮件、QQ时常联系。没过多久，联系就渐渐稀少了，只在某些重要节日，两人短暂地聊几句，彼此说的话也明显变少了。

他暗暗安慰自己：真正的好朋友，无需太多的交流。林聪也很看得开：不常联系，并不会影响感情。

八年前，林聪移民去了渥太华。他原计划去北京为其送行，因父亲突发重病，他只能抱憾。林聪也未在意。

偶尔，翻看林聪的朋友圈，他会在某一条动态下点个赞，也想过要留言，随即又作罢了。林聪与他挺默契的，也只偶尔给他的微信状态点赞，不置一语，仿佛两人同时喜欢上了“此处无声胜有声”。

如今，已是公司中层领导的他，整日忙工作，忙应酬，忙孩子，忙得像被抽紧的陀螺。新朋友越来越多，能推心置腹交谈的却越来越少。

那天，难得有闲，他蓦然想起一年多没联系的林聪，便拨响微信语音电话。好一会儿才接通，林聪的第一句话是：“兄弟你好，有事吗？”他的心咯噔一下：“没事，就是想你了。”“都到油腻年龄了，还这么抒情？”林聪那边传来与家人一起弄烧烤的嘈杂声，他仿佛闻到了很浓的油烟味。“那我就不抒情了，你先忙吧。”他胸腔里似有什么东西被掏走了。“好，改日再聊。”林聪立刻挂断了。

他举着手机，怔怔地站在午后的阳光里，窗前那棵杨树正落叶缤纷。

“改日再聊”，竟成了遥不可及的预约。他和林聪心有灵犀地一起等待着，不知“改日”何时到来，也不知“再聊”什么话题，彼此会以什么样的心情。

一如那句网络流行语所言，“爱着爱着就淡了，走着走着就散了”。茫茫人海中，每个人都在不断结交新友，不断淡忘旧友，散伙已成为人生的常态，连一些原本无话不谈的知己，也已承受不住距离的拉抻，经不住时间流水的不停冲刷，从当初可以随便开玩笑，到如今是否微信留言都要思忖一番。彼此明明还记着曾经，却渐渐地互相“隐身”了，没有交恶，甚至说不出什么缘故，原来那么熟悉的两个人，某一天突然像变成了陌路人。

与一位社会学家说起心中的苦恼，他被认真地告知：在这个世界上，没有人能够陪伴自己走一生，包括父母、伴侣和儿女。因为某种机缘，在某个特定的时空里，我们遇见，然后相识相知，相伴着走过了一段美妙的生命旅程。再后来，有人掉队了，有人走开了，而新的陪伴者又陆续走来，然后继续走散，再遇见……

如是，我们无须抱怨世情淡薄，无须耿耿于怀究竟谁对谁错，而应感谢有缘陪伴自己走一程的人，珍惜彼此相伴的日子，再去结识能陪自己走一程的新友。只要我们心存善美，人间就绝对值得。

深情依依的目送

闻知好友孟浩然将在繁花似锦的三月前往江南胜地广陵（今扬州市），诗人李白特意托人捎信，与他相约会合于江夏（今属武汉市）。几天后，两人在黄鹤楼把酒话别，孟浩然登船东下，诗人送至江边。目送帆影渐行渐远，消逝于碧蓝的天际，诗人仍翘首凝望，浩浩荡荡的江水，将追送的目光牵向遥遥的远方。

于是，就有了这首流传千古的送别诗《黄鹤楼送孟浩然之广陵》：“故人西辞黄鹤楼，烟花三月下扬州。孤帆远影碧空尽，唯见长江天际流。”

我喜欢诗人李白如此多情的目送，欢欣中夹杂着伤感，洒脱中带着缠绵。隔着遥迢的时空，我仍能清晰地看到那个深情依依的身影。

想起多年前的一个冬夜，我去拜访一位德高望重的老先生。道别时，年逾八旬的老先生对我说：“我站在阳台上，目送你一千米吧。”我感动得连忙致谢。走出好远，要拐过那个街角了，我回头，老先生模糊的身影仍在阳台的灯光里。

世间许多离自己远去的，皆可目送，只要愿意。一片骤雨打落的花瓣、一朵浮过楼顶的白云、一排迁徙的鸿雁、一团缠绕群峰的浓雾、一条隐入草海的小径、一道只管向前奔淌的小溪……那些细碎的美，都值得让追随的目光一路送行，默默地，依依地。

每个人一生中，都会经历许多的别离，自然会有许多的送行。至爱亲人、知心朋友、萍水相逢的陌路人，离别时刻来临了，在渡口、在站台、在机场、在街头……轻轻挥手，给远去的人送上亲切的叮咛和由衷的祝福。送一程，再送一程，直到那背影融入车流人流，直到无限的情思，都凝入那难分难舍的目送之中，欢欣或感伤。

默默无语的目送，亦是长情的告白。就像目送一枚秋叶，静静地坠向大地。我的同事许影，自从九十五岁的祖母病倒，就一直陪伴在祖母身旁，目送着祖母安详地走完生命的最后一程。

那会儿，挂着点滴的祖母，身体已很虚弱，但脑子还较为清醒。她预感自己即将去天堂与祖父相会了，平静地跟许影一一交代完后事，微笑着忆起一些有意思的旧事。她说一辈子沉默寡言的祖父，就喜欢听她说话，连她絮絮地说着那些废话时，他也乐呵呵地听着，像个可爱的孩童。许影逗她："到了天堂，代我问候祖父，就说我也很想他。"祖母直言不讳："你想他，只是一会儿；我想他，时间可是长着呢。"

过了两天，祖母没力气说话了，送到嘴边的食物，她也不碰了。亲人们走到跟前，轻唤几声，她努力地睁开眼，礼节性地一瞥，便安然闭目不应，仿佛对尘世已了无牵挂。

输液管里的药水一滴一滴匀速坠落，祖母如禅般地静卧，满面安详。许影轻轻揉着她青筋暴起的手，凝望着婴儿酣睡一样安宁的祖母，想起自己当年去远方上大学，祖母就站在门口，目不转睛地注视着她的背影，久久不肯离去。母亲曾跟她描述过，祖母就像目送一只飞远的燕子，无言地伫立，眼神里有不舍，有担心，还有祈祷……

目送祖母永远地离去了，许影心底的悲伤一点点地逝去。她蓦然觉得，自己在无言的目送中，清晰地看到祖母“认真年轻，优雅老去”的生命历程，一种释然的欣慰怦然而至。

别离时刻，许多语言是苍白的。最好就站在那里，让一重沉默再握一重沉默，对着那个远去的背影，温柔的目光深深凝望，爱怜地追送一程，再追送一程。

我还想要一百分的压岁钱

— 1 —

去年春节前夕，因为突如其来的变故，筹划了许久的小姨姥被迫取消了早已订好的回东北老家的机票。

太姥的生日是腊月三十，过了这个生日，她就整整一百岁了。

身在海南的小姨姥，通过视频给太姥祝寿、拜年。小姨姥也已两鬓斑白，她泪眼蒙胧地冲着镜头大声喊：“妈妈，祝您百岁生日快乐！祝您新年幸福安康！我明年春节一定回去，您要给我准备压岁钱啊。”

太姥的耳朵很背，可小姨姥的话，还是听到了，她乐呵呵地点头，还没忘了指指脚上的红袜子，那是小姨姥秋天时邮寄来的，她今天穿上了。她不厌其烦地逢人便说，这是老闺女特意给她买的，祝福她走红运，也祝福全家人生活红红火火。

其他几个女儿和一帮外孙子、外孙女嗔怪老人偏心，他们给太姥买了各种礼物，她也挺喜欢的，可都没被她如此夸赞。

太姥也不遮掩自己的偏爱：“她是老闺女，离家在外面这么多年，太不容易啦。”

2 —

太姥从十八岁开始，一连生下七个姑娘，在生小姨姥时大出血，差点儿要了命。医生不容置辩地警告太姥爷，太姥今后不能再生育了。太姥爷和太姥俩人执意要生个男孩的愿望破灭了。对此，很长一段时间，太姥都自责而遗憾：咋就生不出一个男孩呢？如果还能生，说不准下一个就是男孩。

邻居们都安慰她：你家有“七仙女”啊，多么让人羡慕啊。

太姥听了，心里美滋滋的，可嘴里仍念叨着“还是有个男孩好”。

没想到，小姨姥一生下来，就跟她的六个姐姐截然不同，活脱脱一个男孩，整天跟一帮男孩子上树捉鸟、下河捉鱼，光着膀子玩弹弓子，对女孩玩的东西根本没兴趣。

十九岁那年，她和上海来的一位下乡知青谈上了恋爱。太姥极力反对，她伶牙俐齿地反击，理由是太姥十八岁能自己找婆家，她也不用媒人介绍。太姥软硬兼施，也无济于事。

趁家人一时疏忽，她竟鼓动那位血气方刚的知青，俩人干了一件石破天惊的事——私奔到南方一个城市。两家老人拗不过他们，只得认下这门亲事。

她在上海的家，太姥平生只去过一次。在那间狭小的出租屋里，太姥勉强住了两宿，便连连叹气：“这么小的地方，实在太憋屈了，真是‘不听老人言，吃亏在眼前’啊。”

她悄悄地将小姨姥买车票的钱留下，一路叹息着回到老家。但她跟村里人没说小姨姥的生活困窘，反而有些炫耀地夸赞，上海真繁华，街道那么宽，商店里的东西那么齐全……

小姨姥的幸福爱情，只维持了不到六年。小姨姥爷在一次旅游时，不慎失足落水而逝。

擦干眼泪，她带着不满三岁的儿子艰难谋生。婆家老少一大家子，日子过得一直很窘迫，根本帮不上她什么，娘家这边也指望不上。所有的苦和难，她都得独自扛下来。

后来熬不下去了，她便去了海南。再后来又成了家，有了一个女儿，生活始终很清苦。虽说她跟家人写信、打电话时，总是轻描淡写地说自己“一切都好”，但太姥能想象到她的难处，却帮不上她，只能安慰她：“不用牵挂家里，过好自己的日子就行。”

— 3 —

今年腊月未过半，小姨姥就从万里之遥的海南回来了，给太姥带来十多种热带水果。

太姥摸着她的脸，心疼了：“晒得这么黑，那儿的太阳太烈了。在家里多住一段时间吧。”

小姨姥抱起太姥：“看我力气多大，还能抱得动老妈呢，哈哈。”

太姥不服输道：“我身体也结实着呢，赶上好年代了，我可得好好活。”

接着，太姥便遗憾太姥爷没福气，刚八十岁，一场大病，就没扛过去。好几个医生说她心脏不好，提醒她兜里要揣着速效救心丸，还应该经常体检。她不以为意，能吃能喝能睡，还争抢着干一些家务活儿。她马上就一百零一周岁了，身体依然十分硬朗。

小姨姥说她健康长寿，是晚辈们最大的幸福。太姥说这话她爱听，她活着不是儿孙的累赘。

小姨姥给她梳头、掏耳朵、剪指甲、擦背、洗脚，慢慢地，柔柔地，仿佛许多光阴都融进了每一个细微的动作。太姥很享受地微眯着眼睛，那份安详的惬意，叫人心暖。

太姥夸赞小姨姥不像小时候那样毛手毛脚了。小姨姥说自己都七十多岁了，该稳重一些了。太姥强调："你多大了，也是妈妈的孩子。"

小姨姥要做饭，太姥拦着她："你陪着我聊天就行，让小辈们干吧。"

小姨姥说："我给您做好饭，再陪您聊天。要不然，您坐在旁边，我边做饭边陪您聊天。"

太姥摇头，来了一句逗得众人哈哈大笑的谚语——干一不干二，看孩子不做饭。

"可是，您不是孩子啊！"小姨姥逗她。

太姥撒娇道："我是老小孩，你得一心一意地陪着我。"

— 4 —

自从小姨姥回来，太姥就只让她一个人晚上陪自己睡。家人提议换换班，别累坏了小姨姥。太姥执意不肯，理由是与小姨姥躺一张床上，她睡得香。

白天，小姨姥陪着太姥坐在阳光里，挑着花生、饭豆，聊起许多她小时候的趣事。太姥笑得跟孩子似的，小姨姥的心仿佛也年轻了许多。

那晚，小姨姥睡得又深又香。当阳光从窗帘的缝隙里挤进来时，她睁开眼睛，看见身子有些弯曲的太姥，正一个人悄悄地在厨房里忙活着。

太姥得意地告诉她："我今天给你熬杂豆粥，放了五种豆子，你小时最爱喝的。"

小姨姥赶紧过去扶她坐在一旁，接过木勺，慢慢地搅着一锅沸腾的豆粥。伴着升腾的白色热气，她的眼睛一阵灼热。

看着小姨姥一口气喝下两大碗豆粥，太姥颇有成就感："明天，再给你熬红薯粥。"

除夕夜，太姥发压岁钱的时刻到了。一大家人欢喜地簇拥在她身旁，看着她缓缓打开一个小木盒，拿出一沓面额均是一元的崭新钞票。

"怎么还是一元？您都一百零一岁了，压岁钱还不涨啊？"小姨姥嗔怪她。

太姥轻拍她的头："一百分多好啊！谁不想要一百分啊？拿上这一百分，上学考试得一百分，上班工作得一百分，种地的收成得一百分，忙家务的也得一百分。"

原来，太姥始终不变的一元压岁钱，藏着如此吉祥美满的寓意，闪着光阴不老的光泽。

捧着太姥郑重放到手上的压岁钱，小姨姥想起小时候过年的情景，想起太姥一生的勤劳、节俭、慈爱和隐忍。苦也罢酸也罢甜也罢，只要一家人齐心协力，就自然不会缺少幸福……

— 5 —

过了初六，小姨姥的心里就开始隐隐地疼。她要回海南，又是万里之遥，生怕这一走，太姥会伤感，毕竟年龄不饶人啊。

然而，太姥似乎并不在意即将到来的离别，仍不时地跟小姨姥回忆小时候的事情。讲她逃学被老师找到家，挨了一顿打，居然没掉一滴眼泪；讲她去打猪草，竟然在黄豆地里睡着了；讲她“爱管闲事”，为抓那个小偷，胳膊被刀割破了还浑然不觉……

真是令人惊讶，几十年前的那些琐事，太姥竟记得那么清楚，根本不是她所说的“老来多健忘”啊。像一个毛线团，只轻轻一抽，许多似已模糊的陈年旧事便一一铺展开来。

过了正月十五，小姨姥要回海南了。太姥早早地准备好了木耳、蘑菇、榛子、干萝卜丝、粉条……七七八八的一大堆，都是小姨姥以前喜欢的。她根本拿不了，但她还是欢喜地答应太姥都带上，转身偷偷地转交给了外甥女。

小姨姥抱着太姥，贴着她的耳朵，强忍着眼泪道：“妈妈，您一定要好好地活，明年我带着孩子回来，我还要一百分的压岁钱。”

太姥孩子般地笑了，拉着小姨姥的手，很认真地说：“这个愿望，我得努力帮你实现。”

刚过六一，太姥便时常跟家人和邻居们念叨：“还有多少天过年呢？我还要发好多个一百分的压岁钱呢。”

耳闻目睹这些生动的情节，我心中不禁殷殷地祈祷：愿太姥安康长寿，愿她那一百分的压岁钱凝聚的美好，能够温暖更多的心灵。

近处的星光

—1—

为崇拜的那位娱乐明星拼命“拉粉”，她捐出了所有的零花钱，还偷偷打开母亲郑敏的微信钱包，转出2000块钱，帮助自己心中的“男神”拉票、造势，希望能将他顶到那档综艺节目明星排行榜前列。

很自然地，母女俩又爆发了一场激烈的冲突。郑敏无法压抑心中的愤怒，扬起手，在女儿肩上打了两巴掌，斥责她都读高一了，还幼稚得像个傻瓜。

女儿虽然觉得偷捐母亲的钱不对，却固执地强调自己追星没什么大错，还大声反驳母亲：“不疯狂，还算是追星吗？”

“疯狂？疯狂就是满脑子里都装着明星？连自己是谁也不管了？”母亲气得直咬牙。

“谁不管自己了？我不是在上学读书吗？不是还在准备考大学吗？”她伶牙俐齿地辩解。

“你照镜子看看，你哪里还有中学生的样子？”看到女儿不退不让的神态，母亲的火更大了。

“我感觉自己很像一个中学生啊。您说，中学生该是什么样子？我们班还有比我追星追得更疯狂的呢。”她小声地嘟囔着。

“你还不够疯狂啊？疯狂得都能逃课去追星了。”母亲忍不住又翻出两个月前的事。

那天，闻知她迷恋的明星途经本市，她在微信群里接到“团长”指示，跟班主任撒谎身体不舒服要去医院检查，转身直奔机场，和一大群疯狂的粉丝聚齐，举着条幅和鲜花，到候机大厅迎接明星。结果，她只远远地看到崇拜的明星戴着口罩，与众粉丝挥挥手，便跟着助手，在保安的簇拥下驱车远去。

班主任将几位逃课学生的家长请到学校。得知女儿的疯狂举动，郑敏感觉自己的脸被狠抽了一下，羞愧地向班主任检讨。当郑敏批评女儿时，女儿竟轻描淡写道：“班主任真是小题大做，现在的年轻人追星的太多了。”

“人家追的都是科学家，是英雄，是时代楷模，不是你追的那种男不男、女不女的‘小鲜肉’，你不要强词夺理。”郑敏为女儿追星走火入魔头疼不已。

“哪有那么多男不男、女不女的？你欣赏一下，我追的男神多么帅，多么阳光！”她挑战似的亮出偶像的美颜照。

“赶紧给我拿开，别脏了我的眼睛。”母亲扬起手来，女儿立刻逃进自己的小屋。

坐在沙发上，心头的怒火撒不出去，气鼓鼓的郑敏一脚踢开过来讨巧的猫咪，骇得小家伙瞪大无辜的双眼，不知道自己哪里错了。

— 2 —

郑敏在电话里向我这位大学同窗倾诉烦恼。我问她："孩子的爸爸持什么态度？"

她没好气地诉苦："他常年在国外忙工程，除了嘴上不轻不重地提醒女儿几句，叫她听我的话，剩下的就是宠着他的宝贝女儿了。他甚至觉得女儿青春年少，追一追明星也不必大惊小怪，倒好像我不通情达理似的。"

我建议她："你应该跟孩子的父亲好好谈一谈，争取他的大力支持。父母在此事上保持意见一致，有助于改变女儿的认识。"

郑敏没底气地告诉我："恐怕远水不解近渴。他在国外忙得要命，我也不愿意让他多操心女儿的事。"

"我能理解你，但女儿的教育，父亲是不应该缺席的。"我仍在提醒老同学。

"要不然，找个时间，我把女儿领到你家里，请你这位作家帮我开导一下她？"郑敏已求助过两位心理专家，但均不见成效。

"我试一试吧，跟她聊聊。"我知道这事很棘手，得提前做些功课。

— 3 —

郑敏的女儿竹筠，个性很强，从她的衣着和眼神里，就能看得出来。

没等我开口，竹筠先发话了："崔叔叔，您是妈妈搬来的说客吧？我愿意洗耳恭听。"

“不是说客。我不想说服你，恐怕也没能力说服你，因为我们之间存在着很深的代沟。”我微笑着，跟她直言不讳。

“您还挺诚实，承认我们之间存在着不浅的代沟，不像某些长辈，总以为自己真理在握。”竹筠的语气里透着桀骜不驯。

“但这并不妨碍我们一起探讨某个有意思的话题，譬如追星。”我转入正题。

“我相信您和我妈妈当年读大学时，肯定也追过星，甚至也疯狂过。”竹筠思路清晰，显然也是有备而来。

“没错，我们当年也追过星，买过有明星大幅照片的报刊，买过明星的磁带，也曾逃课去听明星诗人的讲座，但极少有人疯狂追星，更没有人因为追星迷失自我。”我告诉竹筠，摇滚歌星崔健，朦胧派诗人北岛、舒婷，“两弹一星”功勋人物钱学森，都曾是当年我们心中明亮的星，曾让我们激情澎湃，曾激励我们努力成为更好的自己……

“你们不曾迷失？那又凭什么断言我们迷失了？”竹筠把抛给父母亲的问题甩给我。

“因为我们那一代人懂得，我们应该有自己的人生，我们的人生不会让明星替代。”我直入主题。

“我们这一代追星人，也没有让明星替代我们的人生啊。”竹筠尚未明白我的意思。

“竹筠，也许你没想过，有些年轻的粉丝，为那些德艺平平、只生了一副好皮囊的明星，疯狂地打赏、拉票、应援、众筹、造势，拼命地力挺某个流量明星，为什么？因为自己的梦想可以寄托在明星身上，让明星替代自己完成某些人生追求、情感生活、生命体验……某些人生际遇，自己从未经历过，但可以借助某个明星，通过想象，进入一种虚拟的情境中，获得身心愉悦，仿佛明星耀眼的成功之路，自己也走了一回。殊不知，那不过是让明星代替自己，体验了一段虚拟人生……”我想到一位作家在描述当今触目惊心的“饭圈文化”时，用过一个形象的词语“寄生”，但我不想借用过来，我怕刺激到年轻的竹筠。

“您说得未免有些夸张吧？”看得出来，我的这番剖析还是触动了聪明的竹筠。

“毫不夸张，当一些人将思考和情感统统交给别人时，就已不再热情追求自己个性独特的生活，而是随波逐流地寄情于他人的生活，让别人代替自己奋斗，代替自己精彩。难道这不是对自己人生的一种主动放弃和逃避吗？”我进一步启发竹筠。

“我可没想过让哪一个明星代替自己的人生！”竹筠的语气里有些不自信了。

“我相信你没想过。但你的眼睛里如果只有远方的明星，而忽略了近处的星光，那么，不自觉地迷失，也就会在所难免。”我继续点拨她。

“近处的星光？”竹筠有些惊讶。

“是的，就是身边的人，给你不求回报的爱，给你实实在在的帮助，长时间参与、影响你生活的那些普普通通的人，他们是你的父母、老师、同学、邻居……”我顺手拿起自己刚出版的一本书，指给她看那篇题为《近处的星光》的文章。

“崔叔叔，您说的有一定道理，我回去再想想，该如何走好自己的人生路。”竹筠似有所悟。

— 4 —

不久，郑敏惊喜地告诉我，自从那天跟我一番交谈后，竹筠仿佛变了一个人似的，她不再偏激，不再咄咄逼人，谈起那些流量明星，也不再像以前那样亢奋了，学习劲头也足了，班主任老师也夸她成熟了……

我也向郑敏夸赞竹筠：她的确是一个很聪明的女孩，我以一位大朋友的身份，跟她推心置腹地交流，并没讲什么大道理，她自己就从我们真诚的对话中，悟到了某些有益的东西。

郑敏赞叹我有教育孩子的智慧。我告诉她：其实，我们成年人也不要丢掉自己独立的思想，不要让别人替代自己的感受。如此，我们才能真正拥有自己独立的生活，拥有自己独立的人生。

左手诗歌，右手功课

许多同学都在紧张地备战高考，读高二的项妍却突然迷上了诗歌，不仅课下一有时间就读诗、写诗，甚至在妈妈为她报名的英语课外辅导班上走神，任思绪飘逸于诗的意境之中，被老师告了状。

项妍妈妈拿着一大本子诗，焦虑地向我求助：“这些都是她上高中后写的。她挺聪明的，学习成绩在班级里居上中游，如果在文化课上多用用功，准能考上名牌大学，可现在她着迷于诗歌，成绩虽说没下降，可也没提高啊。”

我一边翻看项妍的诗，一边安慰项妍妈妈：“喜欢诗歌并不可怕，引导好了，或还会有助于文化课学习呢。”

“她现在写这些没用的诗，会影响功课的。” 当妈妈的直为女儿着急。

“这是青春岁月里的一份喜欢，不能强行阻止，得跟她好好沟通。”我提醒道。

“道理跟她讲了一堆，她一点儿也听不进去，班主任苦口婆心也不管用，真是愁死人了。”项妍妈妈急得手足无措。

“要说服青春叛逆期的项妍，不能心急，不能强硬，得见招拆招，一点点来。”我决定出手一试。

见到项妍，我先夸赞她的诗写得不错，并随口背诵出她写的几个漂亮的诗句。项妍仿佛一下子找到了知音，不无骄傲地望着妈妈：“作家老师都夸奖我的诗了。”

我问她：“将来想成为一名诗人吗？”

项妍点头：“当然，我真后悔当初没选择文科。”

“想成为一名诗人，这是很不错的梦想。你学理科，丝毫不会影响你成为诗人。但你也要知道，有些梦想急于绽放，则会有很大的影响。”

“难道早一些放飞梦想，早一些朝梦想的方向努力，还会有错？”项妍有些疑惑。

“方向没有错，但把握好为梦想奋斗的时机很重要。”接下来，我给她讲了我的高中同学林超的故事：

林超来自偏远的农村，家境十分贫寒，但他头脑特别聪明，动手能力也特别强。高一那年，他的一项小发明获得中学生创新大赛二等奖，一下子激发了他的发明热忱。他着了魔似的，找来有关发明创造的书籍，还从紧巴巴的生活费中节省下钱，购置了一些廉价的材料，脑子里整天琢磨着怎么搞出一项有影响的大发明，上课经常走神，课下也时常恍恍惚惚的。同学们说他有点儿神魂颠倒了，劝他不要那么着迷于发明了，但他根本听不进去。

老师把林超的父亲叫到学校。望着他那明显下滑的成绩单，脾气火爆的父亲像受了莫大侮辱似的，当着老师和同学的面，狠狠地打了他两大巴掌，训斥他再不好好学习，就滚回家去干农活。

挨了打的林超只消停了几天，又一头沉浸到他认准的发明梦想中。屡败屡战，屡战屡败，他像一个输不起的疯子，有时甚至逃课去鼓捣一般人根本看不懂的新玩意。

然而，他一心幻想的发明没有搞出来，各门功课却亮起了红灯。但老师和好友的劝告，他统统听不进去。

结果，林超高考落榜。暴怒的父亲狠狠地数落了他一番，但拿不出钱让他复读。他自己也没信心复读，还幻想着有朝一日能弄出一个发明成果。

回到农村老家后，林超干着繁重的农活儿，还痴迷地鼓捣着发明。虽说他也鼓捣出几件小玩意，但都没多大用处。时间一久，他对自己的发明能力也有些怀疑了。

再后来，他外出打工。没学历、没技能的他，只能干一些又脏又累的活儿，每天辛辛苦苦的，赚的钱勉强维持温饱。后来他成家了，欠了一大堆的外债。他心情不好，常借酒浇愁，妻子带着孩子离开了，他的日子过得更潦倒了。

高中同学聚会时，他没有参加。提到他，同学们感慨唏嘘，都说可惜了他的聪明，如果他当初好好学习，先考上一所理想的大学，凭他的聪慧和认真，或许真能推出创新成果呢。

已退休的班主任老师也不无痛心道："年轻时，有些梦想是不能急着绽放的，成长的顺序是不能乱的。"

项妍听了林超的经历，立刻声明："我不会走他的路，我想当诗人，还要考大学。"

“考大学，需要全力以赴，尤其是要考上理想的大学，就必须将主要精力投到功课上。”我趁热打铁。

“难道写诗和考大学不能兼得吗？”项妍不愿轻易放下诗歌。

“可以兼得。但你要清楚当下首先要做好的是什么，不率性而为，这需要你拥有足够的自律。”我进一步点拨道。

“首先要做的？自律？”项妍嘴里嘀咕着，似有所悟。

“没错，有奋斗的方向固然重要，但懂得如何抵达目标更为重要。”我郑重地提醒她。

过了一些日子，项妍妈妈给我打电话，掩不住兴奋道：“项妍这一段时间，上课专注多了，作业也做得比以前认真多了。”

“你可以奖励她一下，让她适当地读一些诗，或者写一点儿诗。”我提议。

“这段时间，应该让她彻底远离诗歌，怎么还要让她读诗、写诗？”项妍妈妈颇为不解，她恨不得把家里的诗集都藏起来。

“那样做，还能够促进她的文化课学习呢。”我十分自信。

在项妍妈妈的满怀狐疑中，我来到项妍的家，送她一本中英文对照版的《诺贝尔文学奖获得者诗选》，告诉她，学习累的时候，可以读一读，将阅读的感受跟我说一说。

项妍很惊讶，我不但没大力阻拦她读诗，还鼓励她读诗：“起初，我以为你是妈妈搬来的说客呢。”

我笑了：“其实，你、你妈妈和我的愿望是一致的，就是让你青春岁月这段路走得更稳健。”

“我知道妈妈是为我好，可是，她非此即彼的观点，我不愿接受。”

项妍坦言。

“很多时候，鱼和熊掌，不可兼得。但可以先后兼得，关键是你要想清楚先得什么，后得什么，知道哪些是可以慢慢来的，哪些是当下必须先做好的。”我循循诱导。

“老师，那天听了林超的故事，我仿佛被人在肩头猛击了一掌，突然意识到，此前我的确有些任性，以为自己很聪明，可以一边写诗，一边轻松备考，一切尽在自己的掌握之中。”项妍学会了反思。

“没错，懂得做事有先后、有侧重，有些事可以缓一缓，有些事必须现在就全力做好。”我鼓励道。

“我在想如何提高学习效率。这样就能节省出一些时间，可以用来读诗和写诗。”项妍开始朝我预设的方向思考。

“对，找到科学的学习方法，不盲目刷题，轻松地学好功课。你可以左手诗歌、右手功课，二者相互促进，皆有可喜的收获。到那时候，别人就更敬佩你了。”我因势利导。

“那样最好，左手诗歌，右手功课，我努力做到您说的那样。”项妍脸上洋溢着可爱的自信。

高三第一次模拟考试后，项妍妈妈惊喜地告诉我，项妍各科成绩均有明显提升，班主任在家长会上还特别表扬了她。

我又说出一个好消息：项妍写的一组诗，被我推荐给一家很有名的青春杂志，将在下个月发表。

“她还在写诗呀？”电话那一端的项妍妈妈十分惊讶。

“是啊，她现在读诗、写诗，大大地激发了她的感知力、想象力、思维力和表达力，不仅语文成绩提高了，对她的数理化学习也大有益处呢。我说过，鱼和熊掌，有时也是可以兼得的。”我掩饰不住心中的喜悦。

项妍妈妈有些不好意思地感慨：“想当初，我只知道生硬地阻拦，没想到你一番慧心引导，孩子的爱好没受到压抑，功课也没耽误。看来，孩子的成长教育，真是一门大学问啊。”

是的，引导孩子健康地成长，不仅需要爱心，更要懂得教育的艺术。

爱在，今生都是有情天

初春时节，我回到阔别了三十年的故乡。那个蜂蜜山脚下的小山村，早已物是人非。可是，与故乡人围坐，话题顺着往昔的河流轻轻地走去，许多似已尘封的往事，便载着暖暖的爱意，悠悠而至，漂泊已久的心，瞬间便有了抵港的安妥。

老邻居王大爷九十岁了，银发银须，记忆力好得令人惊奇。他拉着我的手，乐呵呵讲我少年时那些趣事儿。而我刚刚得知，他六十岁那年患了胃癌，将胃切掉了三分之二；他唯一的儿子二十年前死于一次车祸，承受不住打击的老伴，疯疯癫癫了十多年后，也跳了河。

即便这样，我从王大爷沟壑纵横的脸上，却看不到丝毫的悲伤。他那句话说得真好：心里有爱，有舍不得的牵挂，生活就不会是一团黑。

当年，我大学毕业，被分配到那个偏远的林区小镇，在一所非常普通的中学里，度过了一段难忘的青春时光。还记得，有位同学去我简陋的宿舍，见我正饶有兴致地练毛笔字，惊讶地问我：这么艰苦的地方，你也能找到乐趣？

我平静地回了一句：心里有爱，哪里都有风景。

那是我青葱岁月里对生活的一种诗意的理解，至今仍坚信不改。

学校附近有座光秃秃的小山，我常常沿着坑坑洼洼的山路，走到山顶。望着山下密密麻麻的平房上升起的缕缕炊烟，望着蓝天上的一片白云，任思绪缤纷。那些寻常的日子里，我没有丝毫的落寞，反而感觉到有无法形容的充盈。

就像我至今仍喜欢阅读诗歌，尤其是冬夜柔和的灯光下，默读那些精美的诗句，仿佛一朵朵晶莹剔透的雪花，正在我身边静静飘落，它们带给我一片洁净的暖，让我真切地感到，与童话世界相通的生活，真好。

那天，在人声鼎沸的早市上，我见到一位卖鱼的小伙子。他戴了一顶显得有点儿滑稽的小帽，怡然自得地吹着口哨，笑容可掬地为顾客装鱼、过秤、刮鱼鳞、剖鱼膛……每个动作，都那么干脆利落，流露出叫人羡慕的热爱。

见我驻足欣赏，他忙得更欢快了，那一脸的自豪，让我想到一部小说里陷入爱河的少年。我冲动地对他说，我要送给他一本新出的书。

他惊讶地问我为什么。我告诉他，我从他这里看到了热爱的魅力。

周末，约了三五知己，来我的小屋。大家围拢在我身边，看我扎了围裙，饶有兴致地研磨独家配方的“崔氏卡布其诺咖啡”。尚未啜饮，大家先有了几分沉醉。然后，天马行空，且谈，且吟，且歌，偶尔，也激动地争辩，或慷慨激昂，或轻松幽默，都口无遮拦，看似杂乱的话题，其实却绕不开那个中心词——爱。

不管岁月如何荏苒，无论世事如何艰难，只要我们的心底始终有爱的花朵在绽放，此生的每一寸光阴，便都会因为爱意的浸润变得色彩斑斓。那扑面而来的，就多是蓬蓬勃勃的欢喜，多是令人陶醉的芳香，多是说不尽、道不完的美丽……

只想遇见你的人生

极偶然的一次阅读，你的那篇《阳光 100》一下子便摄住了我的灵魂。于是，我开始特别留意报刊上你的名字，留意你的那些明媚的文字。当我在一个午后进入你的朋友圈时，我心头一惊：原来，你已出版了那么多的书。单单看着那些五颜六色的封面，和那些温暖的书名，就不禁心驰神往起来。

接下来，我买来你的书，放在案头、枕边，随手拿起，即便是只阅读那么两页，也会让心沉静下来。当然，我最喜欢的还是在夜深人静时，在橘黄色的灯光下，一个人捧着一杯淡茶，慢慢地读你的那些美丽的文字。读着读着，仿佛你就站在了我的对面，与我促膝交谈。

透过那些饱含深情的文字，我似乎看到了儒雅的你、朴素的你、诗人的你、哲人的你……我知道了你的童年、少年的那些纯真记忆，知道了你大学里那些诗情画意的往事，知道了你怎样从一个林区小镇，来到一座中等城市寻梦，而后又到一所大学里教学。

我不只是津津有味地阅读你的作品，我还阅读你的生活经历，阅读你的精神风貌。尽管你我素昧平生，你并不知晓我，但这不妨碍我对你始终很感兴趣。

有时，我会在你的一篇文章里迷失，分不清你写的究竟是别人的故事，还是我的故事。为何你写的是别人的感受，却与我的感受十分贴近？似乎你那双慧眼，一下子就看到了我隐秘的心思。我惊讶，你怎么观察得那么细致？怎么有那么多睿智的见解？有些复杂的问题，你只需一两个简单的小故事，就阐释得清清楚楚，“信手拈来”和“举重若轻”这类词汇，在你那里陡然变得如此自然而灵动。

时常，我呆呆地坐在桌前，思绪顺着你笔下的某一个情节或者某一句话，很随意地蔓延开来，蓬蓬勃勃，无拘无束。我猜想，你是在什么时候，怀着怎样的心情，为谁写下了那些情意绵绵的文字？要知道，这是一个浮躁的时代、一个喧嚷的时代、一个急功近利的时代，已很少有人能够心静如水地坐下来，用细腻的文字，慢慢地浸润日渐粗糙的情感了。而你，无论何时，心中似乎都不曾有过阴郁，也不曾抱怨过什么，仿佛有些不如意，就像春天的一帘雨、冬日的一场雪，都再寻常不过了，只需从容面对就好。

我佩服你那样款款地走着，像风记得每一朵花的香，你记得生命中点点滴滴的美。街角那位修鞋的老人很幸福，可以向你畅快地吹牛；走街串巷收废品的那位江南女子很幸福，可以从你这里免费获得被淘汰的报刊，那是孩子喜欢的课外读物；在公园里舞蹈的那位癌症患者很幸福，可以与你聊家常一样说说关于生与死的感悟；那位爱情失意的女研究生很幸福，她在生命绝望的时刻，幸运地得到了你茅塞顿开的点拨……哦，你的文章，写的多是你触手可及的喜怒哀乐。

那天，哈尔滨正举办全国图书展销会。我恰好出差到那里，看看时间充裕，便拉上当地的一位朋友，一同去看书展。

偌大的展览大厅里，简直成了书籍的海洋，琳琅满目，令人目不暇接。我刚刚走了不到十分钟，就撞见了你的新书。没有片刻的迟疑，我立刻买了两本，一本送给朋友，一本留给自己。

朋友惊讶地问："你都没翻看一下，就断定这书值得买？"

我极自信地告诉朋友："看过你就会知道，这本书值得阅读，还值得收藏。"

见朋友将信将疑，我心里有一种说不出的得意，不想跟她费口舌，只想让事实告诉她，我说的肯定没错。

忽然，看到前面的一个展位前聚拢了好大的一群人，每个人手里都拿着书。再往前走几步，一条横幅揭晓了答案：签名售书的作家，正是你。

怎么也不会料到，我竟在这里邂逅了你。十米之外，我陡然止步。望着英俊洒脱的你，正微笑着为排着长队的读者签名题词，我有了恍然如梦的感觉。

朋友拉着我的手，要过去找你为我们手里的书签名。我却赶紧拉住她，执意离开。

朋友大惑不解："他不是你崇拜的作家吗？为什么不上前认识一下？"

"是的，我早就在书里面认识他了。"我清醒得有些自负。

"认识一下他，告诉他，你是他的忠实粉丝，不好吗？"朋友依然不依不饶。

"我从来没有想过要遇见他，只想遇见他的人生。"我语气坚定。

“遇见他的人生？”

没错，我那么喜爱你的文字，只是想遇见你的人生，关注你怎样思考，怎样行走，感受着有关你的一些生动情节，怎样一点点地影响着我……有这些，就足够了。

后来，还有很多次，我们有相识的机会，但我都执意选择了错过。因为，我只想遇见你的人生。

收藏一朵小花

来自苏中农村的陈慧，在余姚市梁弄菜市场摆摊十五年，忙里偷闲写作十一年，已出版《渡你的人再久也会来》《世间的小儿女》两本书。如今，离婚后带着小女儿生活的她，仍每天起早贪黑，骑着电动车到批发市场上菜，守着小摊卖菜，一有空闲，便赶紧读书、写作。她坦言，卖菜可以维生，写作可以“放纵灵魂四处飘荡”，帮助生命找到幸福的居所。

一位作家欣赏陈慧既浪漫又现实的生活状态：一手柴米油盐，一手玫瑰。

我十分敬佩她竟在如此艰难的日子里，依然不断地追逐心灵的丰盈，始终保持着对文字真诚的热爱。我找来她的书阅读，读到那句朴实而亲切的心语时，我柔柔的心弦立刻被拨动了：“如果在路上遇到一朵小花，我会把它收藏起来。”

愿意俯下身来，与一朵凡俗的小花深情对视，必定是怀了盈盈的爱意，喜欢上了那样不卑不亢的生活姿态，喜欢上了那样努力向上的生命。

曾与一位研究高端智能制造的老教授闲聊，问他如何几十年来始终对所研究的问题热情不减。他没有立刻给出答案，反向我提了一个小问题：“你认识多少种植物？”

我羞赧：“很惭愧，我认识的植物实在有限。”

他不无自豪地告诉我：“别的不说，单单是一部《诗经》里，就有那么多可爱的植物。我几乎都认识，还收藏了每种植物的多个标本。”

我惊讶不已：“可是，那些植物与您所研究的问题关联并不大啊。”

他微笑着解释道：“关联很大呢。从陌生到熟稔，每一种植物都在向我展示自己独特的生命编码，那么多的奥秘，那么有意思，都在吸引我去破解，就像我所研究的领域里有那么多未知的问题，一直都在召唤着我去探寻……”

原来，无论熟悉还是陌生的一种植物，都是一个神奇的世界，而一颗好奇的心，自然会热情关注，细细品味。一个喜欢收藏一花一草的人，必然是一个多情而心细的人，是一个孜孜探索未知世界的人。

诗人木子说得好：“收藏一声鸟鸣，不只是一个诗人的使命，也是一个生活热爱者的使命。”

他斩钉截铁地说出“使命”这个词汇时，眼睛里闪射的迷人的光亮，瞬间感动了我——也许生命卑微，日子俗常，甚至单调乏味，但能够从一声悉心收藏的鸟鸣里，听到生命幽微而深沉的力量，生活便自然多了一份诗意，值得好好地过下去。

早春二月，酷爱摄影的朋友在公众号里，又发送了许多冰凌花（又名金盏花）的照片：有盛开在残雪堆旁边的，有盛开在枯叶间的，有从衰草丛中探出身子的，有俏立于冰河一侧的……一朵又一朵金黄色的冰凌花，在春天姗姗迟来的北方山林间，或三五成群，或独处一方，卓然而艳丽地绽放着。

我好奇地问朋友：“年年岁岁花相似，你为何每一年都要拍摄那么多冰凌花？”

朋友的回答别有意味：“因为年年岁岁花不同啊，我想多收藏一朵冰凌花。”

原来，我们遇见的每一朵花，去年的和今年的、山林间的和田野上的，无论形状、色彩、大小多么相似，都是完全不同的，都有自己独特的美与好，值得我们驻足欣赏，值得悉心收藏。

朋友说得好：收藏一朵花，也是在收藏生命中一些欢喜的遇见、一些美丽的心动、一些难以忘怀的情愫，像收藏一幅经典的画，像收藏一首永恒的诗。

短的是故事，长的是陪伴

细雨轻飘的春日，在本市一位作家的签名售书会上，我认识了霖和她的母亲。

那天，年过半百的母亲，穿一件红色的鸡心领羊绒衫，左胸口缀着漂亮的配饰，与下身那条时尚的灯笼裤很搭配。霖则是一身素雅的休闲装，一只手拎着包，一只手拿着作家的签名书。她贴心地陪伴在母亲身边，脸上始终漾着浅浅的笑，平和而贤淑。

忽然，母亲孩子似的大声喊起来："快点儿，给我换尿不湿，我又尿了。"衣着光鲜的母亲在大庭广众中竟如此毫无羞色地直言快语，仿佛一位音乐大师正认真演奏着，猛然跳出一个不和谐的音符，瞬间便打破了原本十分优美的旋律。正在附近看书和买书的很多人都被惊动了，纷纷侧目，颇为困惑地望向霖和她的母亲。

霖似乎早已见怪不怪，没有丝毫的难为情，依然微笑着，柔声安慰母亲："好的，我们现在就去那边的卫生间换。"说着，她牵着母亲的手，泰然自若地穿过一片愕然的目光，朝书店里那个有点儿隐秘的角落走去。

很快，霖为母亲换好了随身携带的尿不湿，重回到大家身边。母亲也好像什么都没有发生过，孩童般地雀跃着，穿梭在书架间，摸摸这本，看看那本，眼睛里闪着儿童般的好奇。

突然，母亲指着一本书的封面，欢喜地喊道：“太阳花，漂亮的太阳花，我要买。”

“好的，给您买。”像哄着一个三四岁的孩子，霖笑盈盈地答应着，从书架上抽出母亲选中的那本外国作家写的长篇小说。她知道，母亲现在无法阅读文字作品，只能看书的封面和里面的插图。

“我还要这本带秋千的。”霖的母亲在随手翻开的一本诗集里，看到了两个小朋友在荡秋千的插图，立刻爱不释手了。

“没问题，这个也给您买。”好脾气的霖，柔声细语，流露出十足的理解和贴心的包容。仿佛母亲所有的要求都合情合理，尽情满足她的心愿，便是霖正确的选择。

经过一番交流，我才知道：霖与我居住在同一个小区，最近才搬过来。三年前的一个晚上，霖的母亲在单位忙着整理迎接评估的材料，已连续加班一个多月的她，起身打印一份材料时，大脑陡然一片空白，瞬间陷入了失忆状态，一下子什么事都记不得了，连对座的同事也不认识了，还经常冲着人傻笑……辗转了多家医院，专家给出了不容置疑的诊断：不知从何时开始，母亲的大脑已不可逆地部分钙化，患上了失智症，智力突降到只相当于三岁儿童的程度。

霖做梦也不会想到，此前精明干练的母亲，还是单位领导特别倚重的业务骨干，是出了名的“工作狂”，转眼之间，她就几乎忘记了过去的一切，失去了全部的知识储备，只剩下一点儿简单的认知力。

有时，刚刚跟她说过的事，转过身来，她就会忘得干干净净。

起初，霖还抱着一些救治的期望，带着母亲四处求医问药。但医生也束手无策，各种现代化设备也查不出病的起因，国外也没有治疗好的同类病例。

命运多舛的母亲，年轻时吃了很多的苦，不到四十岁时丈夫就病故了。她刚将三个孩子抚养大，孩子们都大学毕业了，有了不错的工作。谁都没有料到，她刚过五十岁，竟然被病魔逼退到了童稚年代。

霖不忍心将母亲送到疗养院，请保姆照料也不放心，也不想太多地牵累两个生活正爬坡的弟弟，就毅然地放弃了那份令人羡慕的工作，回家照顾母亲的衣食起居。

得了失智症的母亲，脑神经也遭受了一定的损害，有时会大小便失禁。于是，霖准备了成人用的尿不湿，装在随身携带的包里，随时帮她换上。母亲像小孩子一样淘气，东掏西摸，时常弄脏了衣裳，霖也从不责怪她，而是勤快地及时换洗，让她的衣着始终干净、漂亮。

生病后的母亲突然爱美了。霖领着她去商场，耐心地跟她一起挑颜色艳丽的衣服，还给她买了贵重的翡翠吊坠，买了银镯子，那是她年轻时想买而舍不得买的。霖说要将母亲打扮得漂漂亮亮的，领着她逛商场、逛书店、逛公园、逛早市，还要带她去旅游，只要她喜欢，只要她开心。

我感动于霖的这份孝心，赞叹了她几句，但忍不住提了个问题：“你打算后半生就这样一直陪伴着母亲？”

“是啊，我要好好地陪着她，就像她陪着我和弟弟一天天长大，我陪着她一天天变老。”霖毫不犹豫地回答，一脸的云淡风轻，仿佛这么做是自然而然的，若是不这么做，反倒令人感到奇怪了。

“真难为你了！”我能够想象到，霖的轻描淡写，一定藏起了太多的辛苦。母亲看得见的幸福，只因有了霖的负重前行。

“不，一点儿也不难为。”霖立刻纠正我，“母亲现在完全就是一个无忧无虑的孩子，想玩就玩，想吃就吃，想睡就睡，高兴了就笑嘻嘻的，不开心了就板起脸来，一哄就好，可爱极了。”

失去了记忆、智力急剧下降的母亲，又找回了纯净的童心，找回了天真无邪，每一天都无忧无虑的。

那天，在小区供大家健身的一块空地上，我看到霖正领着母亲玩耍。她一会儿牵着霖的手，请教花坛里各种花的名字，一会儿蹲下身，饶有兴致地观察一群小蚂蚁忙碌地搬家；一只蝴蝶飞过，她立刻起身去追，蝴蝶飞走了，她只失落了片刻，又对楼壁上的一丛爬山虎产生了兴趣……

煦暖的阳光静静地洒在两人身上，她们甜甜的笑容，流露出一尘不染的纯粹。

刹那间，我不禁怦然心动——原来，世间的许多美好，就散落在那些日常细碎的事件或场景里，短的是一些寻常的故事，长的是深情相依的陪伴。

第八辑

过往可忆，未来可期

每个翩然起舞的日子

都是今生骄傲的勋章

短的是光阴，长的是记忆

从爱向爱走去，人生值得

珍重待春风

读学者许倬云的《中国文化的精神》，看到旧时人们静待春归的一件雅趣之事：冬至那日，大人会送给孩童一幅名为“九九消寒帖”的描红字帖，其内容仅一句“庭前垂柳珍重待春風（风）”，每字九画，孩童每天晨起描一个笔画，描完九九八十一画，就送走了寒冬天，出门便是明媚的春天了。

一个瑞雪纷纷的冬日，在一位民俗家的书房里聊天。聊到冬至的习俗，民俗家向我展示了一幅“九九消寒图”：一枝白色梅花，共九九八十一个花瓣，每日涂红一瓣，待朵朵梅花都红灿灿地绽开时，就是百花争艳的春天了。

多么富有文化韵味和情趣的习俗啊！我柔柔的心，一下子便被拨动了，许多似已老去的往事，像厚厚白雪覆盖的枯草下面那一丝丝逼人眼睛的嫩绿，不可遏止地潜滋暗长，很快就郁郁葱葱起来。

犹记得年少时，漫长的乡村冬日，灶膛里玉米芯噼噼啪啪地燃着，父亲在旁边一丝不苟地修理农具。母亲坐在土炕上飞针走线，纳着鞋底。我和弟弟翻倦了童书，就趴在窗台上，细数窗玻璃上结的霜花，再用手指上的热度，在霜花上融出两个小孔，望见屋外飞舞的雪花，在薄薄的炊烟里，不紧不慢地洒落。

从前的时光，多么悠然啊！

我不禁想到作家木心的那首名诗《从前慢》。那些生命从容的日子，似乎很多人都有大把的时间，可以守着一颗期盼的种子，耐心十足地等待，一如冰封的河流，可以守着长长的沉默，安然地等待岸边鹅黄柳芽的亲切召唤。

冬天农活少，勤快的二叔不打牌，不与村民聚堆闲聊，搬出早已备好的柳条，尽情地施展自己娴熟的编织手艺，柳筐、柳篮、柳篓，大大小小，方方圆圆，在院子里摆了一大排，蔚为壮观。选出好看的，送给左邻右舍，收获一两句感谢，二叔欢喜得像走路捡到了宝贝。

日子正过得越来越好时，二叔查出了肝癌，是晚期。家人一片悲戚，纷纷主张去京城找最好的医院，不惜多花钱竭力救治。他却一脸随遇而安的淡然，连连摆手：人生一世，草木一秋。既然得的是不治之症，就与癌相伴，心平气和地走好后面这一程吧。

像一棵落光叶子的老树，二叔独自站在寒冬的田埂上，远山一片萧瑟，春风尚在路上，他的心田里却生出了庄稼葳蕤的憧憬。鲜活的生命就该如此：一季一季期盼，一季一季欢欣，偶尔也有点点失落。

他又买来各种菜籽，找来一个大木槽子，悉心培育地瓜苗、茄子苗和辣椒苗。他说，等到开春，就将这些秧苗移栽到菜园里，他盼着早点儿吃到自己种的蔬菜。

那坚定的语气里，流露出平静赶路的从容，还有看淡生死的洒脱。一颗不肯老去的春心，在料峭的冬日里，依然漾着阳光的煦暖，安详而动人。

那天，陪朋友去探望一位投资惨败的民营企业家。他几乎所有的家产都被抵押了，还背负着上亿的欠债，租住两间逼仄的小屋。年届七旬的企业家，聊到几十年来在商海中的沉沉浮浮，一脸的轻描淡写，仿佛在谈论着别人的事情。我和朋友准备安慰他的那些话，一句也没用上，反倒被他实实在在地安慰了。

企业家的小屋墙壁上挂一条幅，端然的行书“珍重待春风”。五个神色平和的字。五个气度飘逸的字，分明就是他那一刻优雅得令人肃然起敬的生动写照。

“珍重待春风”,多好的人生箴言啊！我在心中默念了一遍又一遍，猛然看到了年轻时的自己，也曾在摔了跟头后，悄悄擦去泪花，暗暗勉励自己——即使深陷谷底，也不忘仰望天空。

有烦恼缠身又何妨？只需轻轻掸落，珍重触手可及的眼下，微笑着朝前走去，相信自有明媚的春光，在前面欢欣地等待自己。

夹在书里的花

北方漫长冬夜，适宜坐在柔和的灯光下，摊开一本喜欢的书，让目光跟随那些美妙的文字，走遥遥的路，去邂逅一方好山好水，去结识一些有意思的人，听他们讲有意思的故事……

书页翻动时，发出沙沙的声音，细小而生动的幸福，从指尖柔柔地滑过，仿佛蚕宝宝在埋头吃着桑叶，又似蝴蝶在花蕊上扇动薄翼。

忽然，一瓣压得平平整整的桃花，从书中轻轻滑落，像一件美丽的信物，瞬间便唤回了那个明媚的春日——我去北京参加一个书展，与书信往来了七八年的一位编辑，邂逅在长安街。彼时，缕缕多情的春风，正吹拂着一树树的繁花，有开得正浓的花瓣，禁不住喜悦的震颤，从摇曳的枝头倏然飘落，恰巧落到我的肩头。

从绽开到凋落，一朵花走过的路那么短，短得像一段匆匆逝去的好时光。

望着静静躺在掌心的粉红色花瓣，我恍惚听到了时光深处的绵绵细语，关于梦想、关于热爱、关于文学……真是红颜弹指老！转眼间，十个春秋已站在了记忆河流的对岸。

犹记得，那年春天约了好友宇飞一起去武汉赏樱花。临出发前，宇飞突然患了急性肠炎。刚打完两组点滴，他便跑出医院，登上从大连飞武汉的飞机。身体虚弱的他，在候机大厅里不停地冒虚汗，不停地往卫生间跑。上了飞机，他不敢吃任何东西，生怕自己连折腾的力气也没了。

我是从哈尔滨飞抵武汉的，比宇飞晚到两个小时。见到宇飞躺在床上那副病怏怏的模样，我感动他准时赴约，又心疼地嗔怪他："病得这么厉害，你就不应该赶过来。等你身体好起来了，我们可以相约明年再来呀。"

他一脸认真道："我可不想错过今年的樱花，也不想错过我们美好的约定。"

"来日方长嘛，我可不愿意看到你像一朵憔悴的花。"我赶紧买来红糖，熬了姜水，陪他吃了热汤面。

很晚很晚，我俩才睡下。第二天早上醒来，拉开窗帘，看到外面不知何时下起了密密的春雨，地上已聚成许多淌得正急的小水流。我们只好待在宾馆里，等雨停下来。

下午两点多了，雨仍淅淅沥沥的，丝毫没有停歇的意思。我安慰宇飞："这场春雨是有意让你乖乖地躺在宾馆里，先养好身子，再陪我去赏樱花。"

他幽默地回了一句："你就是我的药，我现在感觉身子恢复得差不多了，随时可以出发。要不然，我俩就来一次雨中赏樱花？"

我赶紧拦阻他："还是一起听雨忆青春吧。难得他乡一聚，不能把酒临风，就白水一杯敬知音吧。"

于是，两个人坐在床上，海阔天空地谈论起来。

黄昏时分，雨终于小了，但还飘着绵绵的雨丝。宇飞不由分说地拉起我走出宾馆，直奔武大校园，我们真的要来一次微雨中赏樱花。

雨水洗落了一地的花瓣，变成了一场地道的花瓣雨。站在高大的樱花树下，雨滴不时地落到身上，樱花也不时地落到身上，真是“沾衣已湿樱花雨”，别有一番诗意扑面来。

宇飞提议带一些樱花回去，我俩捡了几朵水灵的花瓣，带回宾馆晾干了，各自带回去夹到书中。

第二年春天，樱花快开的时候，忽然接到宇飞突发脑溢血辞世的噩耗。我立刻僵住：真的走了？怎么会？怎么会？

夹在一本诗集中的那几朵樱花，似乎也落泪了，一滴一滴，重重地打着我悲伤弥漫的心。

此后多年，我再没去赏樱花，我怕自己蒙眬的泪眼，会唤来一场更湿漉漉的樱花雨，会让自己陷入“人生无常”的巨大伤感，难以自拔。

一个阳光暖暖的秋日午后，我情不自禁地翻开一本本书，手指轻轻地摩挲着一枚枚栖息在书页间的花朵。芍药、达子香、波斯菊、玻璃翠、秋海棠……它们来自草原、山间、路边、地头，每一朵花都曾灼灼地开过，开出了自己艳丽的风采，也见证过我行走的足迹和欢喜的心跳。

赏毕，我又将那些悉心收藏的花放回到书中，让它们与那些优美的文章亲密相拥。我相信，花朵离开了春天的枝头，走进作者凝了深情、凝了哲思的文字间，从张扬的鲜艳，到内敛的厚重，它们仍在以不同的形态和风格，闪着光阴流转中美丽永驻的光泽。

忽有编辑可怀想

一个冬日午后，我整理书柜。蓦然，存放多年的一捆旧信，像突然来访的一群故人，让我的心海波澜骤起。打开印有不同报刊名字的信封，慢慢翻阅那些编辑来信，许多如蝶往事翩然而至。

那封短信写于 1997 年 3 月，来自南京的《风流一代》杂志社。和蔼可亲的老编辑季华告诉我，我寄去的一篇稿子留用待刊发，并向我透露了一个好消息：我写的一篇纪实文章，被评为上一年度的优秀作品，过一段时间，我将收到一笔可观的奖金。

读到此信时，我兴奋，更好奇那“一笔可观的奖金”的具体数目。此前，我曾获得一项全国性诗歌大赛的一等奖，奖金是一百五十元。于是，我大胆猜想这笔奖金若能达到五百元，我就心满意足了，因为我那时每月工资只有三百元。

等奖金邮来时，我简直要“漫卷诗书喜欲狂”了——三千元，真是太“可观”了！

季老师编发了我十多篇文章，她给我的几封信写得都极短，寥寥几语，说的多是稿件拟用或不拟用，从无赘言。她在最后一封信里，说自己即将退休，为我引荐了另一位年轻的编辑。我说过有机会去南京时，一定去拜访季老师，很遗憾，至今未能如愿。

望着泛黄的信纸上娟秀的字迹，我心底一阵潮涌。在那个生活写意、普通作者也颇受尊敬的年代，编辑是慧眼而热忱的老师，更是知心知性的朋友，编辑与作者澄净如水的友谊，像一帧帧黑白色的老照片，那么多年过后，仍闪着摄人心魄的光泽。

捧读当年在《深圳青年》主持“滴水藏海”栏目的邓康延老师的来信，我想起了在牡丹江林业师范学校教书、写作的那些日子。彼时，他的编辑笔名叫日子，我喜欢他的那本书《常常感动》，慕名向他投寄了两篇小文，他的回信直截了当：“崔老师，留用一篇小文，等着看我的删改如何？”收到样刊，看到原本五百多字的小文被他精心删减到仅剩二百字，却更凝练、更富张力了，心中暗暗敬佩他的文笔隽永。

还有几位年轻编辑的来信，怀了憧憬，怀了热情，向我介绍刊物的用稿要求，鼓励我多多投稿。如今，他们所任职的刊物《人间指南》《时代姐妹》《书缘》《青年月刊》等，均已陆续休刊，他们也已换了岗位。抚摸着信笺，我默默地为他们祈祷：岁月静好，尚有书香。

跟随着信笺的引领，我翻开五颜六色封面的一本本样刊。读到《东方明星》（现已休刊）上那首诗《想起朋友》，我的心一颤，散落在全国各地的众多编辑朋友的名字，像快速滚屏的字幕，纷纷向我扑面而来。未曾谋面的诗人马铃薯兄弟，如今已是一家出版社副总编。他曾给我寄过两批同期的样刊，一共十本，他让我给喜欢诗歌的兄弟们分发一下。在那个诗意飞扬的年代，我的许多诗歌还曾发表在《美与时代》《喜剧世界》这类非文学报刊上。

20年前，湖南文艺出版社的陈新文编辑从别的编辑那里找到我的电子信箱，给我发来一封邮件，大意是：他在报刊上读到我写的一些有关情感、励志的美文，就是典型的中国版的“心灵鸡汤”，他让我将发表过的那类文章整理一下，他看看可否帮我出一本专集。

整理好的文章发过去后，我一边忙着完成众多报刊编辑的约稿，一边忙着备战研究生考试，与陈老师没再联系。半年后的一天，我竟欣喜地收到他寄来的样书《和心灵说话》，署的是读者们最熟悉的笔名——阿健。

这是我出版的第一本书，也是唯一以笔名出版的一本美文集，首印一万册，很受读者欢迎，后来多次加印。我兴奋地发邮件告诉陈老师，他责编的这本小书，还为我调入哈尔滨师范大学当上写作老师助了一臂之力。他也很欣然，让我帮他举荐优秀作者，并很快编辑出版了一套“心灵鸡汤”丛书，其中有我的第二本书《爱的风景》。

多年后，在哈尔滨市举办的一次全国图书展销会上，我第一次见到陈老师。彼时，他已是湖南文艺出版社的副社长。我真诚地感谢他当年的厚爱，他却微笑着夸我写得好，说哪个编辑看到都会喜欢，都愿意把好作品推送给更多的读者。

那时，作者真幸福，你只管将文章写好，就会有素不相识的编辑老师热情地向你约稿，热心地帮你修改，甚至帮你拟多个笔名，在同一期杂志里推出你的三四篇文章……多年前，在《思维与智慧》杂志举办的一次笔会上，看到编辑与作者们聚在一起，为刊物发展出谋划策，畅所欲言，作家雪小禅由衷地感慨：“这就是传说中可爱的文学江湖吧！”

特别喜欢她极为传神的“江湖”二字，在那样一个快意文字的江湖里，每个作者尽可以亮出自己的写作功夫，只要能拿出好作品来，便可以翩然纵横于报刊世界，像一位潇洒的大侠，走到哪里都能遇见知音。在那个写作氛围浓厚、编写者情思纯净的年代，极少见到拉帮结伙的文字“圈子”，也少有唯我独尊的文坛霸主，少有排挤倾轧的纷争，更多的是彼此欣赏，是惺惺相惜，是相互成全。

忽有编辑可怀想，那人、那信、那文，那些点点滴滴的小事，在心怦然的一刻，清浅的旧时光里的真和善，还有触手可及的美，隔了长长的时空，徐徐向我吹送的，仍是姹紫嫣红的繁丽，仍是久久难以释怀的感动。

邮筒正渐渐地减少

春光明媚的午后，我收拾旧物时，一沓未寄出的明信片撩动我的思绪。明信片是市图书馆为某个纪念日定制的，我去做文学讲座时，图书馆赠了我 50 张，我只寄出 20 多张。

慢慢翻看图案精美的明信片，我想起了远方的朋友们，一个新想法在脑海里倏然闪亮：在这个寻常的日子，给朋友们寄一张明信片，岂不是一件有意思的事？

拿着写好的明信片，我走下楼，接连穿过几条街，也没找到一个绿色邮筒。似乎那些邮筒跟我捉起了迷藏，一下子都躲了起来。

在一家邮局的门口，好容易找到一个邮筒，上面竟贴满了花花绿绿的小广告，我猜疑它好久没被打开过。走进邮局，问一位年轻的女员工，她告诉我，那个邮筒每天都会打开，只是邮件少得可怜，有时仅有一两封信。

我扬起手中的一沓明信片，骄傲地宣告：“今天，我不会辜负邮筒的等待了。”

女员工莞尔一笑，说像我这样对邮筒还有浓郁情结的人，现在已经不多了。

我想告诉她，邮筒倾听过我太多的心跳，目睹过我太多的好时光。大学读书时、恋爱时节、给报刊投寄稿件的日子里，我有那么多的憧憬、期待、激动、欣慰、骄傲……都融入了一封封书信，都曾投进邮筒这个小小的驿站。

如今，看到城市里日渐减少的邮筒，我心里不免有些伤感。虽说这几年我也很少写信，那种“见字如面”的温暖体验已久违了，可是，我时常会情不自禁地想起那个“车、马、邮件都慢，一生只够爱一个人”的年代，想起曾经将信件塞进邮筒时的幸福情景。

一位坐在轮椅上的作家，讲过一个动人的故事：那天，他正要将一个厚厚的信封塞进邮筒，旁边一位漂亮女孩指着自己手上一封信的地址，惊讶地问他：“您也是给这个杂志投稿？”他点点头。他们于是就相识了，而后相爱，走进婚姻，岁月静好。

追忆往事，作家如此慨叹：“我们的爱情，写作是红线，邮筒是媒人。”

前年秋天，在北方一个安静的小镇上，人声寥落的邮政所门前，那个绿色漆皮斑驳的邮筒正寂寞地立在夕阳下，形单影只的样子，像极了一位被遗忘的孤儿。或许，它也在怀恋曾经的那些热闹吧？

忽然，我看到一位老人拎了水桶和抹布，走到邮筒前，蹲下身来，旁若无人地擦拭起来，庄重而认真。

他做过四十年的乡村邮递员，已退休多年。我问他：“现在很少有人用到的邮筒，还需要擦那么干净吗？”

老人回了一句：“这么多年了，我对它有感情了。擦干净些，看着心里舒坦。”

他说“舒坦”两个字时，语气中有敬重，有自豪，有我能察觉到的时光悠然的色泽。

聊起邮筒日渐减少这个话题，老人自信地告诉我：时代进步了，寄信的少了，邮筒被冷落了，其实是挺正常的，但邮筒肯定不会彻底消失，因为还有公务信件、商务信件等需要邮寄。另外，有些人仍喜欢邮寄明信片，还有一些人喜欢收集邮戳……

我觉得老人说得有道理。就像记忆中的故乡已面目全非，再也回不去了，但对故乡深切的怀恋却始终萦绕在心头，难以挥去。即便现在和将来电脑、手机再普及，网络通信再便捷，但手书仍存在，纸质信件传递仍存在。所以，邮筒肯定不会退出我们生活的舞台，更不会轻易地消失。

邮筒正渐渐地减少，但心灵与心灵亲近的渴望，依然真挚而强烈。

操场上的字和画

少年时，乡村小学的操场，绝对是一块神奇的黑板，我在上面留下了许多有趣的图画，也写下了难以忘怀的文字。

那十几间土坯房是教室，推开教室的门，就是面积不小的操场。它十分简易，只是稍稍平整了一下，没打水泥地面，也没铺细沙，一派天然，泥土芬芳，花草随意。风吹过，会扬起灰尘；雨下过，会泥泞难行。

操场周边是十多排疏密有间的杨树，算是校园随遇而安的围墙，我和同学经常钻进去捉迷藏、翻鸟窝。杨树丛外是大片的庄稼地，有时种小麦、玉米、大豆，有时种白菜、大葱。无须远足研学，抬头可见的春种、夏耘、秋收、冬藏的劳动场景，便是内容丰富而生动的天然教材，我尽可以随时翻阅。

下课铃声一响，同学们便会飞奔到操场上，跳绳、踢毽、玩弹子、翻纸卡、看蚂蚁搬家、捅野蜂窝、吹蒲公英的绒球、摘苍耳的种子……短短十分钟的课间休息，我和同学们竟能玩得热火朝天，不亦乐乎。

那会儿，我喜欢在操场上写字和画画。随手捡起一截小木棍，蹲下来，先用削铅笔的小刀，在土泥地上画出一堆方格，然后以棍为笔，一笔一画地书写刚学会的生字，或勾勒一幅简笔画，画一只麻雀或一只长尾巴的小松鼠，写得认真，画得专注，兴致勃勃地，像在玩有意思的游戏。

雨后的操场变得十分松软，那些野花野草也被洗得更水灵了。赶上周末，就更好了，我会借口去操场上捡蘑菇。独自面对操场，我像一个优秀设计师，琢磨着该在哪里画一个村庄，房屋、柳树、麦秸垛、石桥、小溪、打谷场……这些必须都要有，我还要图文并茂，配上一篇作文，题目就是《我可爱的家乡》。

蓝图预构好了，我便开始动手创作。粗细不均的多截木棍笔，在手上不停地调换着，一排一排的房屋先建起来，再耐心十足地画好村口那棵老柳树，小石桥得美化一点儿，溪水的响声也想画出来，还有几缕上升的炊烟，那几株小草不必薅掉，那堆儿小蘑菇正好长在墙根儿……像一个天才画家，我有条不紊地涂抹着，感谢湿湿的泥地这上好的画布，愿意收藏我欢喜的画作。

该写作文了。第一句“这就是我可爱的家乡”一写出，后面的句子，仿佛在脑海里存储了许久的泉水，突然听到了流淌的召唤，立刻急不可耐地倾泻而出，一会儿便流成了一条欢快的文字小溪。

望着三个多小时的创作成果，我颇为自豪地署上自己的名字，宣布操场习作的版权。

落雪的冬日，只需清扫出教室门前的一小片空地和两条通往村庄的小径，操场上大多的积雪，是不会被清走的。我和同学们会兴奋地跑到那一大块自由铺展的白色画布上，用双脚踩出一条条纵横交错的小径，会在上面打雪仗，快乐地翻滚出一些意象画。

放寒假时，雪一停，我就穿戴好棉衣棉帽棉手套，扛上一把铁锹，走向皑皑白雪覆盖的操场，开始在雪地上随心所欲地创作。

落光叶子的杨树丛附近，凌厉的北风不停地吹呀吹，吹成了一道厚实无比的雪冈，足足有一人高，踩上去也不会陷住双脚。那样硬实的雪冈，适合挖掘地道。我先挖一个圆坑，再用方方正正的雪块，堆砌出一座雪碉堡。然后，以碉堡为中心，开始挖交通壕、弹药库和防空洞。

正挖得大汗淋漓时，村里的小伙伴们闻讯带着工具赶来了，显然他们也不想浪费了这块可供我们任意安排的雪冈。很快，一个男孩子们喜欢的工事就挖好了。我们架起粗壮的圆木，当作大炮，端起木棍当长枪，我挥舞一把木制的手枪，像电影上英姿飒爽的解放军指挥员，指挥着小伙伴们，嘴里模仿着枪炮声，不停地射击，投掷雪块做的手榴弹，然后叫喊着朝一处雪丘发起冲锋。

几乎每个人都在雪地上摔了好几个跟头，有时还是故意摔的，似乎只有那样，才能跟雪地更亲近，也让我们的游戏更有乐趣。

每攻占一处阵地，我都会用木棍在雪地上写上标语：“我们胜利了！”

直到暮色时分，我和小伙伴们才意犹未尽地撤出“战场”，回家去安抚咕咕叫唤的肚子。

我还曾花费了两个多小时，在操场上一处平坦的雪地上，为柳宗元的名诗《江雪》画了一幅配图。我用的是素描笔法，线条粗细有致，人物神态惟妙惟肖，小伙伴们夸赞我画得比教材上的配图还漂亮，这让我得意了好一阵子。

多年后，一位小伙伴回忆起我们在学校操场上留下的那些字与画，还十分好奇地问我：当年我偷偷写在雪地上那大大的三个字“我爱你”，究竟是写给谁的纯真表白？

我故作神秘地告诉他：那是一个永远的秘密，我知道，操场也知道。

如今，我就读过的那所小学已不存在了，那块承载过我无数欢乐的操场，已变成了蔬菜大棚。虽然，那时没有照相机，没能留下照片，但许多生动的画面和文字，却早已凸凹分明地印在我的心灵深处了。

那天，再读鲁迅的散文《从百草园到三味书屋》，我恍然发觉：我的乡村小学那么简陋，那块操场那么朴素，却成了我童年的乐园。多年以后，我仍清晰地记得那些清纯的美好。

踏着月光回家

三十多年前，我在距家七十多里的县城一中读书。只有等到放寒暑假时，我才会背着简单的行囊回家。虽然回家的客车费只需三块钱，我也得节省。那会儿，我家住在一个小山沟里，下了颠簸的客车，还得走八里多的山路。

又放暑假了，我买好车票，急切地往家里赶。那台老旧的客车，像负重的老牛，喘着粗气，在蜿蜒的山路上缓慢地挪动着。一想到妈妈做的可口饭菜，我便禁不住口舌生津了。

走着走着，客车突然停了下来。司机跳下车，掀开车前盖，鼓捣了半天，也没重新发动起来。众人七嘴八舌地猜测客车抛锚的原因，给司机提供维修建议，司机一次次尝试，却无济于事。

暮色降临，司机一脸无奈地宣告没法修好车了。乘客们有的嘟囔了几句，有的叹口气。最后，大家只得迈开双腿，步行完成剩下的路程。

离家还有三十多里，那是我第一次步行那么远的路。仲夏的夜晚，繁星满天，月光如水，微风轻拂，乘客们三五成群地搭伴而行，或闷头赶路，或边走边聊，也没什么可怕的。

沙石路边，是浅浅的河沟，流水清浅。路边野草茂盛，野花开得正热烈。蛙声响亮，一些小虫子也在比赛似的鸣叫着。高高矮矮的杨树、柞树、桦树，或成排而立，或几棵一堆，或一棵独立，皎洁的月光洒到树上，像笼了一层淡淡的薄纱，给树木增添了些许威武的神韵。

不时地，有一两只萤火虫在前面闪亮，空气里荡着草木的清香。一路向前，月光贴心地跟随在身边，跨过一座小石桥，翻过一道山梁，走过三个村庄，行走的人渐渐减少，不知不觉间，二十多里的公路就走完了。

下了公路，我独自踏上回家的山间小路。路边是我熟悉的庄稼地，麦子快熟了，玉米高过我的头了，大豆也开始结荚了。月光还那么柔柔的，我想到了朱自清的《荷塘月色》。草丛里的虫鸣更响亮了，它们是在欢迎我归来吗？

快到午夜时，我终于到家了。母亲竟然还没睡，还在灯下纳着鞋底。我问她为何睡那么晚，她说估计我这两天该回来了，就有些睡不着，说着就忙着给我做手擀面。

父亲也没睡着，赶紧跑到屋后园子里，给我摘了带露水的柿子和黄瓜，还薅了两棵我爱吃的生菜。

吃饱了，母亲用针慢慢地将我脚底磨出的两个水泡挑破，心疼道：“走了这么远的路，累坏了吧？”

我笑着：“不累，一想到就要到家了，浑身就有了使不完的劲儿。”

高三那年寒假回家，客车晚出发两个小时。下了客车，已是晚上七点多了。我踩着厚厚的积雪，迎着凛冽的寒风，踏上了山间小路。

那晚的月光淡淡的，给积雪覆盖的山林和庄稼地，又添了一些寒凉。

雪路很滑，我深一脚浅一脚地走着，尽管小心翼翼，还是摔了两个跟头，啃了两口冰冷的白雪。很快，我的眉毛、嘴巴、围巾上都结了白霜，内衣也被汗水湿透了。

走了一个多小时，远远地看见一个身影，正急急地朝我走来。走近了，我才看清那是背有些微驼的父亲。他兴奋地告诉我，估计我这两天该回来了，就天天晚上站到村口接我。

一进屋，母亲就端上来刚烙好的鸡蛋饼。看着我香香地吃着，她一脸的幸福。

高中时代，两次踏着月光回家，我至今难以忘怀，因为父母期盼的目光，是那么温暖。

我的人生不需要你来设计

—1—

从迈入高中起，安然就打响了“我的青春我做主”保卫战。

安然母亲是一家大型合资企业的中层领导，做事讲究规划，注重落实。在她的精心安排和督促下，安然小学、初中学习成绩优异，演讲、绘画、钢琴等才艺也较突出。

母亲的“严格设计”与父亲的“顺其自然”两种教育理念严重冲突，两人为此多次争吵，结果父亲完败。中考结束后，他与一直强势的母亲分手，去了南方一座城市。

安然知道父母都爱她，只是爱的方式不同。她不希望自己将来像父亲那样随遇而安，甘心做一个平凡的人；也不愿意像母亲那样处处争强好胜，非得功成名就。她渴望做自己喜欢的事，若能取得一些成就固然好，若最终归于平凡，也不会有遗憾。

母亲本以为没有父亲的干涉，她可以更轻松地管束女儿了，没想到性格温顺的女儿会竭力反抗。以前，女儿对她的安排稍有不满，她立刻恩威并施，女儿虽说不大情愿，但最终还是乖乖顺从了。

上高中第一天，母亲就给安然定好了目标：“每门功课，都必须学好，一定要考上北大。”

“为什么非要考上北大？”安然觉得母亲的目标定得太高了。

“考上北大，才能证明你足够优秀。”母亲不容置疑。

“要是考不上北大，就证明我不够优秀？”安然觉得母亲的理由不够充分。

“你现在各方面条件都不差，怎么会考不上呢？你要有信心。想当年，在那个偏远的小县城里，师资水平那么差，我只差两分就能考上北大。”母亲理直气壮。

“希望子女考上北大的家长太多了，请您不要给我增加压力。”安然不想重荷在肩。

“我没给你增加压力，而是给你早定目标，为你提供动力。”母亲一脸的严肃。

“我争取一下。考不上北大，别怪我太笨啊。”安然一时无法说服母亲。

“不是争取，而是必须考上。”母亲语气严厉。

— 2 —

第一次期中考试，安然的数学和物理成绩不大理想。母亲坐不住了，将本市数学名师和物理名师邀至家里，帮她分析问题产生的缘由。

两位老师认为，安然只是个别问题理解不透彻，再多强化一下练习，就会好起来。母亲却认定这是严重的问题，不能掉以轻心。

母亲请公司新招聘的陈博士给安然当家庭教师。陈博士曾是一个典型的“小镇做题家”，靠着超乎寻常的刻苦，从一名专科生读到985名校的博士，一路逆袭，成为许多家长口中“别人家的孩子”。

母亲期望陈博士这个励志楷模，既能帮安然补上功课短板，又能引导她养成勤奋的品性。

安然抵触大量刷题，不愿复制陈博士的成功之路。母亲却认为多刷题很必要，安然强调追求学习效率，不过是给自己偷懒找借口。

两人争论起来。安然见母亲又急又气，眼泪都要出来了，便不再多说。

对陈博士布置的大堆作业，安然只完成一部分她觉得重要的，其他的一概置之不理。

那天，母亲发现安然写作业“偷工减料”，气得将刚买来的《名校题典》狠狠摔到地上，冲着安然大吼：“我花钱给你请一对一家教老师，你竟然不珍惜！脑子里灌水了吗？”

“我脑子清醒着呢，就是不想让别人牵着走。”安然压抑不住心中的不满。

“是推着你走。你不要好赖不分，不要身在福中不知福！”母亲气极了。

“我不要这样的福！”安然抹着眼泪，跑出家门。

陈博士闻讯赶来，向安然道歉，说自己急于求成了，以后会少布置作业，又提醒安然母亲：“她正值青春叛逆期，不要逼她，何况她这段时间进步挺明显的。”

母亲不情愿地妥协了。但没过多久，她又开始唠叨安然做题粗心大意、卷面不整洁。

安然心烦地回了一句：“高考还远着呢，您能不能少操点心啊？”

“我还不是为你好吗？”母亲的心里也有很多委屈。

— 3 —

高二暑假的一天，母亲看到安然的学习桌上摆着一摞诗集，看到她的日记本里写了好多首诗，联想到上次模拟考试，她的优势科目英语居然丢了不少分，不由得怒火中烧：现在高考竞争如此激烈，时间如此宝贵，许多高中生都在拼命学习，她竟有闲心读诗，还偷偷写诗，真是急死人了。

一怒之下，母亲将安然费力淘到的十本诗集，全卖给了废品收购站。

与母亲爆发了激烈的争吵后，安然满腹委屈地踏上了南去的列车。上车前，她给母亲发了一条短信：“我出去散散心，不用找我。”然后，关闭了手机。

不停地打电话、发微信，都没收到回音，母亲的心里开始有些慌乱，更多的是不解：以前乖巧的女儿，怎么变得这么不听话了？怎么就不明白母亲的一片苦心呢？

安然的父亲打来报平安的电话，她悬着的心放了下来，随即责怪他以前太宠溺女儿了。

父亲批评她经常自以为是，不懂得尊重女儿的选择，是一个太霸道的家长。

她说女儿还不成熟，现在尊重女儿的选择，就是放纵，将来是会后悔的。两人又争论了半天，谁也说服不了谁。

父亲给安然买了几本她喜欢的诗集，开导她可以坚持自己的原则，但不要跟母亲赌气。

回到家中，安然与母亲和平共处了一段时间。

那天，母亲又自作主张，请来一位名头响亮的作文辅导“大咖”，希望他能帮安然高考作文冲击满分。为此，母女俩又争吵起来。安然特别反感“大咖”所传授的套路作文，坚决不肯接受辅导。母亲劝她、求她、逼她，都没起作用。母亲只能抹着眼泪，叹息女儿太任性。

— 4 —

填报高考志愿时，母亲选的两所北京名校和好几个热门专业，安然不感兴趣，她选的两所南方名校和自己感兴趣的专业，母亲不认可。两人争执起来，谁都说服不了谁。

安然提出听一下父亲的意见，母亲一脸鄙夷：“他的意见，肯定是尊重你的选择。”

“尊重我的选择，难道不好吗？是我上大学，我就要挑选自己喜欢的大学和专业。”安然不肯退步。

“你的选择如果是正确的，我自然会尊重你，可你的选择有问题，我必须反对。这人生关键的一步，我必须得替你把好关。”母亲不容分说。

“您可以提参考意见，究竟该怎么选，还是应该让我来拍板。”安然突然笑嘻嘻道。

“你来拍板可以，但你不能跳出我给出的选项。”母亲以退为进。

“你给的选项,错误答案太多,我得增添新的选项。”安然针锋相对。

“那我负责拍板你给出的选项。”母亲迂回前进。

争执了好几天，谁都不肯让步。安然耍了一个小聪明，假装向母亲妥协，顺从母亲的安排，与她一起乐呵呵地填报好志愿，等到志愿填报截止的最后时刻，她悄悄地更改了志愿。

拿到大学录取通知书时，母亲无奈地叹气：“我知道，你的翅膀硬了。将来有一天，找不到屋檐避雨的时候，你不哭鼻子就好。”

“放心吧，母亲大人，我会给自己建一个避雨的屋檐。”安然已理解母亲的心思。

“那就好,不管你将来飞得多高多远,都不允许离开妈妈的视线。”母亲也意识到了，自己终究不能始终陪伴在安然身边，未来很长的人生路，还得靠她自己走。

一位著名的教育家说过：真正优秀的家长，懂得指导孩子进行人生规划，但绝不会越俎代庖，更不能亲手设计孩子的未来。

要相信自己的孩子,给孩子更多选择的自由,毕竟孩子的人生画卷,最终要靠孩子自己书写。

美的启蒙

二十世纪八十年代的乡村小学，在村子的中央，几间土坯房做教室，地面坑洼不平，撩完水扫地，仍然灰尘飞扬。操场上杂草丛生，偶尔会有鸡鸭散步，或有牛马走过。那时，关于美的印象，我尚停留在村支书家的一本画报上。

年轻的江慧老师第一次走进教室时，我和同学们都惊讶得张大了嘴巴：她长得很像画报上的一个电影明星，眉目清秀，皮肤白皙，披肩的秀发，漂亮的发卡，时髦的衣衫，连鞋上的搭扣都十分别致。

她一开口，声音甜得润耳，听惯了粗声大嗓的同学们，陡生妙音入耳的感觉。她扬臂板书，一个个秀气、灵动的字，仿佛施了魔法，立刻摄住了同学们的目光。

据说，她是县城某局长的千金，刚考上教师编制，就来这里支教了。

给江老师送作业，看到她的办公桌上摆放着一个条形罐头瓶，装了些清水，插了一束寻常的野花。很随意的摆设，却溢出无法描述的美，我忍不住看了又看。

周日，江老师戴一顶遮阳帽，挽了袖子，独自清理操场上的脏物，汗水湿了雪白的衬衫，裤脚也粘了泥点儿。我走过去告诉她，今天清干净了，明天还会变脏。她反问我，难道就因为明天还会变脏，就不去改变吗？

我挠挠头，似乎觉得她说得挺有道理的，只是以前从没想过这个问题。

她招呼我过去，和她一起为操场挖深一些边沟，以便更快地排出雨天的积水。过了一会儿，有几个同学也拿来工具，一同热火朝天地干起来。

暮色降临时，操场面貌焕然一新。一个女孩开心地说，我们把操场打扮漂亮了。江老师趁热打铁，提议明天在操场一角砌两个花坛。

第二天，更多的同学自发赶来，与江老师一起美化校园。大家找来大大小小的石子，为花坛砌了好看的边围，又从自家花园或田间地头移来各种花，在江老师的指挥下，按花朵的种类和颜色，高低错落，安排好每一株花的位置，搭配出好看的图案。

一番忙碌后，平素脏兮兮的操场像刚洗了澡的孩童，一下子洁净了许多，精神了许多。

江老师拿来味道好闻的香皂，看着我们嬉闹着洗脸、洗手，不认真洗的，她命令其再洗一遍。都洗干净了，她变戏法似的拿出红头绳，帮两个女孩梳辫子，还打了漂亮的蝴蝶结。

看到我的头发又长又乱，她说理理发就帅气了。她领着我们走进办公室，让我坐好，掏出一把我们从未见过的电动剃刀，一手抚着我的头，一手娴熟地操作剃刀，细心地为我理发。理完发，她还慢慢地为我洗去脖颈上细碎的头发茬。

对镜一照，我果然精神了许多。其他几个男生见了，也纷纷请求江老师给自己理发。她笑着答应道："好啊，一个一个来。我要把你们都理得帅帅的，跟操场上的花一样美。"

"男孩也能像花一样美？"一个女孩忍不住说出了我们的疑惑。

江老师不容置疑地回答："当然能啊。谁没有一颗爱美的心呢？喜欢美，追求美，是每个人的天性，从小就应该尽情地释放。就像没有一朵花愿意错过春天，你们也不要错过让自己美丽的每一天啊。"

"我们是要美给别人看吗？"一个男孩又提了一个有意思的问题。

"要美给别人看，也要美给自己看。有美陪伴，心里一定会幸福的，对吗？"

望着她那明媚的笑容，我们一起兴奋地点头，大声地喊："对！"

江老师只教了我们一年，就回县城了。几十年后，许多往事都已淡忘，我却依然清晰地记得她给予我们的美的启蒙。

没错，就在日常的一颦一笑间，在寻常的一举一动中，那么多触手可及的美，像阳光一样自自然然地流泻下来，给自己带来了快乐，也给世界增添了快乐。

怀念那些见字如面的日子

二十个世纪七十年代，他是一名长期驻守在天山脚下的军人；她是西子湖畔的一位小学老师。两人隔了万水千山，书信成了他们日常的联系方式。从彼此相识到相爱，从爱情到婚姻，十年间，两人竟一共写了一千零二封信，每封信都至少写了三页，足足有一百多万字。

她骄傲地宣称："那一封封盖了两个邮戳、穿越了天南海北邮路的书信，见证了我们爱情美好的样子，值得我们一生好好珍藏。"

他无比幸福地补充道："那些见字如面的日子，都是我们生命中难忘的好时光。"

听他们讲有关写信、寄信、收信、读信的一件件往事，或平淡无奇，或情趣横生，有出乎意料的惊喜，有小桥流水般的自然，还像一篇篇"形散神不散"的散文，有叫人浮想联翩的诗意……两个平凡的人，没有演绎惊心动魄地的爱情故事，却因为那么多静水流深的书信，有了叫人羡慕的"岁月静好"。

在许多人深情怀恋的八九十年代，我每年都要买数百个信封和数百枚邮票，除了用来给亲朋好友写信，更多的是用来投寄稿件。有时，我也会在投稿中捎带一封短信，跟编辑聊聊稿子的问题。那会儿，报刊的编辑真是热情，即使所投的稿子不适合发表，不少编辑也会抽时间回一封退稿信，认真地提一点儿意见，说上几句鼓励的话。虽不曾谋面，但读编辑的亲笔回信，我还是感受到了春风拂面的亲切、雪夜拥炉的温暖。

一日，与一位诗友聊起曾经在《飞天》杂志当编辑的张书绅老师，诗友慨叹："给张老师投稿的作者，恐怕都收到过他的回信。"

他当年读大学期间，曾给张老师主持的"大学生诗苑"投稿十次，张老师竟给他回了十封退稿信。每一封信里，有赞赏，更多的是指点，关于阅读、写作和大学生诗歌的美学追求……要知道，张老师那会儿每天收到的来稿都要数以百计，其工作量之大不难想象。

如今，诗友已出版五部诗集，已是国内小有名气的诗人。他还一直珍藏着张老师写在便签纸上的信。每当看到那些信，他的思绪便会飞回诗意蓬勃的青春岁月，仿佛温和的张老师就坐在面前，与他和蔼地交谈着。

我说，我也保留着张老师的一封退稿信。我俩都未曾与张书绅老师见过一面，也不曾在《飞天》有名的"大学生诗苑"专栏发过作品，但回想起那些见字如面的日子，忆起因病逝去的张老师，我俩仍不禁感慨唏嘘。因为那些流溢真诚的退稿信，我们竟爱上了兰州那座城市，也一直深爱着诗歌。

从前日子慢，慢得可以花大把时间写一封情深意长的信，可以耐心等一封跋山涉水的信。

有时，只是端详着信封上亲切的名字和可爱的地址，就有无法形容的幸福从心底冉冉升起，眼前就会浮现写信者的音容笑貌，甚至能听到写信者细微的心跳，还有投信进邮筒时的神情……

摊开信笺，自然就是与写信人对坐，倾心对话了。沿着文字的溪流，想象在曼舞，此时彼时，眼前的景象与远方的故事一起相拥而来，刹那间，天涯便成了咫尺。那么多善美的花朵，在身边不停地绽开，满眼、满心，都浸着不绝如缕的温馨。

一封信，可见一个人的性情；一封信，可见一段生活场景。即便是很私密的字里行间，也流淌着人间俗常的喜怒哀乐，隐匿着时代风云，点缀着风物人情、个性品位、生活智慧……隔着或长或短的时空，写信和读信，都是今生美好的相见，值得细细回味。

挂在窗户上的月亮

每个晴朗的夜晚，弯弯的或圆圆的明月，常常会从浩瀚的星空缓缓升起，慢慢移动，挂到我乡间小屋的窗户上，洁净的光亮，温柔地洒入屋内。

那是我儿时迷恋的月光，有着神一样的轻柔与宁静，只短短的一瞬间，那间朴素的小屋便笼了微晕的光泽。窗台、竹席、饭桌上的碗筷，炕沿边的鸡毛掸子，地上的板凳……都被淡淡的月光吻到了，甚至空气里浮动的灰尘，也被如水的月光轻轻洗过，羞涩地落下来。

那扇不起眼的小窗，只是月亮小憩的一个驿站。爱意盈盈的月光不会长时间停歇，它还有遥远的路要走，还有无数的窗口等待它的如期光临，还有无数事物等待它的温柔抚摸，还有无尽的想象等待它来打开。

像一幅信笔绘就的水彩画，月亮端然地挂到窗户上。这时，我会放下手头的事，伫立窗前，仰起头来，认真端详悬于半空中的明月，看看它的形状、大小和亮度，再看看它周围闪烁的星星，还有深不可测的浩瀚银河。那样自然而然的眺望，是窗前的明月光引起的，也是被心里的一种热切的向往唤起的。

过了一会儿，我意犹未尽地将目光从高处移下来，移到树影婆娑的院子里。我看见牵牛花正悄悄攀上木栅，波斯菊和鸡冠花正暗暗竞赛艳丽，或许还有露珠不分亲疏地凝结在想凝结的叶子上。院子一角的牛圈、鸡舍、狗窝，院子当中的水井、石磨、犁杖、木车……乡村人家的种种寻常物什，都静静地泊在一大片洁白的月光里，气定神闲地享受着清辉遍洒的爱抚，仿佛倘若不这样，便辜负了皎皎月光的一番美意。

我只是站在窗前，默默欣赏着乡村静谧的月光图，没有推门走到院子里，生怕惊扰了那流泻于万物之上的月光。

窗户上的月亮温柔而安宁，有着一种超然物外的从容。偶尔，一片云袭来，月亮便淡定地穿云而过，款款徐行。漫步的月亮被窗棂挡住了，它就轻巧地分成两半，一半大一些，另一半小一些，不停地上升，直到整个月亮离窗而去。

月亮从窗户上的离去，本是十分自然的一场告别，我的心却在刹那间一沉，仿佛有什么东西被抽走了，禁不住将面颊贴到窗玻璃上，目光竭力去追寻那不曾走远的月亮，就像追寻一位喜欢沉默的朋友。

有时候，我一动不动地坐在土坯炕上，专注地望着窗户上黄晕晕的月亮，口中默诵着那些与月亮有关的诗句，脑海里浮现出一个个与月亮有关的美丽传说和故事，任思绪悠悠地荡漾，瞬间便穿越了遥迢的时空，跨越了沧海桑田。

读马塞尔·普鲁斯特的《追忆逝似水年华》，我读到许多关于月光的精彩描写，其中一个传神的片段，我一下子就不可救药地迷上了：

“半开的百叶窗上的明亮的月亮，把一道道梯架般窈窕的投影，抛到床前。人就像曙色初开时在轻风中摇摆的山雀，几乎同睡在露天一样。”只寥寥几笔，就传神地描摹出明月悬窗的氤氲意境。

犹记得，大雪停歇的冬夜，我瑟缩在被窝里，睡意全无，听着窗外呼呼响动的寒风，盯着窗玻璃上厚厚的霜花，我耐心地等待月亮光临。在那水瘦山寒的夜晚，想必没人会拒绝一轮明月温暖的陪伴。

姗姗而来的月亮，被凛冽的寒风冻得太久了，面色有些苍白，脚步也迟缓了许多。但穿窗而入的淡淡清辉，轻轻洒到我枕边时，那种只可意会不可言传的暖意，立刻拢了过来。挂在窗户上的月亮，像屋后枝头垂挂的柿子，平和而慈悲。

后来，我离开了那个小山村，来到省城读书，后来定居在那里，一晃三十多年过去了。想念故乡时，我会不由自主地望向窗外，期望看到挂在窗户上的月亮。遗憾的是，大城市里高耸的楼群林立，似乎有意遮挡住了月亮的到访。我得走到窗前，有时才能一睹月亮的芳容。

一个清风习习的夏夜，我正睡得迷迷糊糊，突然醒来的女儿，使劲儿摇动我的胳膊，惊喜地喊道：“爸爸，快来看窗户上的月亮。”

睁开眼，我看到一轮圆月亮正贴在窗户上，依然如儿时那般皎洁，那般柔情似水。仿佛一位远走他乡的友人，与我多年后又惊喜地邂逅在异乡。

戴望舒曾说过：“要问我的欢乐何在？——窗前明月枕边书。”手执一卷，坐拥一窗明月，无论冬夏，屏蔽周遭的嘈杂与喧嚣，浑然忘我地沉浸于美妙的文字之中。月光轻柔如纱，飘着氤氲的气息，一个寻常的日子，陡然生出令人回味不已的诗意。

与一位摄影师朋友聊起窗户上的明月，他立刻翻出一大堆精美的照片，是丰富多彩的定格在窗户上的明月：来自乡村的、来自都市的，明晃晃的月亮、云影冲淡的月亮，黄黄的、白白的、圆圆的、弯弯的，有素心对红尘的，有多情寄流水的，有悠然赶路的，有恋恋不舍的……朋友告诉我，挂在窗户上的月亮，都是有情有义的，能撩起无数曼妙的思绪。

我敬佩朋友的慧心，相信每个人的心底都悬着一轮特别的明月，或照着山峦和田野，照着静默的屋顶和缭绕的炊烟，或照着高楼大厦，照着长街的车水马龙……

一窗明月、一帧剪影，那么情深意厚，那么岁月绵长。无尽的远方、无数的人们、无数难以忘怀的往事，都被挂在窗户上的明月一一唤来，又一一铭记。

永远的纯真年代

曼馨定居巴黎有二十多年了,因为一个重要的学术会议,回到长春,约我和几位交心的同窗小聚。

读大学时，曼馨是班级里最小的女孩，长了一张娃娃脸，两只黑葡萄般的眼睛，清澈得似乎一下子就能流露出全部心事。第一次班会自我介绍时，她捂胸说自己紧张得像怀里揣了个小兔子，惹得同学们哄堂大笑，说她的确很像一只可爱的萌兔，天真十足。

那是八十年代末期，各种诗潮风起云涌。中文系成立了一个诗社，喜欢童话的曼馨，被我这个“校园诗人”用一堆赞美之词拉了进来。

那会儿，我长发凌乱，瘦削的脸上架一副高度近视镜，整个人都被诗歌绑架了，上课经常走神，没少挨老教授批评。快到期末考试时，我就把曼馨的各科笔记都借过来，一顿疯狂地恶补，效果竟出奇地好，大学四年居然没有一次挂科。曼馨有些崇拜地说我太聪明了，要不然也写不出那些动人的诗篇。

那是我们的纯真年代，我不但帮寝室的兄弟写情诗，帮他追到了一位在北京读书的女友，还以曼馨的口吻，替她写了好几首朦胧诗，帮她追到了物理系那位帅哥小君。如今，他们依然夫唱妇随，伉俪情深。

多年后，同学聚会时，大家纷纷嘲笑我这个昔日的“情诗王子”帮助了不少有情人终成眷属，而自己的爱情却总是磕磕绊绊的。我笑着回敬：那是因为我喜欢成人之美。

青春的记忆里涂抹了许多烂漫的色彩，诗意而清纯，偶尔也可以抚慰一下粗糙的日子。

并肩走过哈尔滨中央大街，我和曼馨、力家、晓月的脸上，都一如眼前这条百年老街，写满了可以触摸的沧桑。年轻时我们喜欢说“沧桑岁月”，以为那四个字意味着成熟。此刻却恍然发觉，还意味着许多美丽的过往，再也回不去了。就像大三那年，四个人一起逃课，只为去见一见我们心中仰慕的诗人舒婷。年轻时有些任性的洒脱，早已如风而逝。而今，我们已年过半百，多了一些纠结和斟酌。

走进一家东北老菜馆，我点了曼馨喜欢的锅包肉和酸菜血肠，又聊起了各自现在的生活：力家供职的那家报社，经济效益下滑，在不死不活地硬挺着；晓月在机关供职，每天都挺清闲的，在查着天数，等待退休；我还在那所大学里教书，不愿意做枯燥的科研，时常写一些赚稿费的小文章。

曼馨说，她手头还保留着我在大学期间写下的那些诗歌，有些还能够完整地背诵下来。说着，她便起身，摇晃着脑袋，声情并茂地朗诵起那首获过征文奖的《走向远方》。

年轻真好啊！只是一首诗，便将大家一下子又拉回到了三十年前，拉进了那些青春飞扬的日子。

我们一起举起酒杯，我清晰地听到许多梦碎的声音，感到隐隐的疼痛，犹如春天猝然凋落的一枚绿叶。

曼馨戏言出国后，为了不给中文系人丢脸，她一鼓作气，读完了硕士又读博士，还进了两次博士后流动站，在法国真正地“学霸”了一回。力家在旁边打趣她：谢天谢地，你没跟着诗人走上歪路。

“哪里会呢？一个诗人再坏，还能坏到哪里去啊？”晓月还记得我喜欢如此自夸。

聊起诗歌，我们很快就说到了北岛、舒婷、顾城、海子，还说到了张艺谋的电影、莫言的小说、史铁生的散文，以及他们的人生遭遇，好像他们都是我们的邻居，曾看着我们走过那些青涩而不乏激情的时光。

曾经，我们那么热诚地想活成自己心中偶像的样子。滚滚红尘，最终却让我们活成了连自己都感觉有些陌生的样子。也许，错的不只是我们，就像一台正常行进的小船，被骤然卷起的巨浪狠狠地推到了某个港湾，不甘、无奈之余，也得说感谢。

送曼馨回宾馆的路上，看见卖糖葫芦的小摊，曼馨的眼睛立刻亮了起来，大声招呼我：“快请我吃一回，让嘴巴更甜一些。”

我看着她孩子般沉醉地啃着糖葫芦，一口一口地，让一些记忆里模糊的画面，又一点点地清晰起来，一种久违的感动骤然涌至，我的眼角一阵灼热：无论世事如何更改，总有些东西会永远年轻，比如白雪压不住的绿绿的小草，还有枝头明媚的春光。

曼馨举着糖葫芦，就像当年在大二迎新晚会上，她表演舞蹈《采蘑菇的小姑娘》那样，摇头晃脑，四肢扭动，如同一位尽兴地跳广场舞的小市民，自自然然，将前两天在国际学术会议上的正襟危坐远远地甩开了。

谁说纯真年代已经走远？望着曼馨旋转的身姿，我陡然发现：其实，永不褪色的纯真，一直都在，只要拥有曼馨此时此刻的心境。

因为遗忘，所以铭记

父亲病逝不久，母亲又患上了阿尔茨海默病，她的脸色一天比一天憔悴，看人看物时，目光里流露出明显的伤感，那么令人心疼。

伴随眼神日渐迷茫，一向爱说爱笑的她，突然变得安静起来，经常独自坐在窗前，呆呆地望着外面热闹的景象，久久地默不作声。有时，她会对着一盆花念叨几句零乱的话，说不出是悲是喜。

她的记忆力衰退得特别厉害，家人竭力帮她回忆一些快乐的往事。儿子翻开相册，指着她青春明媚的倩影，装作不认识地请教她："你身边这个漂亮的大学生，她是谁啊？"

她盯着照片，费了很大劲儿，在记忆库中努力搜索了半天，才勉强挤出"她是好人"这四个字。

儿子的心猛地一沉：母亲居然连她最熟悉的闺密都不认得了。他知道，她俩从小就形影不离，从小学到大学，一直是非常要好的同学。大学毕业后，虽说工作在不同的城市，但两个人经常见面。

儿子心犹不甘，开车带她回到了那个林区小镇。她十八岁前所有的时光都属于那里，儿子期望故地重游，能唤起她些许记忆。她爬过无数次的那座小山，她不记得了；她走过无数次的那条林间小径，她不记得了；好几个曾整天在一起嬉戏玩耍的小伙伴，围拢在她身边，她竟一个都不认得，木然地望着笑脸相迎的众人，像看着一群天外来客。

似乎过去的一切，她都遗忘了，刚刚六十六岁的母亲，几乎成了一个记忆空空的人。

那天，儿子突然惊喜地接到已走失三十年的妹妹的电话。妹妹小星四岁那年，被拐卖到了江南的一个小镇，后来跟随养父母去了新加坡。养母临终前，才告诉了她的身世。

听着哥哥讲述一家人为寻找她而吃的那些苦、流的那些泪，得知父亲病逝前对她念念不忘，还有近乎失去记忆的母亲，仍不时地念叨着“小星，小星”……她在电话那端已泣不成声。

很快，妹妹小星站到了母亲面前。令众人惊讶的是，拉着女儿的手，她竟没有一丝陌生感，听到一声“妈妈”的轻唤，她孩子般甜甜地笑了：“妈妈的小星星，你去哪儿玩了？”

女儿紧紧抱住母亲，泪眼盈盈地贴着母亲的耳朵：“我跟小朋友们玩捉迷藏，天黑了，我找不到回家的路了。”

“你说过的，你是妈妈的小星星，你会为妈妈照亮，你怎么会找不到回家的路呢？小时候，你可聪明啦，三岁时，你就认识好多字，就能背诵好多古诗，还会讲故事。你照着镜子给自己梳小辫，戴上那个红蝴蝶结，谁见了都说漂亮……”女儿幼时聪明伶俐的样子，母亲居然记得清清楚楚。

谁说母亲失忆了？三十年的烟尘岁月，并没有冲淡母亲脑海深处的记忆，女儿曾经的点点滴滴，母亲一直深深铭记。

女儿拥着母亲坐在阳光里，慢慢地追忆往事。一家人围坐在身旁，小屋里陡然温馨四溢。

晚上，有女儿陪伴在身边，母亲一夜酣眠到天亮。不再像往日经常半夜醒来，怔怔地坐在床头，那失魂落魄的神态，让家人看着就揪心。

奇迹还在不断上演：在女儿的悉心引导下，母亲的记忆一点点被唤醒，她渐渐想起了儿子小时候的一些趣事，想起了寻找小星时的一些遭遇，想起了丈夫临终前的叮嘱——“有朝一日，要让女儿回到家里。”……

虽说严重的病魔仍缠绕着母亲，她已遗忘了许多旧事，但她的眼睛里又有了家人熟悉的光亮，她还能清晰地说出儿女成长中的一些细小情节。

也许正因为遗忘了生命中的许多苦辣酸甜，母亲深深铭记的那些细碎的曾经，才陡然变得那么美、那么好。